JN107517

朝葉 紫
Asaha Yukari

# 売れ残り異世界奴隷ライフ

Urenokori
isekai
dorei Life

# CONTENTS

イラスト
北野 仁
デザイン
コガモデザイン

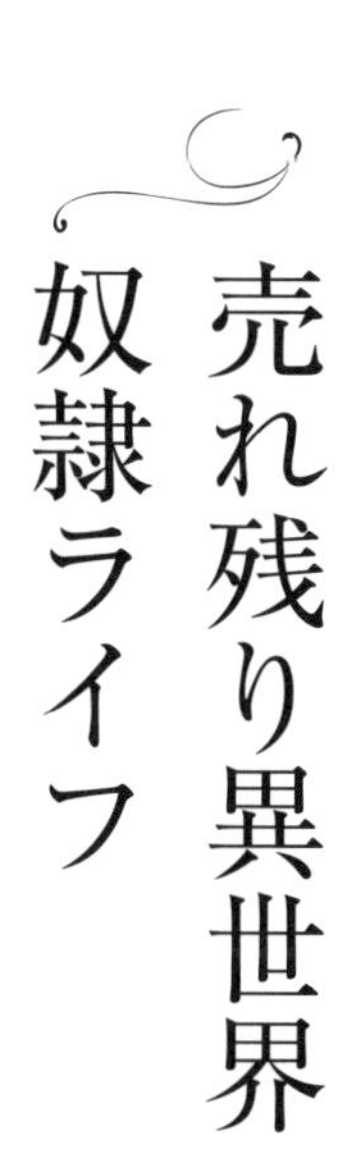

売れ残り異世界
奴隷ライフ

# 1

ある日、突然異世界へ転移してしまったら——。

そんなことを想定して暮らしている人というのは、いくら異世界転移や転生もののファンタジー小説が流行（はや）ったとしても、それほど多くは存在しないと思う。それが二時間ほど見知らぬ森をさまよった俺の出した結論だ。

異世界転移に対して何の備えもできていなかった俺は、別におかしくはない。同僚の三浦（みうら）が準備万端な珍しい部類だっただけで。

「三浦さあ、何でいつも荷物めちゃくちゃ重そうなんだ？　実際すげえ重いし」

三浦は会社の同期で、新卒入社のオリエンテーションで意気投合して以来、二年ほどの付き合いになる。毎週金曜の仕事上がりに焼き鳥屋のカウンター席に二人で並ぶか、財布に余裕があれば激安系焼肉屋で向かい合うのがお決まり。基本的にはどちらも常に金欠なので、焼き鳥屋に落ち着きがちだ。

この夜も、そういったいつもの流れで三浦と飲んでいた。俺は酒に弱いから、三杯目からはジュースだったけど。で、まあカウンター席なので、隣に人が来たらちょっと荷物を退（ど）かしたりすることもある。たまたま三浦の側に人が来たので、俺は奴が毎日背負ってるリュックを受け取ったのだ……が、これが想像よりずっしり重くて驚いた。

「あー、まあ、笑うなよ」

そう言って照れ臭そうに笑いながら、指折り数え出す。

「財布、スマホ、ハンカチ、社員証、定期券だろ、あと常備薬一式、折り畳み傘、予備の眼鏡、上着、念のため替えの下着、文房具一式、十徳ナイフ、モバイルバッテリー、ライター、プロテインバー、手回し式懐中電灯、ビニールシート……」

「は？」

「は？　じゃねえわ何だよ」

不思議そうな顔をされても困る。笑うなと言われたが、笑うかどうかとは方向性が違いすぎてむしろ戸惑うんだが。不思議なものを見る顔をしたいのは俺の方だよ。

「お前それ毎日持ち歩いてんの？　いつでもふらっと旅に出て無人島で暮らせるように？」

「いや、いつでも異世界に飛ばされてもいいように」

「異世界」

その発想はなかった。ポカーンとしていると、ちょうどカウンターの向こうから注文してあったハツが出てきた。三浦は内臓系を食べないので、カウンター向こうの店主に会釈してから、皿を引き寄せて遠慮なく食べる。

「異世界転移って、大概きっかけは急だったりするだろ。あなたは来週異世界に転移する予定なのでお忘れ物のないようにご準備ください、なんて教えて貰えないんだからさ、準備だけしておいてもいいかなって。災害時にも使えるし」

「はー……その発想はなかったけど、まあ防災バッグ毎日背負って歩いてるようなものだもんな。異世界転移がなくても無駄にはならない……頭いいな。重いけど」

「まあね。重いのは筋トレの一環って思うようにしてる」

「なるほどな？」

面白い発想だとは思うが、スマホと財布と社員証と、あとはハンカチくらいしか持たずに通勤してる俺には、到底真似できそうもない。

「異世界かぁ。異世界ものを読むのは好きだけど、俺はいいかな。チート能力が貰える保証もないし、発明もできそうにないし、野生生物とも戦えない。三浦はその辺も考えてるのか？」

「考えてる考えてる。実はさ……」

実際、夢想したことがなかったわけでもない。誰だってそうだろ？　だけど、今いきなり異世界に飛ばされたとして、何もないところから水車やポンプの設計図を引けるか、紙や石鹸を作れるか、と言われたら、正直お手上げでしかない。水と空気と安全が無料なんて笑い話のある国で生まれ育っておいて、急に日常的に命をかける生活に適応できるとも思えない。そもそも同じ地球ですら、言葉が通じなくて文化も違う外国に行きさえすれば、そこだって十分に異世界のようなものだと思う。急に身ひとつでそんなところに放り出されて、そこから成り上がれるような人間なんてそもそも稀なんじゃないかなあ。

しばらく三浦の異世界転移についての考えを聞いて、それからまた話題が逸れて盛り上がって、そこそこ楽しんでからその夜はお開きにした。いつもの時間に解散して、そこから何も変わらない日常が続いていていた。

「まさか俺が異世界転移するとは……」

三浦と異世界転移の話をしてからちょうど一週間。通勤電車に揺られて眠りかけていたはずが、気づけば森の中に座り込んでいた。電車のシートに座っていたのが、いつの間にか音も振動も消えて静かになったことに気づいて目を開けると、俺の座っていたはずの席は樹齢千年は超えていそうな大樹の巨大な根に変わっていた。衝撃的すぎてしばらく声も出なかった。

「頼むから地球であってくれ……あと紛争地域の近くではありませんように……ついでに英語が通じますように……」

確かめるまでもなく、持ち物は財布とスマホと社員証とハンカチのみ。スマホは圏外で、防災グッズや食糧どころか水すら持っていない。先週異世界転移の話をした時にでも、少しは何か準備しておけばよかったのだろうか。そこまで考えたところで、異世界転移する前に予告が欲しいという話が出たのがちょうど一週間前であることを思い出した。もしかしたら、あれは一種の予兆のようなものだったのだろうか。

「やばいな……」

どう見ても森の中で遭難しているが、誰かが捜索に来てくれることは期待できそうにない。つまりその場に留まっても死しかなさそうだ。そう判断して適当な方向に向かって真っ直ぐ歩いてみてはいるけれど、森の奥へ向かっているのか人里へ向かっているのか、まったく判別できない。森の土はふかふかとしていて案外歩きづらい上に、ちょいちょい茂みや木の根があって気が抜けない。スーツ姿なので革靴を履いているのだが、だんだん足も痛くなってきた。一万円で買った安物の革靴は、舗装された道にしか向いていないと痛感させられる。

気候は暑くもなく寒くもないのが救いだが、歩き続けているうちにだんだん喉が渇いてきた。じわりと焦りが生まれる。

悪い方向の想像というのは、いくらでもできるものだ。人間は水なしでは三日もたないと聞いたことがある。つまり実質的に動き回れるのは二日がいいところだろう。運良く熊や狼(おおかみ)のような危険な野生生物に遭遇しなかったとしても、水がないだけでかなり切実に命の危機だ。仮に果物を見つけたとしても、鳥か獣に食われているのが当たり前だし、人間に食べられるかどうか判断できない。虫に刺されたりしたら未知の病気に罹(かか)るかもしれない。幸運に恵まれて水場を見つけても、その水で腹を壊さない保証はないし、釣りなんてできない。どう考えても詰んでいる。暗澹(あんたん)とした思いに俯(うつむ)きながらも、とにかく歩くしかなかった。

「死にたくないなあ……」

こぼれた呟(つぶや)きに、返事をするものはいない。


「はあ……」

かれこれ三時間以上歩いただろうか。木々に遮られて太陽の位置はいまいちわからないが、影が長くないので昼過ぎくらいだろう。腕時計はしていないのでスマホで時刻を確かめてみると、こちらも午後になっていた。ここでの一日は二十四時間か、その前後くらいなのかもしれない。地球である可能性を信じたいが、地球だとしたらそれはそれでミステリーすぎる。

「……ん？」

立ち止まってハンカチでうっすら滲（にじ）んだ汗を拭ったところで、ふと視界の端で何かが動いた気がした。目を凝らすと、遠くで茂みが揺れて、人影のようなものが現れる。熊か、人か。どっちだ。途端に緊張で身体（からだ）が強張（こわば）る。

ボーイスカウトか、せめてキャンプくらい経験しておけばよかった。蛇から逃げる時はジグザグに走ればいいんだったっけ。猪（いのしし）は？　熊は死んだふりじゃ駄目なんだよな。木に登るのもまずいと聞いたことがあるかもしれない。混乱したまま、動くものが徐々に近づいてくるのを凝視する。

「あ……」

人か熊かわからない影が、腕を上げて左右に振るのが見えた。人間だ。向こうの方が自分より視力がいいのだろう。おーい、と声が聞こえてきて、一気に力が抜けてその場にへたり込んだ。落ち葉の積み重なった地面は少しひんやりしている。

「やあ」

それほどしないうちに、木々の向こうから男が姿を現した。褐色がかった肌に、銀色の髪を長めに伸ばした男だ。素朴な作りの洋服を着て、弓を背負っている。アニメかゲームのキャラクターのような姿だが、そんなことよりも相手の言葉が理解できることに心底安堵（あんど）した。

「あの……」

助けを求めるより早く、男が腰につけていた革袋を外して差し出してきた。腰にはナイフと、兎（うさぎ）らしきものがぶら下がっている。狩人だろうか。服装もそれっぽい。

「水。飲む？」

「あ、いただきます……」

コルクのような栓を外すのに少し手間取ったが、迷わず口をつける。常温の、少し温い水が流れ込んできて、ごくごくと飲み込む。助かった。実感がこみ上げてきて、じんわりと涙が滲みそうになり、慌てて何度か瞬きをした。

「ありがとうございます」

よろよろ立ち上がって革袋を返す。向かい合ってみると、男の身長が高めなのがわかった。俺自身は平均よりやや背が高い方だが、男は俺より少なくとも十センチは高い。体格もよく、手足がすらりと長かった。男の灰色の目がじっとこちらを見つめている。男が首を傾げると、灰色の瞳に木々の緑が映り込んで複雑な色合いになる。それがなんとも美しかった。

不思議なことに、相手の話している言葉は日本語でも英語でもないのに、何故か意味が理解できる。俺も日本語で返事をしたつもりだったのに、口から出たのは相手と同じ言語だった。ファンタジー的な現象が今まさに発生しているわけだ。

ふと、三浦と異世界転移ものについて話した時に、言語理解と鑑定とアイテムボックスは異世界スターターパックだよなと笑い合った思い出が頭をよぎった。あの時は茶化していたが、言葉が通じるアドバンテージはあまりにも大きい。俺をこの世界に飛ばした存在がいるのだとしたら、言語理解をつけてくれたことだけは感謝したい。そもそも飛ばさないで欲しかったけど。

「俺はアルベリク。……助けて欲しい？」

助けを求めていた。誰でもいい、面倒を見てくれなくてもせめて人里の方向を教えてくれるだけでいいから、森の中で遭難している状況から脱したかった。そう思っていたのは間違いない。だけど、大して話さないうちからそんなことを訊(き)かれて、頭のどこかで警鐘が鳴ったような気がした。彼には、俺が助けを必要としている状態であることがよくわかっているのだ。

「…………」

返す言葉に困ってしまい、唇だけが音もなく震える。助けて欲しい。本当に切実に助けて欲しい。だけど、それをして彼にどんなメリットがあるのだろうか。アルベリクと名乗った男は俺の返事を待つように黙ってこちらを眺めるばかりだ。顔立ちは男らしいのにやたら繊細な長い睫毛(まつげ)をした彼は、黙っていると儚(はかな)く物憂げに見えるばかりで、何を考えているのかさっぱり読めない。状況が判断できない。

「……助けて、ください」

逡巡(しゅんじゅん)したのは一瞬だけだった。どうせここでは自分は死ぬしかない。仮に彼が悪人で、俺を捕まえて売り飛ばそうとしているのだとしても、弓を持った成人男性相手に不慣れな森で逃げ切れるとは思えない。もはや俺の生殺与奪は彼に握られているのだ。選択肢がないのなら、大人しく従った方がいい。多分だけど。

「そうか。良かった」

俺の返答を受けて、アルベリクが柔らかく微笑(ほほえ)んだ。笑った拍子に瞳の色がきらめく。女神像のような美貌が綻ぶのを、俺はなんだか狐につままれたような心持ちで見つめた。

「じゃあついておいで。逃げようなんて、思わないようにね。怪我はさせたくないから」

ああ、やっぱり。優しい声に、俺は諦念と共に頷いた。

「君、運が良かったね。この辺りでは何年かに一度くらい、君みたいな妙な格好をした人が死んでることがあるんだ。生きているのを見つけたのは君が初めてだよ」

腰に革袋をつけ直したアルベリクが、先導して歩きながら声をかけてくる。その内容に背筋がゾッとした。遭難したままアルベリクに会えなかったら、俺も三日と経たないうちに同じ末路を辿っていたのだ。

「みんな君の来たところから来たのかな。面白い服を着ているよね。俺が見つけたことがあるのは五年くらい前、襟の高い黒い服の男の子だったよ。まあ死んでたけど」

そう言ってアルベリクが肩を竦めた。彼の服を見る限り、縫製技術は大して変わらないだろうが、布地が結構ごわごわしているように思える。現代日本の服はそれなりの値段になっただろう。

「まあ俺も運が良かった。君はそこそこの値段で売れそうだ」

「う……」

予想はしていたし、覚悟もしていたけれど、実際に彼の口から売ると言われて、ズンと腹のあたりが重くなった気がした。アルベリクがまた振り返って、青ざめた俺を見て少し微笑んだ。

「売られるって聞いて怖くなった？」

「……はい」

隠しても仕方がないので素直に肯定した。それでも逃げ出さずについて行く俺を、アルベリクは面白いものを見るように眺めている。

つまりここは人身売買が存在する地域で、どこの共同体にも所属していない俺に人権などはない。生活の保障もない。逃げたいのはやまやまだが、逃げる先はアルベリクが今向かっている方向しかない。ひと目で現地人とは違って見える俺は、仮に逃げおおせたとしても他の人間に捕まって売られるのがいいところだろう。そう思ったことを、歩きながら訥々と話した。

「ふーん、よくわかってるね。逃げたところで死体がひとつ増えるだけだし、武器もない。逃げるならわざわざ追わないけど、俺の荷物を奪うのも無理だ。そうなったら自衛するし」

答え合わせをされても、喜んでいいのかわからない。微妙な表情になっているのが自分でもわかる。そんな俺の様子に彼は小さく噴き出した。

「まあ思慮深さは生きて行く上では大切なことだよ。いいじゃないか、気に入った。君、名前は？」

問われて、俺は少し考えてから下の名前だけを名乗った。アルベリクも名前しか名乗らなかったので、それに合わせたのだ。

「……航」

「コウ、ね。変わった響きだ」

繊細なつくりの顔に笑みを乗せて、アルベリクは再び前を向いて歩き出した。これから先どうなってしまうのか、不安しかない。だけど確実なのは、アルベリクについて行けば、少なくとも命は助かるということだ。たとえ売り物にされるとしても。

異世界転移なんて、夢も希望もない。一週間前、自分で言った通りになってしまった。

俺は俯き、アルベリクの履いた革のブーツだけを視界に入れて、とぼとぼと歩き続けた。


森の中、道なき道をアルベリクについて歩いて行く。その道すがら、彼は背負った弓を下ろしてサッと矢をつがえたかと思うと、たちまち樹上にいた鳥を射貫いて見せたりした。内臓を抜いた鳥の中に穀物や野菜を詰め、焼いて食べると美味(うま)いらしい。

「ここに来たのはいつ？　食事はできてないよね」

「朝……だと思います。気がついたら、見たこともないくらい大きな樹の根元にいました」

ああ、と納得した様子のアルベリクが微笑んだ。

「やはり君はついてるね。俺のいる方へ真っ直ぐ向かっていたわけだ」

そう言われ、内心でゾッとする。逆方向に歩いていたら遭難の末に死んでいたわけだ。遭難した状態で適当に歩き回ることの恐ろしさがやっと理解できた気がする。

「君に合わせて歩いても夕方には帰り着くから、夕食を楽しみにしておくといいよ。君、料理は？」

訊かれて、俺はしょんぼりと首を振った。自炊経験がまったくないわけではないが、食材と混ぜるだけで味付けができる現代の便利な調味料や、下処理済みの食材くらいしか扱ったことがない。しかも一人暮らしだと外食の方が安く上がることもしばしばだった。仮にアルベリクの腰にぶら下がる鳥や兎を料理してくれと渡されたとしても、そもそも解体すらできない。

ふうん、とアルベリクが頷く。

「じゃあ君は何ができる？　武術の心得は？　魔術は使える？　掃除や洗濯、木工や裁縫ができたりする？　馬には乗れるかな」

次々に訊かれて、俺は悲しい気持ちになりながらどれも否定するしかなかった。そんなもの、どれも趣味か何かでわざわざ学ばないと身につかない。学生時代に柔道の授業はあったが、少し齧った程度でしかない。掃除は掃除機、洗濯は洗濯機、家具は家具屋で買えるし、暑さ寒さもエアコンでどうにでもなる。服だって安いからわざわざ自作なんてしない。学生時代に取った資格は簿記三級で、社会人になってからは営業をしていた。移動は自転車か車か、あるいは電車や飛行機があればどこにでも行けた。車の免許は持っているが、ここでは到底役に立ちそうになかった。

というか、ここには魔法があるのか。勿論そんなもの俺に使えるはずもない。万が一にでも素質があれば嬉しいが、期待しすぎてはいけないだろう。

「どれも……俺のいたところでは便利な道具や乗り物があったから、やったことはない……です」

「すごいな、それは。まったく経験がないのか。貴族みたいな暮らしだ。年はいくつ？」

「二十五になりました。二年前までは学生……勉学をしていました」

「二十五でそれか。本当に貴族なみの生活をしてきたわけだ」

アルベリクがそう言うのももっともだと思う。そして、彼が言葉にしていない部分もまた察することができた。技能がまるでないからには、高値がつかない。それはつまり、売られた後の待遇が絶望的だということでもある。

「働いたことは？」

「勉学の傍ら、飲食店で料理を運ぶ仕事を少し。あとは二年前から商品を売る仕事をしていました。お店に商品を置いてもらうための交渉など……ですかね」

「商人みたいなものかな」

「そうです」

返答しながら、俺は内心で決意を固めた。世間話のような調子で始まったけれど、これは面接なのだ。彼は綺麗(きれい)な表現をするなら就職を世話する役割の人である。可能な限り自分の価値を上げて、高く売って貰わなければならない。高値がつけば、その金額分の待遇が期待できる。

「ここでのやり方はまだ知りませんが、帳簿を読んだり管理したりすることはできます。学べばすぐできるようになるはずです。俺は六歳から十六年間勉強をしてきたので、学べる手段と時間を少しでも貰えれば身につけます。……価値を、上げられます」

「…………」

こちらを向かず、アルベリクは黙って歩き続ける。時々地面に落ちた小枝が踏まれて、ぴしりと音を立てた。

「コウ、そろそろ森から出る。そうしたら俺の店まではもう遠くない」

「はい」

「言葉は通じるようだけど、読み書きはどうかな。店に着いたら、文字が読めるかどうか確かめてみよう」

「はい。……わからなくても、すぐ覚えます」

努力しますとは言わなかった。して当たり前のことだからだ。そしてそれは、どうやら彼にも伝わったようだった。

木々の向こうが明るい。やっとこの鬱蒼とした森から抜けられるのだ。俺が眩しい光に気を取られていると、アルベリクが俺の肩に腕を回して引き寄せてきた。木々で狭い森から開けた草原に出たため、並んで歩くことに困りはしないが、距離感には内心で多少戸惑いを感じる。スキンシップの習慣がないからだろうか。

「君は面白いな、コウ。気に入ったよ。……少しだけ時間をあげよう。価値を上げられるようなら、成果次第ではそうさせてあげてもいいよ」

「あ……」

ありがとうございます、と言おうとしたが、なんだか身体の力が抜けるような気になって声が出なかった。アルベリクの手が背中をポンポンと軽く叩く。真横を見上げると、アルベリクの灰色の瞳にスーツの紺色が映って湖のように輝いている。

知らない世界に突然来てしまって、どうやって帰ればいいかわからない。アルベリクはそんな俺が初めて遭遇した人間というだけだし、本当は世の中にはもっと善良な人がいて、俺が自立するまで無償で手助けしてくれるかもしれない。だけど、そんな人間には会えなかった。彼だけが、現在の俺が頼りにできるただ一人の存在なのだ。何故か突然そのことが実感されて、俺はどうにか足を動かしながら、じっとアルベリクを見つめた。

「はあ、二十五か。肌が綺麗だね。色も随分明るいし」

言うなり、先ほどまで背中に回されていたアルベリクの手が俺の頬に触れる。繊細な見た目に反して、労働者のような皮膚の厚い、かさついた指だった。ここでは家事も手作業なのだろうし、武器も扱うのだから、これが当たり前なのだろう。スマホやパソコンばかり扱う柔らかい手は、現代人でもなければ維持できないものだと想像がついた。

「二十五か……」

「………」

ちょっと撫でてみた、という割には長い。指先がすりすりと俺の頬を撫で続けている。なんだこれは。微妙な気持ちになるが、拒絶するのも躊躇われて、俺は眉を寄せはしたものの黙って撫でられるままでいた。

そうこうするうちに、視界の先に大きな壁が見えてくる。街を囲む外壁だ。門があって、門番らしき兵士が見える。そろそろ離してほしい。心の中で強く思っていると、ようやくアルベリクの手が名残惜しげに離れていった。

「最悪、性奴隷として売れるね」

「いやマジでそれは勘弁してくれ」

最低すぎる感想に、俺は本当にこの男を頼りにしていいものか激しい疑問を抱えることになってしまった。

## 2

俺が地球ではない世界に辿り着いてから、一週間が経った。

初めて見る異世界の街はまさにファンタジー小説に出てくるような中世風で、木と煉瓦でできた店や家が立ち並び、大通りを馬車がガタゴト走り、看板には文字に絵が添えられていた。幸い、糞尿が道に撒き散らされていることはなく、上水道はなく井戸頼りではあるものの、下水道はある程度整備されている。建物の屋根が尖っているのは雪が降る地域だからだろうか。一階は木製で茶色く、二階から上の壁は漆喰で白く塗られていることが多いのが特徴的だった。

石畳の敷かれた大通りをしばらく進んだところにアルベリクの店があった。道すがら見かけたどの店よりも大きい建物は二階建てに地下貯蔵庫があり、表側の三分の一程度が店舗として使われている。一階の奥は奴隷たちの住まいで、二階は住居と価値の高い商品の保管庫だ。それ以外に、街の西側には倉庫もあって、店舗の在庫が減るとそこから運んでくることになっているそうだ。

店の経営者はアルベリク自身で、従業員は十人ほど。用心棒が二名、奴隷たちの世話役が二名、あとはそれ以外の商品を扱う店員と、修業に来ている商人見習いたち。事情があって全員男性だ。ほかの街にも支店がいくつかあり、そこでも人を雇ってやらせていると聞いたので、彼はかなり成功している部類の商人なのだろう。

店に着いて最初に用意されたものは俺の着替えだ。身につけていたスーツや革靴などは全て取り上げられたというか、差し出すことになった。街の人々の服装を見て実感したが、現代の布の品質は高い。それらの対価分は売らずに養ってくれるとのことだったので、俺は文句も言わずに粛々とスーツ一式を差し出した。ここでは庶民は薄めに織ったウールや麻の服を着るのが普通で、リネンは皺になりやすいこともあって、普段着よりはおしゃれ着の扱いになる。素肌に直接麻の服を身につけるのはごわついて気になったため、下着は売らずに手元に残してもらったが、これがダメになる前にどうにか慣れたいものだ。

スマホについてはアルベリクが最初かなりの高値をつけてくれたが、ここでは充電ができないため、数日しかもたない。説明すると残念がっていたが、使えなくても異世界の変わった品を欲しがる好事家がいるとのことで、そこそこの値段で買い取って貰えた。

それから一週間、俺はひたすら文字の勉強をしている。ここでは本は全て手作業で書かれるため値段が高い。それを一冊見せて貰い、すらすらと読むことができた時には心底安堵した。文字が違うのでいきなり書くことはできないが、読めるからには覚えられる。今も、俺は二階のアルベリクの書斎の片隅にあるテーブルで黙々と文字の練習をしていた。

「コウ、そろそろ休憩にしよう。お茶を頼むよ」

「はい」

書斎机に向かって書類仕事をしていたアルベリクが声をかけてきたので、俺は細かい砂の入った木箱を机に置き、立ち上がった。お茶の淹れ方はここに来て二日目に教わった。

茶葉を使ったお茶は高価な嗜好品で、通常なら来客時にしか出さない。普段飲むお茶とは麦茶で、あらかじめ煎(い)ってある麦を鍋に適量を入れ、煮出して作る。異世界にまで麦茶があるのはなんだか不思議だったが、ここの麦茶はかなり深煎りするのが常識であるため、どちらかというと麦コーヒーと表現した方が近かったりする。

一階の台所で人数分のお茶を煮出した俺は、アルベリクと自分のお茶をカップに注いでから、店頭に立っていたベルナールに声をかけた。

「ベルナールさん、台所にお茶を作っておきました」

「ありがとう、コウ君」

帳簿を捲(めく)っていた初老の男が微笑んだ。この辺りの人たちは、俺の知る限りみんな揃(そろ)って肌が褐色をしている。髪や瞳の色はそれぞれで、アルベリクの右腕として先代から仕えているというベルナールは白髪混じりの亜麻色の髪を後ろに撫でつけている。優しげな風貌のベルナールはこれから奴隷として売られる予定の俺にも親切で、お茶の淹れ方を教えてくれたのもこの人だ。

ベルナールが店員たちへ順番に休憩するよう指示しているのを背に、お茶を載せた盆を持って二階の執務室に戻る。ちょうどアルベリクが、俺の使っていた木箱を覗(のぞ)き込んでいるところだった。

「お茶をお持ちしました」

テーブルに陶器のカップを並べる。お洒落(しゃれ)なカフェで出てくるような厚めのカップで、一般的な食器はだいたい陶器か木でできている。来客時に使う磁器の食器はものすごく高価だそうで、見せては貰ったが触ってもいない。

「ありがとう。……うん、お茶を淹れるのが上手(うま)くなったね」

「ありがとうございます」

お礼を言うと、アルベリクが少しばかり苦笑した。

「今は休憩だから、楽にしていいよ。それより、だいぶ文字が書けるようになったね。随分綺麗に書くものだ」

「どーも。そのうち代筆とかで食っていけるかな」

俺は遠慮なく彼の隣に腰を下ろした。麦茶が美味しい。麦茶は冷たいものしか飲んだことがなかったが、温かいのも悪くないことは、ここに来て初めて知った。

「コウが奴隷でさえなければね」

そう言ったアルベリクの指先が俺の首に下がる錠をつついた。

奴隷は持ち主の紋章か名前の入った南京錠を首から下げると決まっている。普通は鎖で下げるのだが、何故か俺の肌をいたく気に入ったアルベリクが特別に革紐を用意してくれたので、実を言うとこんなものいつでも引き千切って逃げ出せる。ただ、それなりに財力のありそうなこの男を裏切って逃げ出したところで、この世界の常識もわからない上にろくな技能もない俺は、無惨な死に方をするとしか思えなかった。人間、諦めも肝心だからな。決してアルベリクの顔が気に入ったからではない。

「やめろよ」

つつかれるのが嫌で上半身を傾けて逃げると、彫像めいた顔を綻ばせてアルベリクが笑う。こいつを見ていると、美しさの前には性別なんて些細なものだと思わされる。西洋人のような鼻筋の通った顔立ちをしているのだが、髪が長いこともあってハリウッド女優のようでもあり、眺める分には非常に目に優しい。中身はあれだけど。

「奴隷用の部屋にも入れてないし、いつ逃げ出すかと思ったけど」

俺は顔を顰めた。間違ってもそんな疑いは持たれたくない。

「逃げ出したところでどうしようもないだろ。俺は現実的なんだよ」

「その割に口が悪い」

「これが素なの。お前が素でいいって言ったんだろ……おいやめろ」

アルベリクの手が伸びてきて頬を撫で回される。彼に言わせると陽射しに当たったこともないような色合いの俺の肌は、どうやら非常に珍しいそうだ。初対面の時から随分気に入ったらしく、事あるごとに撫でられるので、その度に幼児にでもなったような気分にさせられてあまり好きではない。

「頑張っているコウにご褒美だ。明日、ここに魔術師を呼ぶ。君に素質があるかどうか、見て貰うといい」

言われて、俺はパッと顔を明るくした。魔術の素質があろうとなかろうと、普通の奴隷には魔術師なんかに会う機会はない。正直ファンタジー世界といえば剣と魔法なので、一度でいいから魔術師に会って話を聞いてみたかったのだ。

「素質がなかったとしても少し話を聞いたりはできるのか？」

「時間に限りはあるけど、その間は自由に話していいよ」

「やった！」

俺はもはや撫でくりまわされるのも気にせず喜んだ。頼む、あってくれ、魔法の素質！

剣と魔法のファンタジー世界でも、現実とかいう代物は全然ファンタジーじゃない。現実はつらく厳しいもので、事実はかなりの割合で人を傷つける。

「ない」

「ないんですか……」

翌日、お待ちかねの魔術師が店に来てくれたので、アルベリクの指示で高価な茶葉を使ったお茶を出したところ、磁器のカップをテーブルに置くより早く才能がないことを断言されてしまった。

そうか。ないのか。小説にあるように水晶玉に手を翳すとかそういうのもなく、ひと目でわかるものなんだな……。

「……どうぞお召し上がりください」

悲しみに打ち拉がれながら、お茶と茶菓子を並べる。剣と魔法の世界、ただしそれを使えるのは俺以外というわけだ。つらい。

「で？　奴隷が私に何を訊きたい」

魔術師はフードのついた長いローブを着た男で、仏頂面のまま緩く脚を組んで俺を見た。唇が薄く、少しばかり神経質そうな顔つきをしている。深い青の瞳に見据えられると迫力があり、少しばかり腰が引けてしまう。

「わざわざ悪いな、セレスタン。彼はコウ、魔術のない世界から迷い込んできた。魔術や魔術師の仕事について聞いてみたいそうだよ」

　ふぅん、と呟いて魔術師が片眉を吊り上げる。

「魔術師は身体に触れた媒体を起点として魔術を行使できる。息を吹いて風を動かし、水場にいれば水を、地に手をつけば地を動かす。干渉の力だ」

　つまり素質があるものが呼吸をすれば風がわずかに乱れ、それは魔術師なら容易く感知できるのだそうだ。なるほどひと目でわかるはずだ。

　魔術師のセレスタンはそのまま、一般的な魔術のわざとその内容について話してくれた。地面から槍を突き出させて獣を狩り、血に触れて血抜きをする。盥に張った水の中に衣類を放り込み、水を動かして一気に洗濯をする。なかなか便利だ。俺もその力が欲しかった。正直、洗濯できるだけでも良かったんだけどな。手洗いは思った以上に面倒で、きつい。

「火は動かせないんですか？」

「いざという時にはやるだろうが、火傷したがる魔術師は多くないだろうな」

　それはその通りだ。魔術師の対面、アルベリクの隣に座らせて貰った俺は納得して頷いた。

「じゃあ海水から塩を取り出したり、土の中から鉱物を取り出したりは？」

「できなくはないが、効率は良くはない」

「つまり魔術での操作は、喩えて言うなら持続力より瞬発力の方が強い感じでしょうか」

　セレスタンがひとつ瞬きをして、すいとアルベリクの方を向いた。アルベリクは涼しい顔で微笑んでいる。

「この奴隷、学があるのか？　私の弟子より物分かりがいいが」

「十年以上勉学をやっていたそうだよ」

「惜しいな。魔術の素質があれば買い取っていた」

　お買い上げされなかった。魔術の素質さえあれば魔術師の弟子になれたのかと思うと悔しさが募る。

　アルベリクの幼なじみだというセレスタンは、そのまま魔術師の仕事について話してくれた。平時は建築や河川の整備など公共事業のサポートをして、非常時には冒険者と共に魔獣を狩る。魔術師は多くはないので収入が高いし、基本的には比較的安全な後方にいる。聞けば聞くほど羨（うらや）ましい技能だ。

俺には才能はないけど。

　ついでにアルベリクも、セレスタンとの昔話を聞かせてくれた。十代前半の頃、兎を狩りに出かけた森で大きめの魔獣に遭遇してしまい、セレスタンが居たお陰で九死に一生を得た話には俺も悲しみを忘れて前のめりになってしまった。

「……それで、セレスタンは才能を見出（みいだ）されて魔術師の弟子になったんだ」

「懐かしいな」

「なろう主人公かよ……」

　俺だって異世界転移してるんだから主人公ポジションにいるはずなのに、言葉がわかる以外何の才能もないのは何故なんだ。これが現実というものか。

　ラノベについて説明を求められたので、異世界に転移して特別な能力で現地の人々に尊敬されて成り上がる話が俺の故郷では流行っていることを説明する。それを聞いたアルベリクは、魔術のない世界に行けばセレスタンなら確かに成り上がれそうだと笑った。そうだよな、今日一番主人公っぽいのはこの魔術師だと俺も思うよ。俺だって魔術で無双してみたかった。奴隷からの成り上がりなんて、それこそファンタジー小説でなら幾らでもある話なのに。

「そのうちまた顔を出してくれ」

「ああ、そうさせてもらう」

魔術師の乗り込んだ馬車が走り去っていくのを眺めながら、俺は深々とため息をついた。魔術の話は面白かったが、結局俺の価値は上がらなかった。買い取っても貰えなかったし、今日も俺は奴隷のままだ。

「……俺っていま、幾らくらいの価値があるんですか」

休憩時間は終わりなので口調を改めてアルベリクを見上げる。にゅっと伸びてきた手が頬を撫で始めて嫌な顔になりつつも答えを待つと、少し唸ったアルベリクが遠ざかっていく馬車を指差した。

「馬車一台分くらい、ですか？」

「いや、あの馬車を牽いてる馬一頭分くらいかな。まだまだ売り物には向かないなあ」

現代人の価値が低すぎる……。がっくりと項垂れて、馬一頭分の価値しかない俺は暫定持ち主に撫でくりまわされたのだった。

## 3

アルベリクの店に奴隷としてやってきて三週間ほど、とうとう俺が身の回りの品を売った対価で自分を買い上げていた期間が終わりに近づいてきている。革のダサいビジネスバッグ、あれを俺は就活と新入社員になってからの一年くらいしか持ち歩いてこなかったけど、そのことを心底後悔した。あれがあったらもうしばらくは気楽でいられたのに。

これまで俺は奴隷用の部屋ではなく店の二階にある客間に住まわせて貰っていたが、あと数日で窓に格子の入った部屋に移らなければならなくなる。

その間、俺が身につけられたのはひと通りの読み書きと帳簿の読み方とつけ方、あとはお茶の淹れ方と簡単な接客くらいか。個人的には結構頑張った方だと思うし、宣言した通り読み書きはできるようになっているので成果がないわけではない。だけど、アルベリクに言わせれば現時点での俺の価値は馬車馬二頭分が精々であるとのことだ。せめてもう少し価値がほしい。ある程度衣食住が与えられて、死なれたら困るとか、こいつが居なければ不便だとか、そのくらいの価値がないと不安だ。そこで俺は、アルベリクに頼み込んで冒険者ギルドへ連れて行って貰うことになっていた。

剣と魔法の世界で、魔獣とかいう魔法を使う害獣が出没する世界であるので、勿論ここには冒険者ギルドが存在する。登録しておくと身分証にもなって便利だということなので、最低限登録と、あとは何らかのスキルがないか測定して貰うことになっているのだ。そう、スキル。スキルが存在するのだ。目に見えてわかる才能のようなもので、例えば剣のスキルがあるなら剣を握れば素人でもいきなり数ヶ月訓練した人並みに剣を振れるそうだ。夢がある。

正直俺にはスキルもなさそうではあるが、頬をめちゃくちゃ揉まれながら頼み込んだところ、一縷(いちる)の希望に懸けるだけなら試させてもいいと言って貰えた。才能がなくても恨みっこなしである。

そういうわけで、俺は普段よりなお早く起き出してきて支度をすると、店の前でそわそわとアルベリクを待っていた。しばらくうろうろしていると、ようやくアルベリクが二階から降りてきた。あまり顔を晒(さら)したくないとのことで、外套(がいとう)のフードを目深(まぶか)に被(かぶ)っている。もともと褐色の肌をした彼がそうやってフードの陰に隠れるようにすると、顔立ちが一気に摑(つか)めなくなった。

「はあ、幾らなんでも早すぎないかな」

「だって冒険者ギルドですよ、アルベリク様」

「定職のない自由民の就く職業だよ、そんなに憧れるものかなあ」

「憧れますよ。ならず者が『お前みたいなヒョロヒョロした奴が冒険者登録かよ』とか言って絡んでくるんですよ」

アルベリクが初めて宇宙人を見た人のような顔になったので、俺もちょっと恥ずかしくなって顔を赤らめてしまった。現実を見据えてシニカルぶってはいても、ファンタジー世界の定番に憧れてしまう気持ちはなかなか抑えられないのだ。

「確かにそういうことはなくもないけど、俺が一緒に居てそれはないよ」

「なるほど……」

確かに彼は結構大きい店の商人だし、本拠地のこの街では顔も売れているだろう。それなら最初は俺一人で行ってアルベリクには遠くから見守っていて貰うとか……。内心でそんなことを期待したが、そもそも俺は彼の商品である。そんなリスクを冒すはずもないことにすぐ気づいて、大人しくアルベリクに従って歩き出した。

「あれが冒険者ギルド。冒険者への仕事の斡旋と、簡単な座学や講習、あとは修練場なんかも併設されているよ。さ、入って」

大通りをしばらく歩いた先の建物を示され、俺はギルドを見上げた。二階建ての煉瓦造りの建物はアルベリクの店より更に大きい。ここが近隣で一番大きい冒険者ギルドだそうだ。わあ、と声を出しそうになって抑える。テーブルが並べられ、冒険者と思わしき人たちがお茶を飲んでいたり、軽食をとっていたりしている。その奥に見えるカウンターへ真っ直ぐ進むと、職員が気づいて挨拶してくれた。ここで登録や仕事の斡旋をしてくれるそうだ。アルベリク同伴だから当たり前なんだろうが、勿論誰にも絡まれなかった。そもそも冒険者ギルド内では酒類は提供していないのだそうだ。

「今日はこの奴隷の素質を確認しに来たのと……まあいいか、一応登録だけしてあげてよ」

「かしこまりました。では、こちらの用紙に必要事項をご記入ください」

アルベリクが記入を始めた用紙を覗き込む。名前、性別、年齢、外見の特徴などがさらさらと書き込まれていく。出身地はこの世界ではないのでどうするのかと思ったら、この街にしておくとのことだった。登録費用は銀貨一枚。紙代と事務手数料といったところだろう。何かあった時にこの街の冒険者ギルドで登録があると申告すれば、他の冒険者ギルドを通じて照会できる仕組みなのだそうだ。

「修練場へご案内します」

連れて行かれたのはちょっとした学校のグラウンドくらいの広さの中庭だった。木の壁で仕切られた向こうは飛び道具を試す場所で、壁の手前には案山子(かかし)が並べられている。武器置き場には各種武器が複数揃っていた。貸し出し用の武器は一応刃を潰してあるそうだ。素人の俺から見ると全部危険そうだが、力一杯人をぶん殴ったりしない限りは問題ないらしい。

「全部手に取って振ってみようか」

促されて、俺はドキドキしながらまずは手前にあった剣を取ってみた。

「お、重い……」

片手でひょいと持ち上げるつもりが、剣先がそのまま地面についてしまう。俺は愕然(がくぜん)として慌てて両手で柄(つか)を握り締める。現代人の筋力のなさを舐(な)めていた。アルベリクの店でも半ば客人のような扱いをして貰っていたから、荷物を運んだことさえない。考えるまでもなく剣は武器なのだから全体が金属でできているわけで、重いのも当たり前だった。

「ぐぬぬ……」

無理矢理持ち上げて、やっと一回振る。重さは二キロか三キロくらいだろうか、重量としてはそれほどでもないが、長さで重心が腕の先にあるので、振り下ろして止めた剣先がぷるぷる震えている。

「ぶっ」

横から噴き出す音がした。剣先を地面について振り返ると、アルベリクが顔を真っ赤にして笑いを堪(こら)えている。いやそれ堪えきれてないから！　めちゃくちゃ笑いやがって！

「くそっ……この……！」

自棄(やけ)になって更に二度ほど剣を振ったが、それだけで自分でも才能は特にないことがよくわかってしまった。

「くっ、剣の才能は、ふふっ、なさそうだね」

「わ、笑いながら言うなぁ……っ」

恥ずかしさで俺まで真っ赤になる。たぶん首まで赤くなっているのだろう、顔がもの凄(すご)く熱い。

「すごいな、顔が真っ赤だ。肌が明るいからわかりやすい」

アルベリクが遠慮もなしに顔に触ってくるので、指先との温度差で猶更(なおさら)顔の熱さを実感してしまう。

剣でぶん殴ってやりたくなったが、抑えてギリギリと睨(にら)みつけると、形のいい唇を笑いに震わせながらも手を離してくれた。

「ほら、じゃあ次はこっちを試してみよう」

握っていた剣を取り上げられて、今度はレイピアを渡される。軽そうに見えたが重量はあまり変わらない。それも数回へろへろの軌道で振って見切りをつけ、その次は戦斧(せんぷ)。これは重心が先端にあるから更に振るのが難しかった。他にもメイスや曲刀などを次々と試してはみたものの、短剣が重量的にはかなり楽だったくらいで、どれも特別に才能を感じたりはしなかった。弓なんか矢が飛びもしなかった。才能ゼロ。期待してはいけないと思ってはいたものの、流石(さすが)に落ち込む。

「はあ……」

「残念だったね」

しょんぼりしていると、アルベリクに肩をポンポン叩かれた。落ち込んでいる時くらい顔を撫で回さないでいてくれるのは、これでも配慮してくれているのだろうか。

どうせ異世界転移するなら、トラックに轢かれて神様と対面して、お詫びに色々チートスキルをつけてくれても良かったはずだ。現代日本でぬくぬく暮らしていた頃はそんなラノベを読んでは神がなんでわざわざ謝罪するんだよ、なんてご都合主義を笑っていたものだ。しかし異世界転移が実際に自分の身に降りかかってくると、ご都合主義でもなんでもいいから便利な才能が欲しかったと痛感させられる。鑑定とかアイテムボックスとか、あって欲しかったなあ……。実は初日の夜に鑑定！ とかステータスオープン！ とかこっそり唱えてみたけど何も起こらなかったんだよな。現実など所詮そんなものである。

「夕食は奢ってあげるから元気を出しなよ」

「ありがとうございます……」

優しく声をかけられて、ちょっと涙目になりながら顔を上げる。聖人のような美しく優しい表情を浮かべたアルベリクが、透き通るような灰色の瞳をきらめかせて頷いた。思わず見惚れてしまい、けぶる睫毛が瞬きで揺れる様子を息もできずに見つめる。

「明後日からは奴隷の仕事が始まるからね。しっかり食べて体力をつけるんだよ」

やっぱりこいつ最低の男なんじゃねえか！

修練場から出る時にもなんらかの手続きが必要らしく、俺はカウンター近くの空いたスペースでアルベリクを待っていた。小説によくあるような、初心者に絡んでくる冒険者が出てくる気配はない。皆、カウンターで何らかの手続きをしているか、あるいは待ち合わせか何かでテーブルについているだけだ。

手持ち無沙汰になった俺はのんびりとギルド内にいる冒険者たちに視線を投げる。割合としてはやはり男性の方が多いだろうか。動きやすそうな服装に革の鎧をしている人や、大きな盾を持った金属鎧の人などがいる。冒険者と比べると俺の身長は平均より心持ち低め程度だが、体格が全然違う。さすがは戦闘で生計を立てている人たちだ。ビルダーもかくやという筋肉のつき方をしている男たちが目立つ。彼らが皆何らかの戦闘に向いた技能を持っているのかと思うと羨ましくて堪らない。やばい、何の才能もなかったことを思い出したらまた落ち込んできた。

なんとなくアルベリクの後ろに並んでいる冒険者たちに目を向けると、金属鎧で全身を覆った細身の男と、巨大な盾を持った男の二人組がいた。盾を持っている方は頭に兜をつけていないので、幾つもの三つ編みにした派手な金髪が見えている。俺には到底持ち上げられもしなそうな盾には細かい傷が沢山ついていて、魔獣を相手にした戦闘の激しさが想像される。そうやって眺めていると不意に盾の男と目が合って、慌てて視線を逸らした。喧嘩を売っているわけではないし、アルベリクの持ち物としては騒ぎを起こしたくない。

「待たせたね。さて、行こうか。すぐ近くにいい店があるんだ」

折しもカウンターでの手続きを終えたアルベリクが戻ってきて、俺は大人しく彼についてギルドを出る。アルベリクの言っていた食堂はギルドのすぐ斜向かいにあり、冒険者やそれ以外の人々で賑わっている。確かにそろそろ昼時なので、今朝やたら早起きしてしまった分だけ腹が減っているところだった。テーブルにつき、メニューを見せられると途端に気持ちが浮上する。アルベリクの奢りだというし、せっかくだからいいものを食べておこう。

「この煮込みシチューってどうかな」

一番値段の高いものを選んで指差すと、アルベリクが苦笑した。

「手間がかかるからうちではあまり作らないものだし、いいんじゃないかな？　ここのはかなり美味しいよ」

「じゃあこれにしとく」

アルベリクが二人分まとめて注文してくれたので、あとは料理を待つだけだ。麦茶を出されたので早速口をつけて、俺は店内を忙しく動き回る店員を笑顔で見守った。異世界ものによくあるのが食文化が未成熟で調味料も調理方法もろくなものがない、というパターンだけど、ここではそんなことはない。味の良さは値段に比例するそうだけど、普通に美味しい料理が出てくる。料理チートをしたい奴はがっかりするだろうけど、そんなスキルのない俺からしてみるとありがたいくらいだ。平均的な食費が結構低めなのもいい。

「はいよ、煮込みシチュー二人前だよ」

おかみさんが運んできてくれたシチューは大きな肉がゴロゴロ入っていて美味そうだ。喜んで食べ始めたところで、隣のテーブルにも客がやってきた。

「おかみさん、鳥の香草焼きと兎のパイ、あとエール二つだ」

「あいよ！」

慣れているのだろう、腰を下ろす前にもう注文しているあたり常連感がある。声につられてそちらを見ると、先ほどギルドで見た盾職の冒険者と目が合った。全身鎧の男も一緒だ。

「おっ、あんたさっきギルドに居ただろ？　アルベリクの奴隷だったのか」

男が椅子をこっちに寄せてきて、思わずぎょっとしてしまう。まさか冒険者ギルドを出たところで絡まれるとは思ってもみなかった。

「えっと、はい、そうですが……」

アルベリクの方を見やると、ちょうど冒険者たちに向かって会釈をしたところだった。アルベリクは妙にマナーがいいので、口に物を入れたまま話したりはしない。相手もそれをわかっているようで、ちょっと会釈を返したかと思うと、手を伸ばして俺の頬をつついてきた。なんなんだ一体。見知らぬ男に触られて背中がぞわぞわする。

「可愛い顔してるじゃないか、アルベリクのところの商品か？　さっきギルドに居たが何ができる？家事はどうだ？」

「うっ……」

矢継ぎ早に質問されて身体を引く。嫌そうな顔をしてしまったのか、全身鎧の男が盾職の男の肩を叩いた。

「おい、デジレ。向こうも食事中だろ」

「お前も触ってみろよ、エマニュエル。こいつの肌すげぇぞ」

制止を気にも留めずに頬を撫で回される。この世界の人間は俺のことをなんだと思ってるんだ。愛玩動物じゃねえぞ。べたべた触られるのが気持ち悪い。

「なあアルベリク、こいつ幾らだ？」

早速運ばれてきたエールを飲みながら言われて、サッと血の気が引いた。アルベリクがカトラリを置いて口を開こうとしたので、慌てて被せるように声を出す。

「これは……」

「まっ、まだ売り物じゃないので！」

「…………」

アルベリクがなんだか愉快そうな顔をして俺を見ている。デジレと呼ばれた男も黙ってしまった。うう、やらかした。焦るあまり身体ごと乗り出してしまっていた。恥ずかしくなってすごすごと腰を椅子に落ち着け、黙ってシチューを口に入れる。

「……これはコウ。俺の奴隷だけど、まだ仕込んでる最中だから商品じゃないんだ。あと性奴隷は本人が希望してなくてね」

恥ずかしくて堪らない。そうだよ、俺が本当に奴隷として売買されるようになるまであと少しだけ日がある。今は身の回りの品と引き換えに客分扱いなのだし、焦ることじゃなかった。顔が燃えるように熱い。ここに来て俺ときたら恥をかいてばっかりだ……。

「悪かったな、コウ。こいつはデジレで、俺はエマニュエル。見ての通りの冒険者だ。こいつ気が多いだけだからさ、気にするなよ」

「はい、あの……失礼しました……」

冒険者になれるのは自由民かそれ以上、どちらにせよ奴隷の俺よりは間違いなく上の身分だ。しおしおと項垂れて無礼を詫びてから、俺は改めて背筋を冷やしていた。家事。性奴隷。気が多い。つまり、俺が咄嗟に懸念したことは間違ってなかったわけだ。仮に俺が既に売り物だったとして、値段がこいつらにとって手頃であったなら、戦う技能がない俺は性奴隷として買われていたかもしれないということか。好きでもない相手に身体を自由にされることを考えてしまい、スーッと再び顔が青くなる。デジレが声を上げて笑い出した。

「赤くなったり青くなったり忙しい奴だな！　……惜しいなあ、性奴隷はやらないのか。そんなに綺麗な肌をしてるのになあ」

「や、やりません……」

頼むよアルベリク、信じてるからな？　性奴隷だけは勘弁してほしい。俺、性奴隷よりはもう少し価値があるよな？　な？　馬車馬二頭分はあるもんな？

願いを込めてじっとアルベリクを見つめる。彼はフードの向こうの彫像のような顔に柔らかな笑顔をのせて頷いた。

「まあ、本人もこう言ってるので。……ほら、コウ。冷めないうちに食べるといい」

俺はこくこく頷いて食事を再開した。最低の男だと思ってごめん、アルベリク。あんたは最高の男だよ。だから頼むから俺をまともな奴に売ってくれよな……。

幸いなことに、デジレたちは話が一段落つくとそれ以上俺たちには絡まず、運ばれてきた料理をさっさと食べ終えると快活に別れを告げて店を出て行ってくれた。俺が見た限りでも冒険者歴はそこそこありそうだったし、きっと社会経験が豊富なのだろう。引き際を弁えてそれ以上踏み込んでこない、という姿勢がはっきりと窺えた。世渡り上手って感じだ。

「本当にデジレに売らなくて良かったのかな？　ああ見えてかなりランクの高い冒険者なんだけど」

アルベリクはやたら優雅に食事をするせいか、食べるのが俺よりだいぶ遅い。ようやく皿を空にしたところで、彼は口許を上品に拭いながら首を傾げる。

先ほど冒険者ギルドで聞いたばかりなのだが、冒険者にはランク制度が存在する。まあ異世界テンプレだよな。ざっくり五段階に分かれていて、依頼をこなすごとに加点減点があり、一定の期間内に特定の点数に達するとランクが上がるか、あるいは上げるための依頼が受けられる。ランク上げの試験をするんじゃなくて、ギルドが定めた必修科目みたいなものを規定数こなす必要があるということだ。例えば護衛依頼を何回こなすとか、ある程度の強さの魔獣を何回倒すとか。達成済みならそのままランクが上がる。しばらく冒険者稼業を休んでいたりして期間内に溜めるべき点数に達しない場合は、ランクが下がる。わかりやすい仕組みだ。残念ながら俺には関係ないんだけどな。あーほんと世知辛い。

「彼は冒険者として少なくともこの街では上から数えた方が早い部類だし、素行も悪くない。性奴隷に妥協できるなら、最上の選択肢ではあったよ」

「その性奴隷ってのが嫌なんですけどぉ……」

食後のお茶をのんびり飲んでいるアルベリクに顔を顰めて見せた。

性奴隷と聞いて、最初は俺なんかを買う奇特な女性がいるのかと思ったが、そんな思い込みが通用したのは初日までだった。日本では同性愛者はまだまだマイノリティというか、少なくとも俺がいた時点では同性婚どころか辛うじて一部の地域でパートナーシップなんとかみたいな制度があるかないか、という感じだったし、世の中はやっぱりだいたいヘテロだよな、という風潮があった。個人の自由だとは思っていたし、過剰に恐れたり嫌悪したりもしていなかったが、それでもなんとなく自分とは関係ないものだと思っていた節がある。

ところがここでは違う。同性愛がものすごく「普通」なのを、俺は肌で感じていた。つまり、同性愛に対する差別や偏見がない。あ、結婚相手は同性なのか、そうなんだ、で済んでしまう。当たり前の選択肢だから誰も騒がないし不思議に思わないし、だからわざわざ批判も擁護もしない。アルベリクの右腕でもあるベルナールとその伴侶なんかがいい例だ。ベルナールの忘れ物を届けに来た彼とは一度顔を合わせたことがあるが、優しそうな青年が普通に伴侶ですと挨拶してきたので結構驚いたものだ。暮らしぶりはいかにも中世ファンタジー世界だが、そういうところだけ文化がいきなり成熟しているので、文化の差を激しく感じたのもある。地球の中世ヨーロッパなんて、宗教的に同性愛は悪だったりする地域が多かったからなあ。ちょっとその印象が強かったんだよな。

そういうわけで、俺が性奴隷として買われる場合、買い手の性別は必ずしも女性とは限らない。当たり前だと思っていた常識が覆されたばかりの俺には、ちょっとまだ好きでもない男に身を任せるのは難易度が高すぎる。そういう話はアルベリクにもしたが、彼にとっても俺の常識は突飛に感じたらしく、理屈はわかってもらえても感覚では納得できていなさそうだった。

「俺は好きな人としかそういうことはしたくないんだよ」

結局、こう言うのが一番伝わる。既に何度か言ってあるが、改めて宣言すると、アルベリクも諦めて肩を竦めて見せた。

「一緒になってみたらそのうち好きになるかも、とは思わないあたり、コウは随分純情だね」

「俺は自分の気持ちを大切にしてるんだよ」

「はいはい、仕方ないなあ」

アルベリクは苦笑しているが、俺は内心で少しだけ彼に感謝していた。少なくとも彼には俺の意思を尊重しようという気持ちがあるわけで、奴隷なんていう立場にある俺としては結構ありがたい。あとはもっと俺自身の価値を上げることに協力してくれたら、言うことはないんだが。

「何か他に俺が覚えられそうなことってないのか？　せめて馬車馬二頭分よりもう少し価値を高めたいんだけど。あんただって、俺の値段が上がった方が儲かるだろ」

「うーん……実はもし君に魔術や武術の素質があるようなら、多少投資してもいいとは思っていたんだけどね」

「うぐ……」

そうだった。だからこそアルベリクはわざわざ魔術師を呼んでくれたし、冒険者ギルドにも連れて行ってくれたのだった。どっちも才能なしだったが。

「確かにコウは勉学には向いてるけど、流石に学院に入れてやれるほどの予算はかけられないし……

何かを身につけるためには、普通は対価が必要なんだよ」

「ハイその通りですね……」

ここには義務教育なんてない。福祉の一環として簡単な読み書き算数を習える教室は子ども向けに開放されているが、その程度なら俺は通り越している。つまり、今以上に何かを学ぼうとするなら金がかかるが、俺には肝心の金がない。金がなければ何もできないが、特別な技能のない俺が金を作るためには自分を売るしかない。詰んでるわ俺。現実って本当に厳しすぎる。

「まあ、俺も何も考えてないわけじゃないから、そこは安心していいよ」

そう言って、アルベリクが席を立つ。彼に続いて店を出たところで、アルベリクが俺の背中をポンと叩いた。待てよ、こいつが肩ポンしてくる時って大体ろくな事言わない気がする。

「奴隷の仕入れに連れて行ってあげるよ！」

やっぱりこいつ、人でなしなんだよな……。

## 4

一応はお客様待遇でいられる期間が本日いっぱいというタイミングで、俺はアルベリクに連れられて、街から二時間ほど馬車を走らせた辺りにある小さな村へ来ていた。

道路が舗装された街中はまだ良かったものの、街の外に出た途端にガッタガタの道で揺れが凄まじく、バランスを取るために変な力の入れ方をしてしまった。お陰で足腰が限界で、生まれたての子鹿のようなヨロヨロした動きで馬車から降りる羽目になった。アルベリクはそんな俺を見てめちゃくちゃ笑っていた。許せねぇよ……。

サスペンションについての知識があったら馬車の構造に革命を起こせたんだろうが、残念ながらサスペンションがあると揺れが軽減されるという事実までしか知らない。異世界ものの小説で散々見かけただけで、実際の構造について調べてみなかったせいだが、普通みんなそんなもんだよな。具体的な仕組みがわからなくても小説は楽しめるんだよ。まさか本当に異世界に飛ばされるなんて、普通なら有り得ない話だし。

「そろそろ大丈夫かな？　まずは村長に挨拶をしに行くからね」

「はい、アルベリク様……」

俺はどうにか見た目だけでも普通に歩けているように取り繕いながら、アルベリクについて歩いていく。小さな村なので、村外れに止めた馬車から村長宅まではすぐだった。周りのものよりは大きめだが、それでも全体的に小さな木造の家である。外で待っているように言われ、中に招き入れられたアルベリクは、しばらくして村長と思われる年嵩の男とともに家から出てきた。

「今年は二人だ。あの家と、その向こうにある家なんだが……呼んでくるか？」

村長の示した先に、ボロい小屋のような家がある。村長自身も街の人に比べるとかなり草臥れた格好をしていて、この村全体の貧しさが伝わってきた。

「いえ、直接行きますよ」

「そうか……では頼んだ」

そう言って、村長がじっと目を細めて俺に視線を向けた。上から下まで眺め回されるが、何を考えているのかよくわからない。俺はなんとなく気圧されて、アルベリクの方に一歩近寄った。

「さあ行こう、コウ」

「はい」

こちらを見つめ続ける村長に背を向けて歩き出すと、アルベリクが少し小声で話しかけてきた。

「俺は奴隷を買い付けに来たわけだけど、まともな人なら奴隷が買われた後にどんな扱いをされるか気になるものだろう？　そういうことだから、あまり気にしないように」

「ああ、そういうことでしたか」

つまり、奴隷商人が連れている奴隷がどんな様子か確認しておきたかったのだろう。恐らく貧しさのために止むを得ず人を売る必要があるだけで、そうでなければ本当は売りたくなどなかったのかもしれない。そして、どうせ売るのならなるべくまともな待遇のところがいいと考えているのかも。結局人を売るのだから大差ないことかもしれないけど。

「ごめんください、エフェメール商会です」

　ボロい小屋の戸を叩くと、しばらくして男性が出てきた。洗い晒しで褪色した麻の服が皺だらけで、指先が真っ黒になった、疲れた顔の男だった。

「……あんたが、エフェメール商会のアルベリクさんか？」

「ええ」

　アルベリクが肯定すると、男が家の中に向かって呼びかける。すぐに男の妻と思われる女性が、赤ちゃんを抱いたまま少年と共に出てきた。皆、身なりは見窄（みすぼ）らしいもので、戸が開いた時に見えた家の中は薄汚れている。少年だけはなるべく綺麗にしようとしたのか、顔がきちんと拭いてあって、焦茶色の髪も撫でつけられていた。女性が無言で少年の頭を撫でている。

「この子が、約束していたフェリシアンだ」

　男性がそう言ったところで初めて、売られるのがこの少年であると気がついた。まだ十歳くらいだろうか、親から離されていい年齢だとは到底思えず、俺は思わずアルベリクの顔を見てしまう。アルベリクは何ともない顔で少年を眺めてから、懐から取り出した袋を男に手渡した。この少年を買ったのだ。そのことに俺は何故か強い衝撃を受けていた。

「フェリシアン、元気に暮らしてね」

「母さん……」

　涙を浮かべたままの少年が、こくりと頷いてこちらに歩み寄ってくる。アルベリクにぺこりと頭を下げて、それから俺の傍に寄ってきた。反射的に手を差し出すと、フェリシアンが小さな手で俺の手を取った。

「さよなら……」

悲しそうに別れを告げた少年を連れて、次の家へ向かう。俺は手の中の小さな感触に動揺しており、アルベリクがまたしても同じくらいの年齢の少年を買い取るところをただ呆然と眺めることしかできなかった。

買い取られたもう一人の少年はフェリシアンよりも幼い少年で、ジスランという子だった。黒髪に茶色の目をしていて、ちょっと気の強そうな顔を歪めて盛大に泣いていた。

「父ちゃん！　母ちゃん！」

差し出された少年が両親に駆け寄って泣きじゃくるのを、母親が泣きながら押し戻そうとする。見ていて悲しくなったのか、フェリシアンの目にもまたじんわりと涙が浮かんでくる。俺は堪らなくなって、フェリシアンの手を握ったままジスランに近づき、空いている方の手でそっと少年を抱き寄せた。背中をポンポン叩いてやると、段々と泣き声が小さくなってくる。フェリシアンもそうだったが、ジスランも今日売られていくことについては前々から言い含められていたのだろう。ぐすぐすと洟をすすりながらも、袖でぐいと目許を拭った。

「ほら、おいで」

手を繋いでやると、少しは落ち着いたようだ。もとは青かったのだろう、褪せて水色になった服を着た背中が縮こまって丸い。

「じゃあな、父ちゃん、母ちゃん……」

蚊の鳴くような声で別れの挨拶をしたジスランと、どうにか涙を引っ込めたフェリシアンを連れて、村外れの馬車へ戻る。正直なところ、俺はこんな子どもの人身売買の片棒を担がされていることに死ぬほど落ち込んでいたが、売られた本人たちの方がよほど辛いに違いない。アルベリクをぶん殴りたい気持ちをどうにか押し込め、無理矢理笑顔を浮かべて、俺は子どもたちと馬車へ乗り込んだ。

馬車が走り出すと、子どもたちが静かに啜り泣き始める。同じ村の出身なので、もともと知り合いだったのだろう。フェリシアンとジスランは身体を寄せ合って泣いている。そのうち、一時間もすると二人とも泣き疲れたのか、お互いにしがみついたまま眠ってしまった。馬車がゴトゴト走る音を除けば、すっかり静かになったところで、徐にアルベリクが口を開いた。

「この二人は明日からコウが面倒を見るといい」

「……はあ？」

俺は結構な憎しみを込めてアルベリクを睨みつけた。いやいや、人身売買に付き合わされたので十分だろ。子どもの世話の仕方なんて俺にはわからない。小学校の先生じゃないし、何が正解かもわからないのに安易に任されても困る。この子たちが可哀想じゃないか。

「この子たちの未来が心配じゃない？　貧しい家庭で小さいうちから畑の手伝いなんかで働かされて、読み書き算数もまだ習いに行けてない」

「だからって俺なんかに任せるのはどうなんですか」

反論すると、アルベリクは眠る子どもたちに視線を向ける。釣られて俺も二人を見た。

「彼らはものすごく安く買えたけど、このままだとものすごく安いまま売ることになるんだ。安物の奴隷の境遇がどうなるか、君は想像したことある？」

言われて、俺はハッとなった。何の特別な技能も持たない俺は、読み書きや帳簿の付け方がわかってもたかだか馬車馬二頭分くらいの価値にしかならない。この子たちは、その読み書きや数の数え方すらまだ学んでいないのだ。俺は自分の価値を上げたいと切望しているけど、この子たちだって価値を上げなければ幸せに暮らせない。

「……まだ当分は売らないんですよね？」

「君が面倒を見るならね」

肯定されて、俺は決意を固めた。俺がこの子たちを守らなければならない。こんな人でなしのアルベリクなんかに、安く売り飛ばさせたりなんかしない。

「やってやるよ……！」

「まだ仕事中だよ、コウ」

「ハイ申し訳ありませんでした」

拳を握って低く呟いた俺は、すぐさま指摘されて謝罪させられた。こいつほんと嫌なやつだわ。

# 5

アルベリクの店、エフェメール商会の本店であるこの店には、成人した奴隷が俺以外に五人いる。皆、それぞれ事情があって自分で自分を売った人たちだ。

奴隷制度というのはきちんと法律で色々決められているそうで、基本的には本人の同意で売られることになっている。一番多いのは借金を返せなくなって、自分を売って奴隷になった人だそうだ。子どもの場合は親の同意で売れる。これもかなり多いらしい。あとは、滅多にないことだが、どこの市民権も持っていない無所属の人間は自由に奴隷にできる。最悪の決まりだが、俺がそれにあたる。犯罪者も刑期中は実質的には奴隷になるらしいが、彼らは一般の奴隷商人の間には流通せず、国に管理されて強制労働に従事させられるらしい。まあそりゃ犯罪者を一般人に任せられるはずもないよな。

この店にもともといる五人の成人奴隷たちには、二人の世話係がついて面倒を見たり、ちょっとした教育をしたりしている。どんなことをしているのか訊いてみたが、成人している奴隷たちはそれぞれ何らかの技能があるので、そういう方面の教育は特に行わないそうだ。主に礼儀作法について教えていると聞いた。礼儀作法とはいっても、主人に対する口のきき方だとか、粗野な振る舞いを直すとか、その程度らしい。敬語なんて話したこともない人が多いからだろう。言われてみれば確かに、昨日訪れた村でも、村長を始めとして誰一人敬語を使っていなかった。使わないのではなく、使えないのだろう。

新しく奴隷として買われてきたフェリシアンとジスランは、本日からとうとう正式な奴隷になった俺が面倒を見ることになった。内容は食事や身の回りの世話、読み書きや算数の教育、あとは礼儀作法。昨日あれから必死にアルベリクに掛け合ったので、ある程度きちんと言うことを聞かせられたら二人には多少の自由時間を与えてもいいということになった。年齢を確認したらフェリシアンは九歳、ジスランはまだたったの八歳だったので、どう考えても遊びの時間があるべきだ。アルベリクは不思議そうにしていたが、その方が全体的に見て効率がいいことを十数年の学生生活の経験から主張すると、何とか納得して貰えた。過去にも子どもの奴隷は頻繁に扱っていたそうだが、それらの子どもたちの境遇を考えると涙が出そうだ。俺がここに居る限りはそんな非道な真似はさせたくない。

そんなわけで、俺は早速フェリシアンとジスランに向かい合っていた。場所は俺が間借りしていた客間だ。本来なら今日からは俺も奴隷用の窓に格子の入った部屋に移ることになっているのだが、今日はアルベリクに頼んで借りているのだ。ソファとテーブル、衝立とその向こうにベッドのある小さな部屋だが、奴隷用の部屋より広いし窓に格子がないので、こちらの方が二人が落ち着くと思ったのだ。本来は来客用なだけあって、調度品も上品で居心地のいい部屋である。

「改めて自己紹介するけど、俺はコウ。君たちと同じ奴隷だ。今日からは、君たちに読み書きと数の数え方を教えていくから、できる限り真面目に頑張ってほしい」

首からエフェメール商会の印の入った南京錠を下げた二人が、じっと俺を見上げている。フェリシアンはちょっと不安そうな顔つきをしているが、ジスランは早速気の強そうな少し吊り上がった目で気丈に胸を張っている。そんな二人の前に、俺は鞭を取り出して見せた。途端に二人の腰が引ける。

フェリシアンは飛び上がって震え出したし、ジスランは腰が引けた姿勢のままフェリシアンを庇うように少し前に出てきた。

「そっ、それで俺たちをぶつつもりかよ！」

「叩かないよ」

「嘘だ！　ぶつんだ！」

ジスランが身構えて叫ぶ。親の仇でも見るような目を向けられるが、俺はなるべく穏やかに、ゆっくりとした発音を心掛けて二人に声をかけた。

「この鞭は、君たちを躾けるために使うように渡されてるけど、俺はこんなものは使いたくない。間違ったことをしても、直すつもりがあるなら怒ったりしない。何度言っても聞いてくれないなら怒ることもあるけど、怒っても鞭で叩いたりはしない。本当にこれを使わなければいけないのは、君たちが逃げ出した時と、お客様に失礼なことをした時だけだ。その時は、これを使わなければ俺が罰せられる。なんでかというと、君たちが奴隷で、俺も奴隷だからだ。だから、それだけは覚えておいてほしい」

よく見えるように鞭を置いて、手に何も持っていないことを示しながら二人の前に屈み込む。俺の手から鞭が離れたのを何度も見て確かめたジスランが、身構えていた腕をゆっくりと下ろしていく。俺はフェリシアンとジスランの手をそれぞれ優しく握った。フェリシアンよりもジスランの方がよほど震えていた。

「いいか、約束だ。勝手にこの店から出て行かない、お客様に近づかない。それが守れたら叩いたり

しない。俺も君たちを叩きたくないから、約束してくれるか？」

「ほっ……本当かよ？」

「ジスランは勇敢だね。本当に本当だ」

なるべく優しく見えるようににっこり笑って見せると、ようやく二人の手から力が抜けてきた。

「約束できる？」

「……うん」

「わかった」

本当はこんなもの見せたくなかったが、この説明さえすれば、あとはどんな落ち度があろうと店の中のことで済ませられるとアルベリクに保証されている。ただ、彼らが約束を破ったとしても、俺は子どもを鞭打ちなんてする気はなかった。俺が罰を受ければいい話だからだ。まあ俺としてもそんな目には遭いたくないので、二人が大人しく従ってくれるように願うしかない。

「怖い話は終わりだ。約束を守れたら二度とこんな怖い話はしないから、安心するといい。……今日は文字を読む勉強をしよう。おいで、お話を読んであげるよ」

二人の手を引いて、ソファに座らせる。ここでは本は高いが、読み書きを学ぶための教科書は中古のものをアルベリクが用意してくれたので二人分ある。それを一冊広げて、俺はそこに書かれた童話を読み始めた。

「……さて、今日はこれで終わり。明日からはいまのお話をもとにして、文字の読み方を教えるからね。夕食まで、自分たちの部屋か中庭でなら好きに過ごしていいよ」

「やった！　行こうぜ、フェリシアン」

ジスランがフェリシアンの手を引いて駆け出して行くのを見送って、俺は扉を閉めて振り返った。

「どうでしたか」

声をかけると、衝立の向こうからアルベリクが顔を出した。こいつは最初から衝立の向こうで全てを聞いていたのだ。アルベリクは手に持っていた帳簿をテーブルに置き、ソファに腰を下ろす。手招きされて、その隣に俺も座った。

「コウは子どもの扱いが上手だね」

「いや全然上手くないが？」

怖がらせたし、その後はご機嫌取りになった。これでいいのか内心ではかなり葛藤したし、反発されないかヒヤヒヤもした。こういうことはやっぱりプロの教師に任せた方がいいんじゃないかと未だに思ってもいる。憮然とした顔をしていると、眉間に寄った皺を伸ばすようにアルベリクの指が触れてきた。

「二人ともこの部屋の方が落ち着くみたいだし、あの二人の面倒を見ている間はこの部屋を使っていてもいいよ」

「まあ……そうさせて貰えるなら助かるけど……」

呟くと、アルベリクがにっこり笑って俺の顔を覗き込んできた。瞬きの度に灰色の瞳に銀色の睫毛がかかってキラキラする。

「大丈夫だよ、コウ」

「どこが大丈夫なんだ……」

あまり安易に考えないでほしい。俺の教育に今後の二人の人生がかかってきていると考えるだけで荷が重いのに。仏頂面をしていると、アルベリクの手が優しく頬を撫でた。いつもの、肌の感触を楽しむために撫で回すやり方ではなくて、気持ちを宥めるような触れ方だった。

「コウがあの子たちを気にかけているから、かな」

彫像のように整った顔を優しく緩めたアルベリクは聖母像に似て見えて、俺はなんだか気恥ずかしくなって俯いてしまった。こいつ本当に顔だけはいい。この店に女性が一人もいないのは、女性たちがこいつの顔に血迷ってストーカーになってしまうからだが、それもそうだと理解できてしまう顔をしている。

「……まだ当分教えることはあるんだから、勝手に売るなよな」

優しそうな顔に騙されてなるものかと思いながらも、なんとなく彼の手を撥ね除ける気にはなれなかった。

## 6

どうやらこの世界では、言語は国や地域ごとにバラバラに分かれていない。だから外国語なんてものは存在しないし、どこへ行こうが言葉が通じる。初めて知った時は結構驚いたが、異世界ならそんなこともあるのだろうか。あるいは、アルベリクが知らないだけで、遠く離れた別の国では別の言語が使われているのかもしれない。

基本的な文字は三十文字程度で、アクセント符号が幾つかと、記号、それに合字が存在する。日本語で言うところの漢字のような表意文字はなく、どちらかというと英語とかフランス語とか、ああいうヨーロッパの言葉に近い。教える側としては漢字がないだけでかなり楽で、お陰でひと月もする頃にはフェリシアンもジスランも、少なくとも文字を覚えることができた。意外だったのは、案外ジスランの方が綺麗な文字を書くことだ。子どもって意外性の塊なんだよな。ドヤ顔で見せられた書き取りの文字を覗き込む。

「よく書けてるじゃないか。ジスランは手先も器用なのかもしれないな。この文字だけ間違ってるから、そこだけもう一度書いてみようか」

「ふふん、俺は種を植えるのも上手かったんだぜ……です」

「ふは」

二人には言葉遣いを直す一環として、まずは語尾をですます調に変えることから教えている。始めたてなので、とにかくですますが語尾についてさえいればいいということにしてあって、追々直していくつもりだが、これが結構面白い。思わず笑ってしまう。俺が噴き出すのが間違っている証拠のようなもので、ジスランが慌てて言い直した。

「お、俺は種を植えるのも上手かったです！」

「よくできました」

ニコニコとジスランの頭を撫で回してから、フェリシアンの木箱を確認する。俺が最初に使っていたような、細かい砂の入った浅い箱だ。これに木の棒をペン代わりにして書かせているのだが、所詮は砂なので、早めに確認しないと何かの拍子に崩れてしまうのだ。

「フェリシアンもいい調子だな。もう間違えなくなってる。覚えるのが早くて助かるよ」

「ありがとうございます」

フェリシアンの文字は整ってはいないが正確だ。書き間違いがない。ペンを握る動作というのは初めてのうちはなかなか難しいため、文字がガタガタなのは単に不慣れなだけだろう。言葉遣いもかなり綺麗になってきたし、恐らく記憶力が優れているので様々なところに活かせそうだ。

「二人とも良くできました。それじゃあしばらく自由時間にしてから、昼食の後は店内の掃除を手伝おうな」

「はい！」

「ありがとうございました」

二人が仲良く連れ立って階段を下りていくのを見送って、俺は一旦台所に寄ってお茶を淹れてから、アルベリクの書斎へ向かった。毎日一度は二人の状況について報告を入れることになっているのだ。彼自身がこっそり見守っていたのは初日だけで、あとはほぼ完全に任せて貰えている。

「アルベリク様、お茶をお持ちしました」

「お疲れさま、コウ」

書類に向き合っていたアルベリクが顔を上げる。朝早くからずっと書類仕事だったのか、眉間を揉みながら微笑む顔が儚い。疲れている時のアルベリクは本人にそのつもりがなくても妙に退廃的な雰囲気を醸し出すので、なるほど女性を入れるのを嫌がるわけだと納得させられる。

ここに来てからかれこれふた月ほどになる。初対面から現実を見て大人しく物分かりのよかった俺をそれなりに信用しているのか、アルベリクは俺の前では結構気が抜けていることが多い。時々森へ気晴らしがてら狩りに行くのにも付き合わせて貰ったし、冒険者ギルドを含めて街を案内して貰ったこともある。彼は大概はフードを被って顔を隠し気味にしているが、それでも顔が全く見えないわけではないので、明らかに彼の顔に惹かれた人間を俺は度々見かけることになった。

彼の顔立ちは特に女性に受けるらしく、男性からのアプローチは稀にしかないそうだが、とにかく女性によくもてた。しかもちょっと迷惑な感じのもて方をする。物陰からじっと見つめているとか、会話のきっかけにしたいのかわざとぶつかりにくるとか、そういうやつだ。昔はこの店にも何度か女性の従業員を入れたそうだが、数回気持ちの悪い目に遭ってからはすっかり男だらけのむさ苦しい店にしてしまったらしい。まあ、そこそこまともだと思っていた人がよりによって疲れている時に突然豹変して迫ってきたら、そりゃあ嫌にもなるだろう。持って生まれた顔はどうしようもないことだし。

「休憩にしてもいいよ」

「どーも。あー疲れた」

スッと伸ばしていた背筋を丸めて、俺はどかっとソファに腰を下ろした。途端にアルベリクが愁眉を開いて笑い出す。

「休んでいいとは言ったけど、主人より先に座るのってどうなのかな？」

「仕事中はきちんとしてるだろ、俺は切り替えが得意なの。俺とあんたの仲じゃないか」

「まったく……」

苦笑しながらソファに座ったアルベリクに、お茶のカップを手渡す。勤務時間外の扱いだけど、一応俺だって多少は気を遣える。基本的に、オンオフははっきり分けた方がストレスが溜まらないんだよ。俺が繊細なタイプじゃなくてお互いによかったと思ってほしい。

「あの二人はどう？」

「フェリシアンはすごく物覚えがいいし、頭がいいと思う。文字を覚えるのも早かったし、言わなくても自分で確認するから間違いが滅多にない。ジスランは手先が器用で根気があるから、教える機会があればなんか技術とか身につけられそうだと思う」

ふうん、とアルベリクが頷いて少し考え込んだ。小首を傾げると長い銀髪がさらりと肩から零れ落ちて、窓からの光に当たってきらめく。頰のカーブが美しく、そうしているとどこか高貴な人間のようにも見えた。実際は奴隷も扱う商人だけど。顔だけは本当にいつまで眺めても飽きないんだよなあ。

「木工と鍛冶、どちらかに興味があるなら、ジスランはそのうち工房の見習いとして売ってもいいかもしれないな。フェリシアンは……数字にも強いかどうかを見てから考えた方が良さそうだ」

実は二人を買い取った後になってからようやく聞かされたのだが、子どもの奴隷は技術や知識を与えても勝手に独立する心配がないため、才能次第では工房や商店などに買い取られることが多いそうだ。売られるのは大体見習いとして働かせられる十歳くらいから。それまではここで基本的な知識を身につけさせておけば、その分できることが増えるので価値も上がる。

その話を聞かされて、俺はようやくアルベリクがただの人でなしではないのだと気がついた。こいつにも利益があるとはいえ、子どもたちのことを考えていないわけではなかったのだ。だからといって、まだ完全に信用したわけじゃないからな、俺は。

「まだ売るなよ」

「当分は売らないよ。君が教育するんだろ？」

俺はこっくり頷いた。二人の教育が結構上手くいっていることもあり、俺の評価額は馬車馬二頭分から馬車一台分に格上げされている。とはいえ、まだまだだと自分でも思う。

「……俺のこともまだ売るなよ」

なんとなく小さな声で呟くと、耳聡く俺の声を拾ったアルベリクが優しい顔で俺の頬を撫でた。

「売らないよ。……当分は売れ残りだね」

嬉しくないけど、ちょっと嬉しい。まだ俺の価値は上がると信じて貰えているんだろうか。複雑な気持ちで俯いたところで、扉がノックされて、昼食の用意ができたと呼ばれた。俺も子どもたちを呼んでこなければ。

「……もっと高値になってやるんだからな」

部屋を出て俺の前を歩くアルベリクの背中を見つめながら呟くと、彼が前を向いたままちょっと笑ったような気がした。

# 7

　さて、晴れて価値が二頭立て馬車一台分と相成った俺は、ひと月真面目に子どもたちの面倒を見てそれなりの成果を上げたことで、ちょっとしたご褒美を貰えることになった。そうはいっても所詮は奴隷の立場にあるので、大したものが期待できるわけではない。なにがいいか考えておいて、とは言われているが、果たしてどんな要望をするべきか迷っている。

　季節はだんだんと秋に近づき、もともとそれなりに過ごしやすかった気候が少し肌寒くなってきている。今日は普段店番をしているベルナールが休みを取っているため、俺が代わりに店頭に立っていた。子どもたちは真面目に勉強したご褒美で、今日は丸一日休みだ。普段も休み時間はなるべく取らせるようにしているが、掃除などのちょっとした雑用さえ一切ない休みは初めてだ。二人ともはしゃいでいた。

　店番を任されたとはいえ、店頭にいるのは俺だけではない。奴隷だけだと客に見くびられるし、裁量権もないので、俺を監督する役目も兼ねてきちんとした店員がいる。エルヴェという、俺より五センチくらい背の高い青年だ。この本店で実績を積んで、将来は故郷の支店を任されるのが目標なのだそうだ。さっき客が途切れた時に聞いた。

　店員の真似事をするのは今日が初めてだったが、俺は最近まで新人とはいえ営業だったし、学生時代のバイト経験もある。知識は浅いが接客だけなら即戦力になるので、エルヴェが随分安心していた。

アルベリクのところの少し珍しい奴隷が店先に立っているというので、冷やかしの客が今日は多めらしいが、それでも笑顔で接すればちょっとした石鹸くらいなら買ってくれたりもする。見てろよアルベリク、売り上げに貢献して価値を上げてやるからな。

「少し休憩してきてもいいかな。代わりに手の空いてる奴を出すよ」

「大丈夫ですよ、行ってきてください」

俺は先ほど時間を貰って昼食を取ったので、今度はエルヴェの番だ。笑顔で承諾して、エルヴェが奥へ引っ込んだところで、店先から聞き覚えのある声が聞こえてきた。

「誰かと思えばアルベリクの奴隷じゃねぇか。何してるんだ？」

デジレ、以前俺を買いたがっていた冒険者だ。相変わらず見上げるほどでかいが、今日はあの巨大な盾は持ってきていないようだ。オフなのだろう、鎧もつけておらず軽装だ。

「ようこそ、エフェメール商会へ。なにかお探しですか」

「冷たいなあ」

逆にどうして俺が温かい対応をすると思った？　べつに特別嫌っているわけではないが、自分を性奴隷として欲しがった人間に警戒するのはおかしなことではないと思う。お客様向けの笑顔を浮かべているだけでも、俺としては十分にサービスできているつもりだ。俺は何もわからない素振りでにっこりと微笑んだ。

「そうですか？」

まあ、以前アルベリクから話を聞いた限りでは実績のある冒険者だそうだし、この街での活動も長いのだろう。お得意様かもしれないので、必要以上に邪険にするつもりはない。俺はそんなつもりないんだけどな〜、というニュアンスを込めて首を傾げる。

「今日は灯り用の油と油紙を一束、あとはコウが欲しいな」

「灯り用の油はどれくらいご入用でしょうか？　油紙はこちらの棚で、私は売り物ではないのでお売りできかねます」

「油はこの瓶いっぱいで頼む。なんだ、売ってないのか」

「売っておりませんねー」

前言撤回。こんなやつ常連であってほしくない。他所へ行ってくれ、他所へ。背を向けて仏頂面で油をはかる。どうにか笑顔を作り直そうと顔を顰めていると、後からエマニュエルも着いたようだ。デジレがオフなら彼もオフのはずだが、相変わらずの全身鎧である。

「おいデジレ、俺を置いて先に行くなよな。……おっ、コウくん今日は店番か」

「こんにちは、エマニュエルさん。こちらがご注文いただいた油と油紙一束です」

彼は比較的まともなので、少しは良識に期待できそうだ。まだ少々ぎこちない笑顔で金額を伝えると、エマニュエルが財布から金を取り出しながら肘で強めにデジレをつついた。

「コウくんにまたちょっかいかけてないだろうな？」

「いてっ、これと一緒にコウも持ち帰りしたいって言っただけだろ。ちょっとした挨拶だよ、挨拶」

「お前、この間ギルド受付のイヴェットちゃんにも似たようなこと言ってただろ。お前のこと引っ叩きたそうな顔で睨まれてたじゃないか」

「そういう気の強いところがいいんだよ」

「変態かよ」

二人の遠慮のないやり取りが軽快で、俺は思わずちょっと笑ってしまった。

「っふふ、確かにちょうどいただきました。ありがとうございます」

「コウは笑うと可愛(かわい)いなあ」

「ちょっ……やめ」

デジレの手が伸びてきて頬を触られる。鳥肌が立って反射的に仰(の)け反ったところで、エマニュエルが冷静に呟く。

「ほら見ろ、コウくんだって奴隷でさえなかったらお前のことなどとっくに引っ叩いてるよ。お前の嫁さんになる人がいたら大変だな、結婚したら毎日ビンタしてやらないといけないんだから」

「叩かれるのが好きなわけじゃねぇ！　おいコウ、俺は違うからな！」

「くっ……ふふっ」

慌てて弁解しようとするデジレと冷静なエマニュエルの対比が面白くて、俺は肌に触れられたままでいる不快感を一瞬忘れてまた笑い出してしまった。

「こんなに可愛いんなら少しくらい叩いたって許せるけどなあ」

「ちょっと、デジレさん……」

ぐりぐりと両手で頬を揉まれ、笑いながら逃げようとしたところで、ふと誰かが店に入ってきたことに気づいた。アルベリクだ。なにか用事があると言って朝から出掛けていたが、ちょうど戻ってきたようだ。

「アルベリク様」

半笑いの顔をどうにか真顔に戻し、お帰りなさいませ、と言おうとしたところで、アルベリクが能面のような無表情で俺を見つめてくるせいで言葉が途切れてしまった。いったいどうしたのだろうか。

「……ふぅん」

低く呟くと、そのまま挨拶もせずに店の奥へ入って行ってしまう。困惑していると、やっとデジレが手を離してくれた。

「あー、まあ、悪かったな、仕事の邪魔して」

「いえ……」

「ほら行くぞデジレ。じゃあまたな、コウくん」

二人も先ほどまでの楽しい空気に水を差された形になったためか、さっさと購入したものを抱えて去って行った。

「ありがとうございましたー……」

一応店頭でお辞儀して見送ったところに、やっとエルヴェが戻ってくる。

「ごめんな、コウくん。代わりに出られるやつがいなくてさ。しばらく一人にしてしまったけど、特に問題はなかった?」

「ええ、大丈夫でしたよ」

申し訳なさそうにするエルヴェを見てなんとなく我に返る。売ったものの報告をしたところで、今日はもう終わりにしていいと言われた。

「そろそろベルナールさんも戻ってくるし、あとはもう大丈夫だから、今日はここまででいいよ。お疲れさま」

「では、お先に失礼しますね。お疲れさまでした」

ぺこりと頭を下げて、俺も店の奥へ引っ込む。夕食までしばし自由時間になったので、部屋に戻って最近仕事の合間にしている裁縫の練習を再開する。

裁縫をやりたがるのは女性が多いような印象があったが、ここでは手作業で作られるため衣類や布製品はかなり高価だ。どうしても補修しながら使うことになるので、裁縫はある程度できた方がいいと聞いて、少しずつ練習しているのだ。いまはまだ不要な端切れで縫い目を揃える訓練をしているところだが、ある程度上達したら服の直しなどもやってみたいと考えている。

しばらく無心になって針を動かしていたが、ふと集中が途切れたところで俺は先ほどのアルベリクの態度を思い出してしまった。

「……なんだったんだ、あいつ」

俺を見て随分不機嫌そうにしていた。アルベリクは基本的にはマナーがいい。どこの良家のご子息だよってくらい、他の人たちとは一線を画している。食事の作法も綺麗だし、誰に対しても挨拶を欠かさないし、愛想がいい。彼のあんな不機嫌そうな表情を見たのは初めてだ。俺がなにか間違ったことをしたかとも思ったが、間違いがあれば指摘してくれるのが普通だったし、エルヴェに確認して貰っても問題ないと言われた。

「ふぅん……ってなんだよ……」

なんだか釈然としない。気になったし内心モヤモヤしていたが、その後夕食の席でのアルベリクがいつも通りの快活な態度だったので、結局俺はあの時の態度がなんだったのか訊きそびれてしまうのだった。


「ご褒美はなににするか決めた？」

「うーん……」

食事の席でアルベリクに訊かれて、俺はちょっと唸った。先日彼になにかご褒美をあげようと言われてから、既に数日経っている。

エフェメール商会の本店であるここでは、住み込みで働いている人間は基本的にアルベリク自身と奴隷くらいで、あとは夜になると皆それぞれ帰宅していく。奴隷を住み込みと表現していいかは微妙なところだが、まあつまりアルベリクと奴隷くらいしかいない。少しだけ特別待遇にして貰っている俺は、二人のチビたちもついでに交えてアルベリクと毎晩夕食を共にしている。食事のマナーを教える名目ではあるが、できるだけまともな暮らし方をさせたいという俺の考えは、彼には多分お見通しなんだろう。

ちなみに、中世風の世界とはいえここは文化的には地球で喩えるなら中世後期どころか近世であり、ご都合ファンタジー世界的というか、きちんとフォークとナイフ、それにスプーンがある。こういった食器を使ったテーブルマナーというのは十九世紀頃にようやく確立されたのであって、中世時代の人々は手掴みでものを食べていた。三浦と中世風ファンタジーものの話をしている時にご都合主義だよなと笑い合いながらスマホで調べたから間違いないはずだ。現実的に異世界に来てしまった俺としては、フォークやナイフが当たり前のように使われていて本当にありがたいけど。手掴みとナイフだけで食事をするのはちょっとな。

話は逸れたがそんな訳で、アルベリクに質問された俺は、フェリシアンとジスランの視線を受けながら考え込んでいた。以前なら気が短い方のジスランが「なににするんだ？」なんて口を突っ込んできただろうが、口にものが入っている状態で話さないように教えた成果もあり、こちらを見つめながらも静かに口を動かしている。弟ができたみたいで可愛いんだよな、二人とも。

「店頭に立ったのがいい経験だったので、また時々任せていただきたいです」

「んん……」

分を弁えた範囲で様々な経験を積んでおきたくてそう言ったが、アルベリクは難しい顔になってしまった。まずかったかなと思いながらも、言いたいことはこの際言ってしまった方がいいだろう。すかさず要望をきっちり最後まで述べる。

「できれば仕入れや小売店への卸なども経験しておきたいと思っています。ですが、難しいようであれば他のものにいたします」

奴隷としてどの程度までなら許されるのか、実のところ未だに掴みきれていない。持ち主の裁量に任されているものなので、どこまでと明白に線引きがされているわけではないのが難しいのだ。

「……まあ、仕入れや卸くらいならいいかな」

店頭に立つのは駄目でも、仕入れや卸なら許可が出るのは何故だろう。よほど納得いかない顔をしてしまっていたのか、アルベリクが食後の酒を置いてから苦笑した。

「悪いけど、奴隷を店頭に立たせるのは時々ならまだしも、頻繁にやると強盗に狙われやすい。普通、奴隷は自分の身を守りはしても、命を懸けて抵抗なんてしないものだ」

「そういうことだったのですね」

言われて、なるほどと納得する。店の持ち主や正社員なら必死で抵抗するだろうが、バイトなら自分のものでもない商品や金より命を惜しむだろう……という感じなのかもしれない。舐められやすいから逆に危ないという理解で多分合っているはずだ。静かに話を聞いていた子どもたちも、そういうものなのかという顔になっている。二人はまだ社会経験がないから実感もないだろうが、監視カメラもろくなセキュリティもない世の中は結構物騒なのだ。

「それに、コウは俺の奴隷だけど、珍しい見た目をしているから。誘拐される可能性もあるってわかってる?」

「ああ、確かに……そうですね」

想像するのも嫌になるが、現にデジレから冗談半分とはいえ積極的にアピールされているので実感もわく。普通の奴隷としては二頭立て馬車一台分でも、性奴隷としての価値はそれをかなり上回って高めにつくと聞いているので、攫(さら)われて売り払われたら一巻の終わりだ。その後どうなるかは考えたくもない。

「俺と一緒にならなら仕入れや卸にも時々連れて行ってあげよう。店頭に立つのは、ベルナールがいる時に偶にならなら、という感じかな。そっちはあまり期待しないでくれ」

「承知いたしました。ご配慮ありがとうございます」

納得してお礼を言うと、アルベリクはやっと愁眉を開いて微笑んだ。

「俺としては君がなにか物を欲しがったりするのかと思ったから意外だったけど、とりあえずこれでご褒美は決まったね。さて、今日はちょっとしたデザートがあるんだ。ジスランもフェリシアンも、果物は好きだろう？」

「やった！　ありがとうございます！」

「なんの果物ですか？」

真面目な話が終わり、テーブルに笑顔が溢れる。

甘いものは果物でもちょっとした値段がするので、普通は奴隷に食べさせたりしないとベルナールから教えて貰ったことがある。そんなものを食べさせてくれるアルベリクは優しい主人なのだとフェリシアンもジスランも単純に喜んでいたが、俺はちょっとばかり疑いの目で彼を見ている。商売は慈善事業なんかじゃないってことは社会人だった俺にはよくわかっているし、こういう優しさにも打算があるんじゃないかと思う。現にフェリシアンもジスランもすっかりアルベリクに懐いているし。俺はそんなものでは懐柔されたりしないいんだからな。

とはいえ、果物は美味しかった。流石に品種改良が繰り返された現代日本の果物には及ばないが、梨に似た果物は水分たっぷりでほんのり甘い。俺だってたまにしか食べられない甘いものには飢えているのだ。果物に罪はないんだから、仕方ないよな。

食事を終えて食器を洗い、すっかり自室になっている客間に戻ろうとしたところで声を掛けられた。

「コウ、ちょっといいかな」

アルベリクの小脇に帳簿が抱えられているので、多分在庫の確認をしていたのだろう。今は勤務時間中ではないし、子どもたちもいないので、俺も気楽に立ち止まって返事する。

「なんかあったか？」

「冬に向けて置いてた毛織物が案外売れてるから、そろそろ仕入れに行こうと思っていたんだ。行き先は隣街。明日だけど、コウも来るかい？」

「えっ、いいのか」

俺が仕入れに同行するということは、子どもたちを奴隷担当の二人にちょっと見て貰う必要がある。だから機会はあまり多くないだろうと予想していたので、さっき提案したばかりで早速誘われるとまでは思ってもみなかった。急な話だが、ついつい気分が上がってしまう。

「嬉しそうだね」

「まあね」

ついとアルベリクの手が伸びて頬を撫でられる。俺もすっかりアルベリクが至近距離に居ることに慣れてしまった。

「ジスランとフェリシアンには朝のうちに課題を出しておいたらいい。三の鐘には出るから、早めに指示しておいてね」

「わかった。ありがとな、アルベリク様」

俺は最初のあの森とこの店の周辺くらいしか知らない。隣街にも行ったことがないので、かなり楽しみだ。ついニヤニヤしていると、頬を触っていた手が頭に置かれた。ここでは多少髪を長めに伸ばして括るのが一般的だそうで、アルベリクは腰近くまで伸ばしている。彼は他の人たちと比べても長い方だが、そうでなくても大概は肩を超える長さにしているのが普通で、俺はかなり短い方なのだ。一年も伸ばしていれば肩くらいまでは届くらしいが、三ヶ月ほど切らずにいるのは結構邪魔だった。早く俺も後ろで括れるようになりたい。

「おやすみ、コウ」

そんな髪の短い頭を軽く撫でて、アルベリクが去っていく。打算もなにも感じない優しい挨拶になんとなく言葉を失って、俺はじっとアルベリクの後ろ姿を見送った。

「……奴隷商人のくせに」

彼は奴隷も扱う商人で、俺は商品だ。ここにずっと居られる訳ではないのだから、あまり依存させないでほしい。

近頃涼しくなってきたせいで、少しばかり肌寒いような気持ちになる。俺は漠然とした寂しさを振り払うように、さっさと部屋に戻って寝ることにした。

地球でも時計の歴史は古く、大昔は日時計から段々発展していってそのうち今のような時計が作られるようになった。デジタルでもアナログでも時計は精密機械であるので、文明の発展と共に小さいものが作られるようにはなったけれど、そこまで進んでいない場合、そこらへんの一般人にまで普及させるのは難しい。この世界でも、時計は街の中心にある教会の時計塔にしかなく、時刻は鐘の音で三時間おきに知らされるというのが常識だ。

鐘は朝六時にあたる夜明け頃を一の鐘として、朝九時に三の鐘、正午に六の鐘、午後三時に九の鐘が鳴る。午後六時が晩課の鐘で、午後九時が終課の鐘だ。聖職者はともかく、一般の人たちは晩課の鐘が鳴ったら仕事を終えて神に祈りを捧げ、終課の鐘で就寝する。

現代日本の時刻制度を常識としている俺は慣れるまで少しかかったが、一の鐘で起床して朝食、三の鐘で店が開き、六の鐘が鳴ったら昼食。九の鐘で店仕舞いをして片付けと夕食の支度が始まり、晩課の鐘で短い祈りを捧げてから夕食にして、終課の鐘で寝る。そう区切るとそれなりにわかりやすかった。日に三度食事をする習慣があるのもありがたい。元いた世界でも昔の人たちは食事が日に二度だったそうだが、しんどくなかったのだろうか。

今朝も一の鐘で起きだしてきた俺は、朝の支度を済ませると早速子どもたちを呼び出した。今日はアルベリクの仕入れに付き合う予定なので、課題を伝えておく必要があるのだ。

「六の鐘までは書き取りの練習をして、昼食後は自由にしていい。九の鐘が鳴ったらベルナールさんのところへ行って、掃除と片付けの手伝いをしてくれるかな」

「わかりました！」

「隣街にはこの時期、フィグの実があるそうなんだ。少し買って来られるらしいから、二人がきちんと頑張っていたと確認できたら、夕食で出してあげるからね」

「やった！」

「頑張ります」

たちまち食いしんぼうのジスランが顔を輝かせる。やや控えめなフェリシアンも嬉しそうだ。二人とも成長盛りなので、ここに来てから既に数センチは背が高くなってきていた。元いた村では貧しかったせいで痩せていたが、いまでは十分な食事ができているので、顔も見るからにふっくらとしてきていた。服も中古とはいえ綺麗なものを着ているから、見た目はものすごく改善されている。

「コウ、準備はできた？」

「はい、アルベリク様。……じゃあ、行ってくるからね」

二人に手を振って送り出されて、俺はアルベリクと共に荷馬車に乗り込んだ。今日は仕入れなので、荷物を積むために荷馬車にしているのだが、あまり重くなっても馬に負担がかかるので御者は頼んでいない。アルベリクの隣に腰掛けて、俺も振り返って二人に手を振った。

隣街までの道は当然ながらガタガタで、アスファルトで舗装された平たい道が恋しくなる。それでも、こうして街から出るのは前回の奴隷の仕入れ以来な上に、今回仕入れるものは毛織物だ。胸を痛める心配がないので、俺は結構機嫌が良かった。

「随分機嫌がいいじゃないか」

「うん、そうだと思う」

仕事中ではあるが、ここには俺とアルベリクしかいないので、出発して早々に砕けた口調でもいいと言われている。お陰で俺も気を遣わずに会話ができていた。

「ここに来てから森とあの街とエフェメール商会くらいしか知らないし、違う街に出掛けられるのは結構楽しみなんだ」

奴隷の買いつけでもないし、というのは一応胸にしまっておいた。なにもわざわざ雰囲気を悪くする必要はない。にこにこ笑いながら返事をした後、風に吹かれて少し身体が震えた。やはり最近は涼しくなってきているので、荷馬車での移動は少し寒いくらいだ。

「寒い？　これを羽織るといいよ」

「ありがとう」

渡された外套を羽織る。アルベリクはいつものフードつきの外套を着ているので、俺のために用意してくれたのだろう。相変わらず気の利く男だ。

道すがら、アルベリクがこの周辺について教えてくれた。俺たちの住んでいる街を含めた一帯はフェレール侯爵領で、あの街に侯爵様も住んでいるそうだ。貴族街の一番奥に見える城がそこにあたるらしい。隣街はセイラックといって、毛織物が盛んなので、この時期になるとよく行くそうだ。ほかの季節にはほかの様々な街や村へ仕入れに行く機会があると聞かされて、ますます楽しみになる。近代寄りとはいえやはり中世風の世界なので、ここではひとつの街から一生出ないまま終わる人も少なくないらしい。そういう意味では商人というのはかなり刺激や変化がある部類の職業だと思えた。

「セイラックの街が見えてきたね」

「結構大きい街なんだな」

毛織物はやはり秋冬が最も需要があるが、木綿や麻の布とは違って撥水性が高めなので、年間を通してそれなりに必要とされる。そのため、フェレールの街ほどではないが結構栄えているそうだ。

異世界ならではの治安というか、時々は街道に盗賊が出ることもあるらしいが、特に何事もなく到着することができた。門番に通行料を払って街に入り、取引先の工房へ荷馬車を走らせた。

「やあ、いらっしゃいましたな」

「どうもご無沙汰しております、エフェメール商会のアルベリクです」

「そろそろいらっしゃる頃かとお待ちしておりました、さあ中へどうぞ」

工房は街一番の大きさだそうで、大きな工房にたくさんの織機が並び、職人たちが一心不乱にそれらを動かしていた。機織(はたお)りの音が絶え間なく響いているが、部屋を移るとその音もやや遠ざかった。

来客用の部屋でお茶を出されて席についたアルベリクはいつもの澄ました顔で工房の主だという初老の男と交渉をしている。俺はアルベリクの斜め後ろに立って控えていたが、ふと彼の声の調子が少しばかり困った様子であることに気がつく。些細な変化ではあるが、しばらく生活を共にしてきたから何となく察することができた。

つい、と目立たないようにアルベリクの外套の裾を引く。すると、アルベリクは振り返りもせずに工房主に提案をした。

「実はこの奴隷ですが、商売に少し才能がありそうなので、色々見せて回ろうとしているところなのですよ。差し支えなければ、これに工房を見せてやっても？」

「ええ、構いませんよ。息子に案内させましょう」

「では、少しお時間をいただいて。商談の続きはまた後ほど」

「お待ちしています」

流石に街で一番大きな工房の持ち主だけあって、丁寧な口調が堂に入っている。男の承諾を受けてアルベリクが立ち上がり、俺の肩を叩いて促した。

工房主の息子だという若い男に案内されて、工房を見て回る。俺は当たり障りのない質問を幾つかしてから、織物のできる様子を見たいと希望して一台の織り機の前で立ち止まる。工房主の息子が見終わったらまた先ほどの部屋に戻るように言い置いて立ち去ったのを待って、俺はそっとアルベリクに声をかけた。

「……なんか困ってなかった？」

「よくわかったね。今年は冷え始めるのが早かったせいで、毛織物の仕入れを早めたところが多かったみたいでね。予定より随分仕入れられる量が減りそうなんだ」

要は、この工房では例年エフェメール商会に売っていた量が確保できていないわけだ。それは確かに困るだろう。アルベリクの店は本店ひとつきりではない。ここでまとまった量を仕入れなければ、支店の幾つかに不足が出ることは考えられた。そうなると信用が落ちてしまう。信用とまで言わなくても、いつもエフェメール商会で買い物していた客がよそに流れてしまうと考えるとよくない話だ。

俺が内密に話したいことを訴えたとはいえ、商談を中断なんかしても良かったのか不思議に思っていたが、確かにこれなら中断もできるだろう。買いたくてもものがないし、売りたくてもものがない。数量は決まっていて、あとはちょっとした金額の交渉しかないからだ。それも相場があるのでさほど動かないだろう。お互いに手詰まりというわけだ。

「毛織物はどういう形で売るんだ？」

「ほら、あそこに製品が並んでいるだろう。細長い長方形に整えて襟巻きにするんだよ。あれを首に巻くと防寒に良くてね」

冬場でも冒険者は生活のために稼ぐ必要があり、防寒具の需要があるが、まるまる新調しなければならない外套などよりは防寒小物の方がよく出るらしい。アルベリクに示された通り、いかにも暖かそうなウールのマフラーが積み上げられているのを見て、俺はふと気づいた。

もしかして、ちょっとした知識チートができるんじゃないか……？


この世界の文化レベルを地球と比較するのは難しい。見た目は中世風だが、下水道があって道は綺麗に保たれているし、識字率も最低限はある。地球では近世まで普及しなかったフォークやナイフが当たり前にあるのに、魔法があるからか工業はあまり発展していない。生活に便利なものはそこそこあって、紙も石鹸も洗剤もあれば水車も活用されている。ポンプだってある。何故かサスペンションはないけど。だから、俺がファンタジー小説でちょっと覚えてきたような浅い知識でのチートなんて不可能だと思っていた。

だが、俺は現代日本でもよく見たような幅と長さのマフラーを見て思いつくことがあった。普通のマフラーはある程度の長さがないと巻けないが、スヌードとかネックウォーマーのようなものにすれば、必要な毛織物の量が減るのではないか。そう思った俺は、なんとかそれをアルベリクに説明しようとした。

「あれを半分の長さにした輪みたいなものを作って、それを紐かなにかで締められるやつを作ればいいんじゃないか」

「……え？」

アルベリクが目を丸くしている。ちょっと珍しい。そうしているといつものどこか物憂げな儚さは急に鳴りを潜めて、親しみやすい雰囲気になるのを初めて知った。

「ちょっとそれ貸してくれ」

アルベリクから帳簿を借りる。帳簿と言っても在庫管理用の帳簿ではなくて、書き付けのために紙を束ねた手帳代わりのものだ。アルベリクが出掛ける時にいつも持っているそれを借りて、俺は簡単な図を描いて見せた。絵心はあまりないが、スヌードくらいならどうにか描ける。

「頭からすっぽり被れさえすればいいんだ。中に紐を通しておいて、それを引っ張って結べば首に密着させられる」

「なるほど……」

アルベリクの反応を見る限り、まだそんな商品は出回っていないようだった。いけると確信して俺はスヌードの利点について説明する。

「長い襟巻きと違って布地の量が必要ないし、主に冒険者に売るんだろ？　身体を動かしている最中にほどけたりしないから使い勝手もいいと思う。どうかな」

仮に紐が緩んでもちょっと風が吹き込んできて寒いくらいで済むし、落としたりしない。毛織の厚い布地なので毛糸のマフラーと違って真ん中からぶった切ってもそこからほどけてきたりしなそうなのも良かった。俺の提案に、ぱっとアルベリクの顔が明るくなった。

「君にそんな知識があるとは知らなかったよ、コウ。助かった！」

帳簿をさっと奪い返して、アルベリクが何やら計算を始める。軽く見積もりをしてから帳簿を懐にしまい、嬉しそうに俺の顔を摑んで撫で回してきた。おいやめろ、俺は犬じゃないんだぞ。

「んぐ、ちょっ……」

「早速それを作ってみよう。売れそうならその分君の価値も上がるよ、どう？　嬉しいかな？　さあ商談に戻ろう！」

「まったく……」

髪までくしゃくしゃにされて、揉みくちゃになっている間にアルベリクはさっさと手を離して歩き始めた。こいつがこんなにテンション上げてるところは初めて見た。先ほどまであまり表に出していなかったとはいえ随分と困っていたようだったので、俺も文句を言うのはやめて手櫛（てぐし）で髪を直しながらアルベリクに従った。

結局アルベリクは本来用意されているべきだった量に足らないということで多少値切った価格で毛織物を買い取った。勿論スヌードにする話はおくびにも出さない。始終困った顔をしたアルベリクに対して、長年付き合いのあるらしい工房主は丁寧にお詫びをしていた。やっぱりこいつ狸なんだよなあ。まあしかし、どうせスヌードに加工したらそのうち相手にもわかるので、アルベリクとしても無理に買い叩くつもりはなかったらしい。お互い満足できる価格に落ち着いて、二人は握手で商談を終わらせた。

ネックウォーマーにする加工は街に戻ってから付き合いのある工房に頼むらしい。街でフィグの実を多めに買って貰った後、毛織物を満載した荷馬車の上でそんな計画を聞かされて、俺もちょっとわくわくしてしまった。これまで俺は子どもたちの教師役という、重要ではあるがあまり直接的にエフェメール商会の売り上げに貢献しない仕事くらいしかできていなかった。それがここに来て突然アルベリクのお悩み解決である。これほどわかりやすく役立てたのは、この世界に転移してきて初めてではないだろうか。

「君の有用性については評価を改める必要があるね」

そう言われて、ついつい満面の笑みになってしまったのも仕方ないだろう。俺自身、まさかあんなちょっとした知識が活かせるとは予想だにしていなかったのだから。

「元々仕入れや卸には連れて行く約束をしていたけど、この分なら次からも期待できるね。そう簡単に色々思いつくとは限らないけど、機会を増やした方が良さそうだ」

「おい、やめろよ」

手綱を握っていない方の手で頭を撫で回される。今日はアルベリクの機嫌がいいからか、撫でられる頻度が高い。嫌がって見せつつも、俺だって気分がいいので顔は笑ってしまっている。

「ほら、コウ。フィグの実は食べたことないでしょう？　先にひとつ食べていいよ」

たっぷり買い込んだフィグの実は、イチジクに似ている。生のものと干したものの両方を買ったので、しばらくは甘味を楽しめる。アルベリクに生の実をひとつ差し出されて、俺はなんだか特別な気持ちでそれを受け取った。半分に割った実を口に入れると、優しい甘さがいっぱいに広がった。後でお菓子作りが上手いらしいベルナールに頼んで、フィグのパイも焼いて貰えるそうだ。

「……あんたも食えよ」

「ん」

残りの半分を、手綱で手が塞がりがちなアルベリクの口に放り込む。何事にも慎重なアルベリクは、道と荷馬車の馬から目を離さないまま、嬉しそうに褐色の頰をなごませた。

# 9

アルベリクは俺が店頭に立つことには基本的に反対の姿勢だった。理由は一応説明されてはいたものの、それならどうして一度は店員の真似事をさせたのかとか、ベルナールはしっかりしてはいるけど武力面で頼りにできるわけではないのにどうして彼を条件にするのかとか、疑問は残る。そもそもこの店にはきちんと雇われた用心棒がいて時々見回りをしてくれているので、やっぱりベルナールを条件にしたのは不思議だ。

　べつに俺もそこまで店員の仕事がしたいと拘(こだわ)っている訳ではないので、それならそれで諦めようという気にもなっていた。元はといえばこなせる仕事を増やしたかっただけで、元の世界のちょっとした知識が商売の役に立つと知ってからは、その方が貢献度が高そうだと思ったのもある。単純な肉体労働よりは、頭脳労働の方が大抵は高く見積もられることが多いものだし。

　そんな訳で、アルベリクが自ら俺に店員仕事の許可を出してきた時はだいぶ驚かされてしまった。一瞬うまく返事ができず、へえ、なんて声が漏れるくらいには、彼からその仕事を振られることを意外に思っていたからだ。

「うん？　やりたくないなら勿論やる必要はないけど」

「あ、いえ、是非やらせてください。いい経験になりますので」

提案したそばからその提案を引っ込めようとするアルベリクを慌てて制して、俺は数日ぶりに再び店頭に立つことになった。当然ながらベルナールが相方だ。

店員の仕事をする面白さは、やはり街の人たちを間近で見て直接話ができることにある。商品の説明をしたり、問い合わせに答えたりすることも勉強になるが、客の職業や常識に触れられるのが特に興味深い。どんな商品がどんな職業の人に売れるのかを知るだけでも、まだまだこの世界での日が浅く世間知らずの俺には新鮮な知識だ。

厳密な勤務時間に則って働いている会社員が基本的には存在しないため、客足の最も少ない時間帯が昼頃だというのも、この世界ならではだろう。街の人々は午前中に買い物に来ることが多いし、冒険者は逆に午後や閉店間近の時間帯に増える。前回の店員仕事でも体感していたが、ベルナールに答え合わせをして貰ったところやはりそうだったようだ。

今日も忙しい午前中を乗り切り、昼時にさしかかると客足が途絶えてきた。そろそろ交代で昼食でも、と話していたところに、ふと客が入ってきた。

「いらっしゃいませ」

接客の時に笑顔を心掛けるというのは、教わっていないと普通はやらないらしい。愛嬌を振り撒くのはどちらかというと日本の常識だったようで、俺は客を見ると反射的に笑顔になってしまうが、たまにぎょっとした顔をされることがある。ベルナールと話の途中だった俺は、客が入ってきたことに気づいた途端にやはり笑顔で素早く振り返った。

「……ああ、アルベリクの奴隷の」

「コウです。お久しぶりです、セレスタン様」

入ってきたのは、以前アルベリクが俺の魔術の才能を見て貰うために呼んでくれた魔術師、セレスタンだった。相変わらず少しばかり神経質そうな顔をしており、魔術師特有の長い外套を着ている。魔術師はエリート職種だし稼ぎもいいので、家には料理人もハウスキーパーもいると以前聞いたことがある。ちょっとした買い物くらいなら人をやって済ませてしまうそうだ。それがわざわざ出向いてきたということは、アルベリクに用でもあったのだろうか。

「主人にお会いになられますか」

「いや、今日は約束をしていないからいい。先日、質のいいアンブレ石が入荷したと聞いたが」

「確かにございます。こちらへどうぞ」

俺は即座に彼を店の奥へと案内した。高価な品物は店先ではなく、奥の方で取引をすると決まっているのだ。

「こちらがアンブレ石でございます」

俺は奥の棚から木箱を取り出してセレスタンの前で開けた。中身は柔らかい絹の布に包まれた石だ。黄色くて琥珀に似て見えるその石は宝飾品にもなるが、どちらかというと魔術に使われることの方が多く、そして値段は驚くほど高い。なるほど、セレスタンが使用人に任せず自分で買いに来るはずだ。代金を運ぶだけでもそこらの庶民には気が重いだろう。

セレスタンは石には手を触れずにしばらくまじまじと見つめていたが、やがてスッと指先で石に触れると、おもむろに呪文のような言葉を唱え始めた。

「汝の価値を明かせ——エヴェトワ」

呪文を聞く限りでは鑑定魔法のようなものを使っているのだろうが、傍目には何をしているのかよくわからない。石にもその周りにもなんの変化も見られないからだ。だが、セレスタンにはよくわかったようで、ひとつ頷くとすぐさま購入を決めた。彼の長い外套の内側から、やたら重そうな袋が取り出される。金額が大きいので、ベルナールが受け取って数え始めた。

ここの通貨は金貨、銀貨、銅貨の三種類だ。硬貨の種類ごとに単位がそれぞれあってわかりづらい。俺も最初は混乱したし、今でも実は不慣れなままだ。基本的に街中で流通しているのは銅貨、高い買い物があっても銀貨なので、普通に暮らしていると金貨を見ることはほとんどないらしい。その金貨がどんどん積まれていく様子はなかなかに壮観だった。

「確かにいただきました。お買い求めありがとうございます、セレスタン様」

「いい買い物だった。また入荷したら知らせを寄越すように。アルベリクにもよろしく伝えておいてくれ」

「かしこまりました。本日はありがとうございました」

ベルナールと二人で頭を下げて送り出す。セレスタンは木箱を抱えてさっさと表に待たせていた馬車に乗り込み、走り去っていった。

「あんなに沢山の金貨、初めて見ました」

笑いながら言うと、ベルナールも目を細めて頷いた。

「そうでしょうな。街ではあまり使われていませんから」

「思ったよりも純度が高そうで驚きました。ある程度は混ぜものもしてあるんですよね？」

「その通り。よく知っていますね、コウくん」

ベルナールは俺の知っている中で最も親切な人なので、ちょっとした疑問も口にすると色々教えてくれる。硬貨の素材について教わってから、それぞれ昼の休憩を取る。それから何事もなく営業が終わり、俺は夕食後の自室でふとセレスタンの唱えていた呪文を思い出した。

魔術の呪文を実際に耳にしたのはあれが初めてだ。案外短いものだなと思ったが、長ったらしい詠唱が必要だったとしたらかなり不便だろう。ああいうのはアニメや漫画だけなのかもしれない。

魔術の素養がないことに拗ねてはいたものの、俺もファンタジー小説の愛読者だ。本物の魔術の呪文にわくわくしないはずがない。俺はなんとなく自分でも真似してみたくなって、部屋に置かれている磁器の花瓶に指先で触れてみた。

「えーと、汝の価値を明かせ、エヴェトワ」

磁器製品。花瓶。ガイヤール領産。

突然脳裏にそんな情報がよぎった。ガイヤール領なんて聞いたこともない。もともと客間だった部屋だから高価な磁器の花瓶が置かれていたし、それ以上の詳しいことは知らなかった。だが、呪文を口にした瞬間に、それがガイヤール領で作られた磁器の花瓶であることが突然わかってしまったのだ。

「え……、ええ……？」

魔術の才能はないと言われた。言葉が通じる以外、特別な能力や技能もなかった。それなのに、恐らくは魔術の一種であるはずの鑑定が使えてしまった。そんなこと、あり得るものだろうか。

「なんだこれ、チートか……？」

混乱を極めると人はものすごく慌てるか、逆に呆然とするあまりものすごく冷静になる。どうやら俺は後者だったようで、予想だにしなかった展開に驚きを通り越してだんだん怖くなってきてしまった。また後日、落ち着いてから改めて考えよう。一旦全てを棚に上げ、俺はそのまま蠟燭(ろうそく)の火を吹き消して寝た。

# 10

「コウ、ちょっと来てくれないかな」

　子どもたちの最近の勉強内容は、単語をもとに短い文章を作るところまで来ている。口語と文語は多少異なるため、短い文章でも結構難しく感じるようだ。二人ともウンウン言いながらも真面目に学んでくれているので、教えがいがあって楽しい。文章はかなり読めるようになってきたことだし、そろそろ算数を始めてもいいかもしれない。ひと通り指導して休憩時間にしたところでアルベリクに呼ばれ、俺は彼の書斎に向かった。

「コウの考えてくれた新しい襟巻きの試作品ができたんだ」

　アルベリクがわくわくした顔で取り出したのは、先日俺が提案したスヌードだ。早速工房に縫製を依頼したと言っていたが、もう試作品ができたのか。ここにはミシンはないのでなんでも手作業で作られるが、それにしてもわりと早いと思う。構造自体は簡単だからかもしれない。

「試してみても？」

「ああ。使ってみて意見をくれるかな」

　筒状に縫い合わされた毛織物は頭からすっぽり被るのに余裕がある。紐で縛るものと、ボタン二つで留めるものの二種類があり、どちらも良さそうだった。実際に見るまで忘れていたが、そういえばボタンで留めるものも元の世界で見たことがある。言わなくてもちょっとしたアドバイスからそこに思い至れるのはさすがだった。

「これ、アルベリクが考えたのか？」

感心していると、アルベリクはちょっと照れたように長い睫毛を瞬かせた。

「まあね。こういうのは好みもあるだろうから、少し種類があってもいいかなと思ってね」

「なるほどな。このボタンのある方、下のボタンを外して使えば付け襟みたいにできるから、確か女性に喜ばれたと思う。こういう感じで」

「ああ、なるほど。その売り方もいいね」

明るい色に染められたボタン型スヌードの下のボタンを外して見せる。アルベリクは感心したように頷いた。

「今回は毛織物に余裕がないからこういう短いのを提案したけど、確か頭が通る長さの二倍くらいの輪を作って、首に二度巻きつけるともこもこして暖かさが増すはずだったと思う。次の冬にまた新型として出してもいいかもしれない」

「ありがとう、参考になるよ。次の冬にはすぐ模倣されるだろうし、そこで新しい形のものが出せたら強みになりそうだ」

アルベリクはスヌードを自分でもつけてみたりして、細々とした感想を書き留めている。俺も改善点がないか色々考えてみながらも、しかし頭の片隅には昨夜のことが残っていて、いまいち集中しきれていなかった。

昨夜、俺は魔術師の唱えていた鑑定の魔術を真似してみて、成功させてしまった。正解がわからないので、あれが本当に成功だったのかは確かめられていない。だが、実際に効果はあった。

俺には魔術の才能はないはずだ。あるならば、魔術の素養が空気中に影響して他の魔術師にも感じ取れるはずだと、そう教わった。水の中をどんなに気をつけてゆっくり歩いてもわずかな細波が立つようなものだと、魔術師のセレスタンも説明してくれていた。だから俺も、才能がないことについては納得していたはずだったのに。

「コウ？　どうかした？」

「あ、いや……」

気が逸れていた。ぼんやりと床を見つめながら物思いに耽っていたことに気がつき、俺は慌てて顔を上げた。アルベリクが少しばかり首を傾げ、長い銀髪がさらりと揺れる。

一瞬、すべてを打ち明けようか、と思った。俺自身はまだこの世界に詳しくない。アルベリクに相談して、いったいどういうことなのか調べて貰えたら。

だが、魔術の才能がない人間が魔術を使えるのは異常ではないだろうか。あるいは、ごくごく簡単なものであれば素養がなくても誰でもできるのかも。判断に迷った俺は、少しばかり質問してみることにした。

「あのさ、昨日魔術師のセレスタン様が来ただろ」

「ああ。ベルナールから聞いているよ。君もきちんと応対できていたと報告も受けてる。なにか気になることでもあったかな？」

ソファに腰掛けるよう促され、腰を下ろす。どう話したものかと逡巡する俺を彼は急かさず、隣にやってきて座ると、首に巻いていたスヌードを外してテーブルに置いた。

「初めて魔術を見たんだ。鑑定？　みたいな……」

ああ、とアルベリクが微笑む。

「鑑定の魔術だね。ごく初歩的な魔術だけど、熟練すれば品物の産地や性質までわかるものだよ」

熟練すれば、という言葉が気になった。俺は初めての挑戦で、部屋にあった花瓶がどこで作られたものかを知った。それは普通ではないのだろうか。

「ええと……あれって魔術の才能がなくてもできるのかな」

アルベリクがぱちりとひとつ瞬きをした。透き通るような灰色の瞳に、窓向こうの木々の緑が反射して複雑にきらめく。

「いや？　あれも初歩とはいえ魔術だから、魔術の才能がなければ使えないよ。みんなが使えたら便利だとは思うけどね」

「そ、そうなんだ」

どういうことだろう。それなら、何故自分には使えたのか。俺は内心の動揺をどうにか抑えつけることで精一杯だった。

「君は魔術のない世界から来たんだっけ。初めて見る魔術が気になったのかな。まああれは才能のない人たちから見たら興味深いものだし、また機会があれば見せて貰えるように頼んでおこうか？」

アルベリクが優しく頬を撫でてくる。以前、俺がここには娯楽が少ない話をしたことでも思い浮かべているのかもしれない。

元の世界について彼は結構興味津々で、お客様期間中に何度か話をしたことがある。経済が十分に発展した社会で、単純な肉体労働の必要性が低いから、娯楽もかなり発展しているのだと説明したのだったか。テレビにラジオ、インターネット、スマホ、ゲーム機、演劇、映画、漫画、それに小説。思いつくままにひとつひとつ話しては、アルベリクが感心して興味深げに聞いてくれるのが楽しかった。音楽だってクラシックからポップス、ロックまで多岐にわたる。

ここでは娯楽といえば吟遊詩人の歌を聴くとか、演劇を観るとか、あとはちょっとした盤上遊戯を楽しむくらいしかない。貴族なんかだとそこに庭園や絵画、彫刻などが加わる。それでも文明レベルに鑑みると結構発展している方だと思うが、一般的な庶民の触れられるものには限度があった。

暇ができれば漫画や小説を読み、ゲームで遊んでいた俺の話を聞かされたアルベリクが、俺が娯楽に飢えていると思い込むのも、だから仕方のないことかもしれない。

「じゃあ、次にご褒美が貰える時は魔術を見られる機会を作って貰おうかな……」

「いいよ。セレスタンに頼めるし、彼が忙しかったら他の魔術師を紹介して貰ってもいい。新しい襟巻きの売り上げが良かったら早速手配してあげる」

にこにこと微笑むアルベリクを見ていると、実は鑑定の魔術が使えたのだという話を言い出しづらくなってしまった。それに、内心ではちょっと不安にも思っていた。もしかすると才能もないのに鑑定ができてしまったのは異常かもしれない。そのことを明かしたら、もうここには居られないかも。魔術師にさっさと売り払われて、研究されてしまうかもしれない。素養がないのだから、弟子になれると考えるのは楽観的すぎるように思えた。

考えすぎかもしれないが、考えすぎだったという確証もない。あのことはしばらく自分の中にしまっておいて、もっと他の魔術や常識を知ってからでも遅くはないのではないだろうか。そう決めると、重荷に思っていたことがスッと軽くなった気がした。

「ありがとう、楽しみにしてる」

頰をゆっくり撫でる手に自分の手を重ねて笑うと、アルベリクも笑顔で頷いてくれた。

# 11

あれからスヌードはここの言葉で筒型襟巻きという名称で販売が開始され、なかなか好調な売れ行きを見せている。多少工数は増えているとはいえ、元になる毛織物の使用量を半分に削減できているため、従来のマフラーより少し安い値段で提供できているのも大きいようだ。

衣料品は消耗品であるにもかかわらず技術的に工場での大量生産ができないため、どうしても値段が高くなりがちだ。なので、比較的安価でありながら機能的で、なおかつ新しいスタイルであるスヌードは非常に受けた。主な客層は冒険者だが、一般の人たちにも結構売れている。

「領主様の奥様が珍しがってね。綺麗なのを幾つか作って寄越せと言うんだけど、コウにはなにか案はあるかな」

売り始めてからまだほんの一週間あまり、貴族も目敏いのだなと思ったら、先日アルベリクが注文された別の品物を持って行った際にアピールしてみたらしい。流石、抜け目ない。

午前中に子どもたちの教師役をして、昼食を済ませたところで相談され、俺はちょっと考えてみた。休憩時間中は相変わらず砕けた態度が許されているので、特に口調や態度に気を遣わなくて済むのが楽でいい。

「女性向けなら、なにかこう……ひらひらした飾りなんかをつけてもいいんじゃないか？　あるいは、毛織物を使わなければならないという考えそのものから脱却して、柔らかい毛皮を使うとか」

俺が思い浮かべたのはロシア風の襟巻きだ。動物の尻尾がついているようなもの。ついてないのもある。ああいうのも新しくていいのではないだろうか。

「刺繍やレースをつけるのは考えたけど、毛皮か。それもいいね。兎や小型の狐あたりが向いていそうだ」

アルベリクが食後のお茶を傾ける。長い指に支えられていると、陶器の厚ぼったいカップがやたら優雅に見えるので、俺は結構彼がお茶を飲んでいる姿を見るのが好きだったりする。本当に見た目だけは最高に綺麗だからな。いまも詩作かなんか嗜んでいそうに見える。中身は儚げなところの欠片もない強かな商人だけど。

「今回のことでわかったけど、君にはもっと商品のことや、ものができる工程について学んで貰ってもいいね」

「あー、まあそんなポンポン思いつくとは限らないけど……」

俺は半笑いになって頭を掻いた。過剰に期待されても困る。俺は所詮、水車もポンプも設計図を引けない程度の人間だ。蠟燭を作る時に塩析をするといいだとか、そういう現代知識チート系小説を読んで知った概要しか知らないし、訊いてみたらここの蠟燭はそもそも塩析されていた。道理で臭くないわけだ。何でそんなところばっかり発達してるんだよ……。

とはいえ、アルベリクとしては可能性がゼロではない以上、少なくとも損にはならないと判断したらしい。

「特になにも思いつかないなら、それはそれでいいよ。ちょっとした改善の提案というのは、それ自体がひとつの才能でもある。君には商人としての知識を学ぶ機会をあげてもいいと思っているんだ」

そう言われて、俺はハッとしてアルベリクを見つめた。秋に差し掛かり柔らかくなってきた木漏れ日が、彼の髪や肩にまだらにかかっている。複雑に色を映す灰色の瞳が優しく細められていて、なんだかどぎまぎした。

「あのさ、それって……」

つまり、俺をこの店に残しておいてもいいってことだろうか。初めて会った時に、俺は営業職で商人のような仕事をしていたと自己申告してある。その時は商人としての価値はまるでないとばっさり斬られていた。だけど、もしも俺が商人として役に立つようなら、アルベリクは俺をずっとここに居させてくれるのだろうか。

「価値を上げたいと言っていただろう？」

「あ、うん……」

希望を抱いた次の瞬間に突き落とされて、俺は拍子抜けしてもごもご返事をした。なんだ。売る気をなくした訳じゃなかったのか。相変わらず俺はアルベリクにとっては商品でしかないのだと実感させられる。高揚しかけていた気分が急速に萎えて、俺はへらりと中途半端な笑みを取り繕った。

「まあ、安売りはされたくないし……」

適当なことを言うと、アルベリクはそうだろうという顔で頷いた。少し下がったリネンの袖をちょいと直す仕草まで美しい。

「そろそろまた別の仕入れがあるから、その時は連れて行ってあげるよ。帳簿も読むだけじゃなくて実際につけて貰いたいし、今日のところはとりあえず午後からまた店番をしてみるといい。ちょうどエルヴェが六の鐘から休みを取るそうだから」

「うん、そうさせて貰うよ」

笑顔で返しながら、俺はちょっとへこんでいた。てっきり、アルベリクは俺を商人として育てたら、そのままこの店で働かせてくれるものだと思っていた。スヌードの件ではそこそこ役に立ったと思ったし、実際に売れ行きが良かったので認められたような気がしていたのだ。

それでも俺は社会経験のある大人なので、ちょっと落ち込んだくらいなら表に出さずに心におさめておける。食休みを終えた俺は、アルベリクの指示通りに店頭に立った。

「では、この帳面のここに三ロキュ売り上げと書き込みましょう」

「はい。……で、代金が百五ードゥニエですね」

今日から俺は店頭で客の相手をするだけでなく、売り上げを帳簿につけることも始めている。書き方を指導してくれているのはいつものベルナールだ。一度教われば簡単で、俺は念のためベルナールに見て貰いながら、売り上げが出るたびに帳簿に書き込んでいた。

「ふむ。コウくんは覚えがいいですね」

「ありがとうございます」

先代からこの店で働いているという古株のベルナールに褒められると、結構安心感がある。アルベリクに褒められても、なにか裏があるのではないかと疑う癖がついてしまって手放しで喜ぶのは難しいが、ベルナールからの評価は素直に嬉しかった。

「よう、また会ったな、コウ」

「デジレ様、それにエマニュエル様。いらっしゃいませ」

午後だからだろう、久しぶりにまたデジレたちに遭遇した。俺は前回のやり取りで多少はデジレに対する苦手意識が抜けたので、普通に挨拶をする。途端にデジレが破顔して、ずんずん近づいてきた。

「おいおいコウ、俺とお前の仲だろ？　そんなかたっくるしくしなくてもいいんだぜ」

「デジレ」

グッと肩を組まれてたたらを踏む。俺との対比でデジレは多分身長が百九十くらいある。しかも全身に筋肉がしっかりついているから、体重は倍近いのではないだろうか。そんなものに肩を組まれたら、わざと体重をかけられていなくてもよろける。

「おっもい！」

本人がいいと言っているのだから、ここは遠慮なんてしなくてもいいだろう。文句を言いながら屈んでデジレの腕から抜け出し、俺はサッとベルナールの傍に身を寄せた。デジレは全然気にした様子もなく相好をくずしている。

「可愛いなあ、コウは」

「……ギルド受付嬢のなんとかさんはいいんですか」

一矢報いてやりたくて指摘すると、意外そうな顔をされる。

「まさか、嫉妬してくれてんのか？　心配しなくたって、俺はあれからコウ一筋だ」

「それは嫌なんですけど……」

「コウくん」

思わず本音が漏れ出てしまって、ベルナールに苦笑と共に窘められる。すみません、と小声で謝ってから、俺は気を取り直して用向きを確認することにした。

「申し訳ありませんが、私は勤務中ですので。本日はどういったものをお求めでしょうか」

「すまないね」

「いえ、大丈夫です」

口を挟むタイミングを逃していたようだったエマニュエルが謝ってくれる。奴隷だからっていきなり絡んでいいわけではないのだが、謝罪されたら受けざるを得ない。俺も苦笑で応えて、二人の要求する品物を言われるままに揃えた。まだ数度しか店に立っていないが、これでも一般的な商品ならどこになにがあるのかは既に把握できている。頼まれた品物は野営に使う消耗品が多かったので、どこか遠出でもするのだろう。

「全部で五ソルと二百ドゥニェです」

「ありがとう。ほら、行くぞデジレ」

「うぐっ」

会計を済ませて、エマニュエルが肘でデジレの脇腹を突いた。全身鎧なのでかなり痛そうだが、前にもやっていたし、この二人の間ではよくあるやり取りなのかもしれない。

「あー、しばらくコウの顔を見られねえのかと思うと残念だ」

デジレがぼやいてなかなか離れない。

「なあコウ、せめて飯くらいどうだ。俺が奢ってやるからよ」

どこの世界に奴隷を食事に誘う奴がいるんだ。それとも、俺の思っている常識が間違っているのか？　呆気に取られて思わずベルナールを確認すると、ベルナールも意外そうな表情を浮かべている。やはり、普通なら奴隷を誘ったりはしないものらしい。無責任な言葉に俺はちょっと気を悪くしてデジレを軽く睨んだ。

「軽々しく誘われても困ります」

「いや、そういうつもりじゃねえんだが……」

デジレが眉を寄せてガリガリと頭を掻く。それが本当に困った様子だったので、少し意外に思った。揶揄ったのではなくて、本心から俺を誘ってくれたのか。正直、俺の立場が奴隷ではなかったとしても彼の誘いに乗るつもりはなかったが、それでも冗談抜きで誘ってくれたのなら、こちらもきちんとした態度で返答すべきだ。俺は態度を改めて、デジレの巨体を見上げた。

「申し訳ありません。揶揄われているものかと誤解してしまいました。食事は遠慮させていただきますが、お誘いいただいたのは嬉しかったです。ありがとうございました」

ぺこりと頭を下げてからまたデジレを見ると、なぜかポカンとしている。俺はなにか間違ったことを言っただろうか。エマニュエルも目を瞬いているが、ベルナールは落ち着いて頷いている。ベルナールが注意しないなら、多分これで問題なかったのだろう。

「…………」

デジレはしばらく沈黙していたが、その顔がだんだん赤くなってくる。耳まで真っ赤だ。それがどういうことかわからなくて俺も黙ったまま彼を見上げていると、デジレはいきなり踵（きびす）を返してずかずかと店から出て行ってしまった。

「あっ、おい、デジレ！　待てよ！」

エマニュエルが購入した商品を抱え、慌てて彼を追って出て行く。閉店時間が近かったこともあり、店内がそれですっかり静かになった。

「ええ……？」

怒らせてしまったのだろうか。困惑していると、ベルナールにそっと肩を叩かれた。

「まあ、気にしないことです。……さあ、帳簿に売り上げをつけたら、そろそろ九の鐘ですよ」

「そ、そうですね……」

なにがなんだかわからなかったが、やはりベルナールからは特に指摘もなかったので、とりあえず俺は帳簿に集中することにしたのだった。

# 12

冬が近づく前に磁器や娯楽品を仕入れたいからと、俺はアルベリクと共にガイヤール伯爵領へ向かっていた。

目的地まではおよそ五日ほどの旅になる。今回は移動用の馬車と荷馬車の二台での移動となり、俺はアルベリクと馬車に乗っていた。後をついてくる荷馬車はイレネーという従業員が御者をしているので、馬車の御者であるジャゾンを含めると、エフェメール商会の人間は俺を含めて四人になる。そこに加えて護衛の冒険者たち六人が更に雇われており、全員で十人のちょっとした大所帯だ。

ガイヤール伯爵領といえば、俺の住んでいる客室にあった花瓶なんかがガイヤール伯爵領産だった。アルベリクに聞いたところによると、やはりそこは磁器や工芸品の生産が盛んな地域なのだそうだ。冬に向けて茶器や食器、それに盤上遊戯を仕入れるつもりなのだとか。主に富裕層や貴族向けの品物だ。貴重品の取り扱いに加えて、道中は魔獣や盗賊の出没が考えられるため、冒険者を雇って護衛にあてているわけだ。

これだけ遠出するのも、護衛に冒険者たちがつくのも初めてなので、俺としては結構楽しみにしていたのだが、アルベリクが朝から微妙に不機嫌そうなのでどうにも居心地が悪い。しかもアルベリクの不機嫌というのがまたわかりづらく、イレネーやジャゾンに聞いても彼らはアルベリクが不機嫌なようには見えないそうだ。唯一、彼と付き合いの長いベルナールだけは俺に同意してくれたけども。

不機嫌があまり態度に出ていないせいで、俺だけが妙にぎこちない。

「……あのさあ、なんか嫌なことでもあったのか？」

一時的なものならそっとしておいた方がいいだろうと思い、昼頃までは俺も黙って不機嫌そうなアルベリクに向かい合って座っていたが、昼食後も変わらず不愉快そうな態度のままでいられては居心地が悪いし、気になる。躊躇ったが、直接訊いてみることにすると、アルベリクがやっと帳面から顔を上げた。

「そんなに不機嫌そうだったかな」

「かなり」

頷くと、アルベリクはぐりぐりと眉間を揉んだ。べつに眉を顰めたりなんかはしていなかったが、見抜かれたからにはそうだと思ったのだろう。

「……コウは性奴隷になるつもりはないんだよね？」

突然訊かれて意表を突かれる。いったいなんの話だろうか。

「そりゃそうだけど？　男が駄目だとまでは思わないけど、金で買われてそいつと寝るのって抵抗があるんだよ」

そんなことは既に何度も説明しているはずだ。不思議に思ってアルベリクを見つめ返す。彼はなんとも悩ましそうな顔で顎に手を当てた。

「それならいいんだけど……」

「そうだよ。考え方はすぐに変わるもんじゃないし、だいいちあんたは俺に色々教えてくれるつもりなんだろ？　俺ももっと知識をつけたり経験を積んだりしたい」

むしろそうでないと困る。仮にめちゃくちゃいい相手に遭遇して性奴隷になるのも吝かでないと思えたとしても、性奴隷というのは要するに金で買った愛人のようなものだ。主人が性奴隷を奴隷から解放して結婚することもあるらしいが、そんなことは確約されていない。買った時に欲しいと思った気持ちが永遠に続く保証もない。もし飽きられて売り飛ばされてしまったら一巻の終わりだ。持ち主の関心なんて、そんな不確実なものに縋って生きるのは俺には不安すぎる。どうせ奴隷の立場だとしても、ある程度自立できる状態でいたかった。

「そうだね、コウの言う通りだ」

ようやくアルベリクが表情を緩める。冬が終わって春が来たような仄かな微笑みが美しく、俺はぼんやりと彼の顔を眺めた。

つい、とアルベリクの手が伸びて窓を開く。途端にさっと涼しい風が吹き込んできて、アルベリクの銀髪を少しばかり乱した。馬車の中にあった少しばかり重かった空気も、それで急にすっきりしたような気がする。

「明日いっぱいまではフェレール侯爵領を移動するけど、途中で通る古都バルニエは風光明媚でいいところだよ。四百年ほど前に大魔術師ジャン＝バティストがたったひとつの魔術で建てたという城があるんだ」

「ひとつの魔術で？　でも普通なら魔術では基礎工事くらいしかできないんじゃなかったか？」

「それができてしまうから、大魔術師だったんだよ」

アルベリクもいつの間にか明るい笑顔になって、楽しそうに語る。幼馴染みの魔術師セレスタンのこともそうだが、アルベリクは結構魔術が好きなようだ。魔術の話になった途端に生き生きし始めるので、俺まで釣られて笑顔になってしまう。どうやらアルベリクはすっかり朝からの不機嫌を忘れてしまったようだった。

「大魔術師ジャン＝バティストは主にフェレール侯爵領で活躍していたから、この辺りには結構逸話も多いんだ。あと半日も進むとベルモン湖があるんだけど、それもジャン＝バティストが作ったという伝承があってね」

「湖はさすがに作れないだろ。……作ったのか？」

「それが、昔の文献を見る限りある日突然現れたのは間違いなさそうだし、可能性としてはあり得るんだ。面白いだろう？」

「すごいな大魔術師」

途中で馬を休ませつつも和やかに話をし続けて、やがて日が傾いてきた頃に馬車が止まった。

今夜は野営になる。馬車と火を囲むように冒険者たちがテントを張り、夕食と夜を越す準備を始める。まだ夕方にもなっていないのでもっと進めそうな気はするが、街灯などがない街の外では日が落ちた途端に真っ暗になる。そうなると何をするにも危険なので、余裕を持って早めに支度をするのだそうだ。ファンタジー小説で読んだことがある説明を受けて、ついわくわくしてしまった。

夕食には保存食が用意してあったが、冒険者たちが道すがら鳥と兎を狩ってくれたので、今夜は贅沢に肉料理だ。道中なにごともなかったこともあり、俺は初めての野営をキャンプ気分で楽しんだ。

「あいたたた……」

昨晩は俺とアルベリクが馬車を、御者をやってくれているジャゾンとイレネーが荷馬車をそれぞれ寝床にして眠ったのだが、慣れない馬車で落ち着かなかったこともあって、俺は背中の痛みに呻いていた。しかも朝食を済ませたら早々に出発したこともあり、振動がまた身体に響く。なんの痛痒もなさそうなアルベリクが羨ましくてどう工夫したのか訊いてみると、馬車で夜を過ごすこと自体にかなり慣れているとのことだった。

「もともとエフェメール商会は父が興したものでね。旅に憧れていた母と、まだ小さかった俺、それにベルナールの四人で、随分色んなところを旅したものだよ」

彼とはそれほど昔からの付き合いだったのか。なるほど、それならアルベリクが店を空ける時にベルナールに後を任せているのも納得だ。

「アルベリク様のお母上なら随分と綺麗な人だったんだろうな。女性が旅暮らしをしたがるのは珍しかったんじゃないか？」

冒険者だって大半は男性であることの方が多いようだし、女性の社会進出についてはやや保守的な雰囲気のあるこの時代、旅暮らしをしたがる女性は結構革新的だったのではないだろうか。

「母はもとはシャレット公爵領の出身でね。ほとんど家から出ずに育ったから、旅への憧れが強かったんだ」

「それなら、お父上が商人だったのはちょうど良かったんだな」

アルベリクによると、商人は主に二種類に分かれるそうだ。旅をして回る遍歴商人と、街などに腰を落ち着ける定住商人である。一般的には定住商人よりも遍歴商人の方が多い。その理由は、物流があまり発達していないからだという。

「輸送を専門的にやっているところは多くないのか？」

「そうだね。特定の街と街をひたすら往復するだけの生業はあるけど、複数の街を跨ぐと途端に難しくなる。かといって冒険者に任せても、商品の価値が高かったらそのまま持ち逃げされる危険だってある」

「ああ、そうなると、商会としては信用商売だから、期日までに必要な品物が揃わなくて困るわけだな。なるほど……」

それこそ輸送を専門に行う会社のようなものを立ち上げれば儲かりそうなものだが、この世の中では魔獣にも盗賊にも対策が必要だ。結果的にコストの方が利益を上回ってしまいやすいのだろう。

俺はなんとなくアメリカの大手銀行やクレジットカード会社を思い出していた。運送業から始まり、手形を扱うようになってそこから金融業に発展した企業は少なくない。この世界でもいつかはそういう仕組みが生まれていくのかもしれなかった。

「だから、商人は直接自分たちで仕入れに行くことを選びがちだ。エフェメール商会はそうやって商売を広げていって、ある程度取り扱う商品の数や種類も増えて、大所帯になったから、今は店を構えて落ち着いたわけだけど。俺としては未だに旅が好きだよ」

「子どもの頃からずっと旅かあ。それはそれで面白そうだな」

俺はアルベリク少年の過去の姿に思いを馳せる。今でもこれだけ顔がいいんだ、幼少期なんて天使のようだっただろう。案の定、アルベリク少年はどこへ行っても可愛がられて、食べ物やちょっとしたお土産を貰ったりしていたらしい。

「流石に商会がこれだけ大きくなると、あまり店を空けられないんだけどね。近場の仕入れくらいはなるべく自分でやるようにしているんだ。まあ、ご近所付き合いみたいなものだよ」

「そうかあ？」

彼は軽く言うが、冒険者の護衛が必要な移動はご近所付き合いの範囲からはだいぶ逸脱していると思う。この世界でしばらく暮らしてきてやっと体感しているが、一般的な人たちにとっては街から出るということ自体がそもそも難しい。生まれた街から一生出ないままの人も結構多いのだ。冒険者ギルドの帰りに立ち寄って以来、時々連れて行って貰っている食堂のおかみも、あの街からは出たことがないと言っていた。

「遠方は仕方ないから手紙のやり取りで済ませているよ。その街の支店長が品物の確認をするんだ。あとはほかの商会を経由して売買したりね」

「そりゃあ、複数の支店を取りまとめてる人間がしょっちゅうあちこち飛び回ってたら難しいだろ」

やはりそうだろうと頷くと、アルベリクが少しばかり苦笑した。

「いやあ、本当なら全部自分で回りたいよ。新規開拓があれば遠くても俺が行くことにしてるから、一応それで我慢してるかんじかな」

「本当に旅が好きなんだな……」

もし彼が地球に生まれたとしたら、休みになる度にいそいそと旅行へ行くタイプだっただろうなと思う。俺の勤めていた会社の上司がそんな人だった。サッカー観戦しに行くと聞いたからどこかのスタジアムにでも行くのだろうかと思っていたら、休み明けにスペインのお土産を渡されたりしてびっくりしたものだ。俺は結構出不精なので、それほど旅行好きというわけではないが、それでもこうして街を離れることにはわくわくしている。旅が好きな人にとっては、様々な場所を訪れるのは堪らない楽しさなのだろう。

昼の休憩を挟み、馬車がまた走り出す。昨日アルベリクの話していたベルモン湖を横目に眺めながら、湖の形が綺麗な円であることについて話が盛り上がった。自然にできないこともないだろうが、やはり大魔術師が作ったものだという通説が根強いのは、実際にやたら整った形の湖を目にしたことでかなり納得がいった。

やがて馬車はフェレール侯爵領を抜けて、隣のガイヤール伯爵領に入った。ここからは森の中を抜けることになる。昼食は持参した保存食をもとに作ったスープとパンだったので、冒険者たちがまた兎か鳥を狩ってくれることに期待したい。

「そういえば、あんたのご両親は、いまはどうしているんだ？」

「ああ、両親ね……」

商会の主はいまはアルベリクであるのは間違いないが、先代が亡くなったとかいう話は特に聞かなかったので、変な質問ではないはずだ。ちょっとドキドキしながら訊ねると、アルベリクが窓越しに遠くを見つめた。秋がやや深まり、木々の緑は色褪せて黄色味を帯びてきている。その黄緑色が彼の灰色の瞳に映って、綺麗なグラデーションを作っていた。

「二人は俺がある程度仕事ができるようになった途端に、商会を俺に継がせて出て行ったよ。今は気楽に旅をして回ってる。年に一度は帰ってくるけど、基本的には旅先で面白いものを見つけた時に手紙を送ってくるくらいかな」

思っていたよりだいぶ自由なかんじだった。まあでも彼によると案外商売の役に立つ知らせをくれているそうなので、家族としての仲は良好なのだろう。

「あれ？」

話が弾んでいるところで、不意に馬車の速度がグッと落ちた。休憩なら御者のジャゾンが事前に声を掛けてくれるはずだ。不思議に思ってアルベリクを見ると、どこか緊張した顔つきになっている。

「どうかしたのか？」

「しっ」

アルベリクが手で黙っているように指示を出してきて、俺は沈黙する。遠く、なにかの喧騒が近づいてきているようだ。アルベリクの手が護身用の剣を摑む。

「……魔獣だ」

とうとう馬車が完全に停止した。

# 13

魔獣というものの存在感は、それが齎す恐怖と興奮によって知れた。

まだ馬車が止まったことしかわからない。だが、俊敏に展開して敵を迎え撃とうとする冒険者たちの緊張感に満ちた掛け声が間断なく響き、武具の音が聞こえてくることこそが、その存在感を顕わにしていた。

「来るぞ！」

「でかい！」

ドダダッという重い音が一気に近くなる。地を伝った振動が馬車まで届き、俺の身体までもをびりびりと震わせた。

あ、とも、うん、とも言えなかった。生命の危機というものが、いまとなってはなんとも頼りない馬車のすぐ外にあり、ここにいるすべての人々を脅かしている。

「退け！」

「馬を守れ！」

叫び声は短く鋭い。ドドドッ、ドドドッ、と重量のあるものが突進する音が絶え間なく続く。誰かの悲鳴が聞こえた。恐怖に満ちた馬の嘶き。走り出そうとしては踏み留まらされる馬に牽かれ、馬車がガタンと大きく揺れては止まる。

「猪だ」

俺のすぐ目の前から低い声が聞こえて、一瞬なんなのかわからなかった。

「猪の魔獣だ」

もう一度声がして、俺はやっとそれがアルベリクの声であることに気がついた。目の焦点がふっと合って、身体を半分乗り出して窓の外を見ているアルベリクを見た。ぐっと手に強い力が加わる。彼の手がいつの間にか俺の握り締めた拳を上から包みこむように握っている。そこにどうにか視線を動かして、それでようやく俺は呼吸すらほとんど止めていたことを自覚した。

「っは、……」

暴力だ、と思った。死と暴力の気配が、この馬車の中にまで立ち込めて俺の全身を硬直させていた。外では冒険者たちの叫び声が続いている。悲鳴じみたそれらの声が訴えているものが仲間への連携なのか、痛みなのか、あるいは絶望なのか、俺にはわからない。ただ理不尽な暴力だけがそこにある。生まれてこの方体験したことのない恐ろしいものが、すぐそこに迫ってきていた。

「馬車にいれば大丈夫だ」

窓を背にして、アルベリクの灰色の瞳が俺を見据える。その右手は剣を摑んでいる。俺を落ち着かせるためだけに左手を剣から離したのだ。なぜかそれだけは俺にもわかった。

「複数いるぞ！」

おそらくそんな内容だったのだと思う。外からひときわ大きな咆哮(ほうこう)が届いたかと思うと、アルベリクがなにか言って馬車から飛び出していく。バタン、と乱暴に叩きつけられるように馬車の扉が閉じられた。

「……あ、あ」

ひとり残された馬車の中で、俺は呆然として扉を見つめた。先ほどまでアルベリクが強く握っていた拳が痺(しび)れている。全身から血の気がひいて鳥肌が立ち、指先ひとつ動かせないほどに力が入らない。なにか、アルベリクが叫んだ。内容は聞き取れなかった。それで突然背中を強く押されたように身体が飛び上がって、俺はみっともなく座席から転がり落ちた。震える手で扉に縋り、ずるりと身体を起こす。窓からどうにか顔を半分覗かせて、俺はガタガタ震えながら外を見た。

そこに、アルベリクはいた。窓からは見えない辺りを睨みつけ、ぐっと腰を落として剣を構えている。ドダダッと振動が響き、大きな影が彼へ向かって飛び掛かった。ドッ、と驚くほど重い音。暴虐の音だった。キンと耳鳴りがして、俺は瞬間的に意識を失ったようだった。

「は……」

あるいはただ呆然としていたのかもしれない。気づいた時には、俺は目を開けたままで、窓枠を強く摑んでいた指を誰かの指でほどかれていた。

氷のように冷えていた指に体温が伝わる。意識がじわりと戻って、俺はぎこちなく顔を上げた。アルベリクだ。彼の手が俺の手を窓から引き剝がし、そのまま胸に引き寄せた。硬直しきった身体が傾いで、アルベリクの腕の中に倒れ込む。熱く、脈打っている。

「大丈夫だ、コウ。もう終わった。もう大丈夫だ」

まだ荒い呼気と共に囁(ささや)かれる。熱い息が耳にかかった。アルベリクだ。生きている。俺は恐る恐る顔を上げた。頬から顎にかけて、細かい飛沫がついていた。心臓がものすごい速さで脈打っている。それが自分の音であることを察するとともに、徐々に全身から力が抜けてきた。

「もう大丈夫だ。もう魔獣はいない。安心していい」

何度も言い聞かされている言葉が俺の中でようやく意味を成し、俺は意識的に目を閉じて深々と息をついた。既に辺りは先ほどよりはかなり静かになり、暴力の気配はなくなっていた。まだ冒険者たちが口々になにかを話しているざわめきは感じられるが、あれほどの緊迫感はなくなっている。

「猪の魔獣が二頭出た。最初の一頭は荷馬車の方の馬を狙っていた。二頭目に馬がやられたらまずかったから、俺も出た。もう片はついている。だからこれ以上襲ってきたりはしない」

アルベリク自身も気が昂（たかぶ）っているのだろう。端的な言葉で説明されて、ぐっと抱き締められる。意外なほど力強い腕に潰されて少し苦しいくらいだったが、いまばかりはそれが心底ありがたかった。

掌（てのひら）を探るように彼の身体に押しつける。どこにも怪我はなさそうだった。

「……ごめん。ありがとう……」

やっとの思いで呟く。ギュッと抱き締められているので顔を上げているのはやや苦しいが、未だ戦いの余韻を残して爛々（らんらん）と輝く瞳から目を離したくなかった。その瞳が僅（わず）かに細められる。褐色の肌の目許から頬にかけてが僅かに赤く染まっていて、それが堪らなく妖艶に思え、妙にドキドキした。

「……あんなものに遭遇したことがなかったんだろう？　怖くて当然だよ。俺だって、子どもの頃に初めて魔獣を見た時は震えていたからね」

興奮が引かないまま、それでも優しい声色で語りかけられて、俺は小さく頷いた。そうだ。怖かっ

た。今更のように身体が細かく震え出す。いつしかアルベリクの掌が優しく背中を叩いている。ああ、温かい。

　へなへなと全身の力が抜けて、俺はゆっくりと目を閉じた。


　アルベリクの腕の中でうとうとしていた時間はそれほど長くはなかったが、冒険者たちと御者たちが魔獣を片付けるには十分だったようだ。彼に促されて馬車から降りると、魔獣の姿は影も形もなく、巨大な蹄に踏み荒らされた地面には血の跡すら見つけられなかった。二頭も倒したのに血痕すらないのは意外だったが、血を見たいわけではなかったので少し安堵する。

「ほら、ここに座るといい」

　まだ明るいのに馬車も荷馬車も野営時の配置になり、中心に焚き火の準備がされている。その近くに座らされて、俺はなんとなくアルベリクから離れがたくて彼の外套を摑んだ。アルベリクがにこりと笑って隣に腰をおろす。確か、本来ならもっと進んで近くの街に泊まる予定だったはずだ。昨夜も野営で、そろそろ身体を水で拭くだけでは嫌だなと思っていたからよく覚えている。

「今日は結構消耗したからね。それに、ここは魔獣の縄張りだったところだから、少なくとも今夜いっぱいは獣も比較的近づいてはこないんだ。一時的な安全地帯みたいなものだよ」

「そうだぞ、坊主。緊張して疲れただろうから、しっかり休め」

　男が薪の小山に枯れ枝を放り込みながら声を掛けてきた。確か、ランベールという名の冒険者だった。片腕を庇っているが、怪我の程度はそれほど酷くはなさそうだ。なんと言っていいかわからずじっと見ていると、彼はひょいと肩を竦めた。

「これか？　魔獣にぶつけられちまってな。ひと晩寝ればすぐ良くなるさ」

打ち身がひと晩で治るとは考えづらかったが、こちらの気分を明るくしようとしてくれていることは伝わってきた。気遣いをありがたく思い、ぺこりと頭を下げる。

「あんたの奴隷、なかなか可愛げがあるじゃないか」

笑いながらまた枯れ枝を拾いに行った冒険者をなんとなしに見送って、俺はほうと息をついた。

ほかの冒険者たちはそれぞれテントを準備したり、携帯用の鍋を出してきたりしている。

これまで動物といえば馬や兎くらいしか見たことがなかった俺にとって、初めて遭遇した魔獣は衝撃的だった。純然たる殺意の塊のような生き物が、よりによって俺たちに向かって襲いかかってくる。そんなことが自分の身に降りかかってくるなんて、都会育ちの俺は想像もしたことがなかった。アウトドア趣味もなかったから、キャンプすらしたこともない。熊が出没したとかいうニュースを見ても完全に他人事だった。

幸い、辺りはまだまだ明るい。時刻で考えるなら九の鐘が鳴るより前だろう。どこからともなく聞こえる小鳥の鳴き声を聞き、時折吹き抜ける風にあたっていると、やっとあの恐怖が完全に過ぎ去ったものであることが実感できた。

「……あのさ、あの……魔獣はどうしたんだ？」

気持ちが落ち着いてくると、思考もだんだん回りだす。アルベリクに問いかける余裕もでてきた。

「ああ、そのことか。もうあの辺りの木の根元に埋めてあるよ。……コウは魔獣がどうやって発生するか知ってる？」

「知らない……」

魔獣どころか、狼は駆除されすぎて絶滅し、熊が出たら大騒ぎになる国に住んでいた。そう言うと、アルベリクは俺の反応から察してはいたようだが、呆れたようにため息をついた。

「狼を絶滅させるなんて困難なこと、よくできたなあ。……魔獣は、長く生きた肉食獣が魔力を溜め込んで変質するんだ。草食の獣は魔獣にならないので、ほかの獣の血肉を喰らうことが条件だと言われている」

彼の説明によると、魔獣は実質的には魔力の塊のようなもので、到底食べられないし、そもそも倒した瞬間から魔力が拡散して僅かずつ目減りしていくそうだ。だから地面に落ちた血痕もすぐに溶けて消えてしまう。木の根元に埋めるのは、魔獣の死骸が溶けきる前にほかの獣に喰われて、その獣がまた魔獣になってしまうのを防ぐためであるのだとか。木はとくに変化しないので、木に吸収させてしまうのが穏便で望ましいのだ。

魔獣は森に多いが、ある程度狩人や冒険者の手が入っている辺りでは、肉食獣は定期的に間引かれるため、魔獣が発生しづらくなるそうだ。フェレール侯爵領では、魔獣の発生を抑えるために、補助金まで出してきちんとそれを徹底させているらしい。だが、どこの領地でも同じことができるわけでもないし、誰の領地でもない森は幾らでもある。また、大型の肉食獣が多く出没する地域は狩人や冒険者の手には余ることがあり、そういった場所では魔獣が増えやすいということだった。あまり酷いと国が討伐隊を組織して大規模に狩ることもあるという。

「だから、ガイヤール伯爵領の端の方であるこの辺りは、もともと管理が行き届かなくて魔獣が出やすいんだよ」

「そういうことだったんだな」

　だからこそ、アルベリクも冒険者たちを雇ってそれに備えていたということだろう。冒険者たちも慣れているので、今回はたまたまひとり怪我人が出たが、あとは魔獣の蹄に蹴散らされた石に当たっての擦り傷くらいで、皆ぴんぴんしているそうだ。それを聞いて俺は心底安堵した。重傷者や死人が出なくて本当に良かった。

　魔獣は恐ろしかったが、説明を受けている分には冷静に聞けるし、むしろ興味深かった。

　アルベリクの話を熱心に聞いているうちに、冒険者たちが食事の準備を始めていた。魔獣が出る前に狩ってあったという兎が出されて、薄めのシチューが作られることになった。魔獣の縄張りでは草食動物は真っ先に食い散らかされるため、この近くには食べられる植物などが多いらしい。芋（いも）のようなものも掘り出せたし、具材は豊富だと冒険者たちが笑い合っている。

　ふと気づくと、アルベリクがいない。用でも足しに行ったのかと思ったが、やがて早めの夕食ができあがると、程なくして戻ってきた。賑やかな夕食が始まる。獣の襲撃に備える必要がないので、ひと仕事終えたこともあり、誰もがリラックスした笑顔を浮かべている。酒は一滴も入っていないはずなのに、軽く一杯飲んだ後のような和やかな雰囲気だった。

「ジャゾンさん！　あんたは偉いなあ。怖がって走り出そうとする馬をあんなに上手く宥める奴は、あんたくらいのもんだよ」

「その通り！」

「いやあ、照れますな。ケヴィンさんもいい剣捌きでしたよ」

「剣捌きならアルベリク様もすごかったじゃないか」

「馬車から飛び出してきた時にはこっちの肝が冷えたけどな！」

違いない、と冒険者たちが口を開けて笑う。アルベリクも少しばかり面映そうにしている。

「馬が危なかったからね」

「あんた、商会の頭をやってんだろ？　そのうえ剣の腕まで立つとは、やるなあ」

「どうだい、商売に飽きたら俺たちと組んでくれよ」

「馬鹿、高望みにも程があるんだよ」

どっと笑いが弾ける。俺も温かいシチューをのんびり食べながら、釣られて何度も笑った。話の主役は次々に移り変わり、魔獣の目を狙って見事に命中させた射手や、身を守るところのない荷馬車で耐え切ったイレネー、盾を上手く当てて突進を捌いた盾職などが讃えられる。結局全員が賞賛を受けるまでの間に、生まれてこの方魔獣を見たことがなかったのに馬車の中でよく耐えたと、俺まで褒められてしまった。

「皆さんがいてくれて、本当に良かったです。ランベールさんの怪我、早く治るといいですね」

とばっちりで褒められて恥ずかしかったので、俺も皆に倣って他の人の話題を持ち出した。話はすぐに次に移り、皆の視線が外れたところで赤くなった頬を扇いで冷ます。

そこに、見覚えのある果物が差し出されてきた。フィグの実だ。野生のものだろうか、だいぶ小ぶりだが、よく熟していた。

「コウも好きだろう？　食べるといい」

そっと手の中にフィグの実を押し込まれる。それで、俺はアルベリクが先ほどしばらく姿を見せなかった間にそれを採ってきてくれたのだと気がついた。

皆に配らないのは、数が採れなかったからだろうか。あるいは、怖い思いをした俺を慰めるために、わざわざ特別に探してきてくれたからだろうか。

「……ありがとう」

暮れなずむ空の深い青と焚き火に照らされて、アルベリクの瞳が多彩に煌めいている。綺麗な形の頬を焚き火が暖かく照らし、肌に美しい色合いを加えていた。

なんだか特別になったような気分だ。彼の目が優しいからかもしれない。怖がって震えていた俺を馬鹿にもせず、抱き締めてくれたのが嬉しかったからかもしれない。どちらにせよ、彼のくれた小さなフィグの実は、過去に食べたことのあるもっと甘いフィグの実よりも、ずっと俺の心に残った。

# 14

目的地の街に着いたのは翌々日の夜だった。日程が延びたのは魔獣の影響だ。幸い、あれからの道中では魔獣にも盗賊にも遭わず平穏だった。

夕食は冒険者たちへの労(ねぎら)いも兼ねてアルベリクが奢ることになり、やっと酒にありつけた男たちは大いに飲んだ。俺はどうもエールというものが得意ではないので麦茶だけだが、アルベリクは彼らに合わせて飲んでいる。彼がエールなどを飲んでいるのが珍しく、俺はのんびり食事をつつきながらその様子を眺めていた。

「……しかもあの野郎、逃げながら俺に矢を射かけてきやがった。俺はもう追うどころか避けるので必死よ。そこに魔獣まで襲いかかってくるもんだから、こりゃもう終わりだと思ったもんだ」

「おいおい、よく切り抜けたな」

彼らはいま、それぞれの武勇伝や危険な仕事についての話題に夢中だ。手配されていた賊を追って森へ踏み込んだところで横から出てきた魔獣に襲われたという男の話に、男たちの幾人かが身体を乗り出している。

「それがよ、そこにデジレが来たんだ。あいつ、俺に気づいて駆けつけてくれたのさ」

「デジレなら大丈夫だな」

「あんたの悲鳴がさぞかしよく聞こえたんだろうな」

「あっはっは」

デジレといえば、そういえば彼はあの街では結構名の知れた男であるのだった。かなり実績もあると聞いたし、人助けをしたのも一度や二度ではないのかもしれない。それから話は彼らがどのようにして魔獣に対処し、その上で更に賊を捕らえたか続いた。

「おお、デジレといえば、坊主。お前随分とあいつに気に入られてんだな。近頃あいつはお前の話ばっかりだぜ」

「えっ」

突然話を振られて驚く。ぽろりと匙から芋が落ちて、皿の上に転がった。

「ああ、こいつが奴隷のコウってやつかあ」

冒険者のひとりが感心した顔で俺をじろじろ眺めた。悪意はないのだろうがなんだか居心地が悪くて肩を竦めると、別の冒険者が笑い出した。

「あいつ惚れっぽいからなあ。コウの前は誰だった？　酒場のアデライドだったか？」

「いや、武器屋のとこの、ドロテとかいう……ドリアーヌだったかな」

「そいつはギルド受付のイヴェットちゃんの前だろ」

「そうだった！」

デジレの目まぐるしい恋愛遍歴にも圧倒されたが、それを冒険者たちに残らず把握されているというのもまたすごい。グッとエールをあけて杯をテーブルに置いた男が、腹を抱えて笑っている冒険者たちに問いかけた。

「そういや、あの子はどうなった？　確かデジレに惚れたっつう小さい娘っこがいただろ」

ああ、と男たちが半笑いになる。

「あれはなあ……」

「いや、あの子は傑作だったな」

「惚れっぽいデジレもあれにはたじたじだったなあ！」

よほど有名なのか、皆が訳知り顔でニヤニヤし始める。どんな話なのか気になって、俺は隣のアルベリクを見る。どうやら彼もその話を知っているらしく、笑いを堪えながら教えてくれた。

「有名な話なんだけど、デジレには剣を教えてくれた恩師がいてね。その娘さんがまだほんの十歳くらいの頃からずっとデジレを追いかけてるんだ」

「もうかれこれ六、七年になるか。デジレの奴はおやっさんに頭が上がらないから、そのおやっさんの娘に迫られても逃げるばっかりでよ」

アルベリクの説明を聞きつけて、近くの席の冒険者が話を続けた。そのまま皆が次々に教えてくれたところによると、その恩師の娘というのは、コレットという名前の、それはもう可愛い女の子なのだそうだ。十歳の頃はただ可愛いばかりだったが、成長してからは大人びて魅力的になったものだから、成人した途端に彼女を望む男は沢山現れた。そんな彼女はほかの男に見向きもせずデジレひと筋なのだが、デジレは恩師の怒りを恐れて逃げ回っているのだとか。

「あの可愛いコレットちゃんを見ると、途端にそわそわして逃げ出そうとするんだ。でも邪険になんかできねぇから、腰が引けちまってるんだよ。冒険者がすっかり形なしだろう」

「違いない！」

どっと笑いが起きて、そこからまた別の話題に流れていく。あのでかくて無骨なデジレが可愛い女の子を恐れている様子を思い描いて笑ってしまった。逃げ腰のデジレは、きっとたびたびエマニュエルに肘で突かれているのだろう。

「さて、そろそろお開きにするか」

誰かが言い出して解散になる。俺とアルベリクはこの街で二泊する予定なので、冒険者たちはそれまで休みなのだ。帰りの集合時間について話をしてから、俺たちは冒険者たちと別れて宿へ向かった。

アルベリクの店があるあの街ほどの規模ではないが、この街もかなり栄えている。夜道は月と飲食店の灯りに照らされて明るく、俺はいまは閉まっている店の看板を眺めながら歩いた。磁器で有名なだけあって、それに関係した店が多い。

冒険者にかなり飲まされていたと思ったが、アルベリクの足取りには不安なところがない。夜風が冷たかったので、俺はちょっと彼に近づいた。いつも着ている外套が開かれて、俺の肩を包み込む。

「楽しかった？」

静かな声に訊かれて、ふふっと笑う。

「いい人たちだな」

「ああ、信頼できる人たちだよ。ここのところはもっぱら彼らに護衛を頼んでる」

宿は街に着いてすぐに決めてある。早めに取らないと、電気のない世界での夜は早いため、あぶれてしまうこともあるからだ。

「……今夜はどうする？」

アルベリクの声は相変わらず静かだ。訊かれたことで、俺は改めて彼との距離が近すぎることを実感する。

魔獣に襲われた日の夜、俺はアルベリクに抱き締められて眠った。もともと馬車で眠る時には、向かい合った座席を撥ね上げて寝台にする。だから、特になにもなくとも一緒には眠っていたのだ。だが、あの夜まではただ並んで寝ているだけだった。俺が夜になって怖がらないように、アルベリクが気を遣ってくれたのだ。

そして、それは実際に非常な効果があった。温かな体温ほど安心できるものはない。夢も見ずに眠った俺は、翌晩もアルベリクに抱かれて眠った。

今夜は野営ではないし、馬車で眠る必要もない。だから寝台なり部屋なりを分けても良かったのだが、アルベリクは念のために広めの寝台ひとつきりの部屋を取ってくれた。

だから、彼が訊いているのは部屋のことでも寝台を分けることでもない。今夜も抱き締めてほしいのか、確認されている。

「……いいのか」

飲んではいなかったが、それでも賑やかな酒場から出て静かな夜道を歩いていると、楽しかった気分が落ち着いて冷静になる。そんな状態で改めて頼むのは恥ずかしく、俺の顔は熱くなった。この明るさなら、きっとアルベリクにも真っ赤になっている様子は見えているだろう。

いまだけだ。この旅の間だけ。家族も友達も置き去りでこの世界に来て、なんとなく寂しいだけだからで、特に深い意味なんかないから。

「いいよ」

アルベリクは俺を揶揄いもせず、ごく自然に頷いた。なんとなく彼の方が見られなくて、月光を受けて薄くひかる石畳を見て歩き続けた。

# 15

翌日、俺はアルベリクに連れられて磁器の仕入れに向かった。アルベリクの取引先は磁器の街ラブラシュリでも二番目に大きい窯元で、跡を継いだばかりだという壮年の頑強そうな男が代表だ。あらかじめ話が通っていたため商談はすぐにまとまり、アルベリクは俺を連れたままでの見学を申し出てくれた。快諾され、俺たちは磁器が作られている様子や、完成品を見せて貰った。

一応、陶磁器に関する知識は特にないことや、俺のいたところでは陶磁器は主に量産品として非常に安価で手に入ること、それ以外は職人による伝統工芸品で、価値は高いが製法などはまったくわからないということは事前に伝えてある。

だから、並べられた磁器の白がそれほど白くないことや、絵付けはされているが色が青しかないこと、俺の記憶よりはだいぶ厚ぼったいことについては気づいたものの、それをどうすればいいのかはさっぱりわからない。

「さすがにそこまでは期待していないから、安心していいよ。そもそも配合も焼き方も釉薬も、軽く見せては貰えても、製法については門外不出だしね」

そう言って、アルベリクは悪戯っぽく片目を瞑って見せた。

「もしも君が言っていたような、色とりどりの色をつける方法なんかがわかったとしたら、きっと頭を下げて製法を見せてくれただろうけどね」

「いや、なんも知らないから。……それにしても、門外不出の技術なのに、そんなものをよく見せてくれたな」

むしろそれなら工房への立ち入り自体が禁じられていそうなものだが、アルベリクによると長年の取引で信頼関係を築いてきたお陰なのだそうだ。

「ここは父の代から付き合いがあるんだよ」

あまり長居しても良くないので、作業場の見学は早々に切り上げ、俺たちは完成品を保管する倉庫へ案内して貰った。ここをひと通り見終わったら、近くにあるという美味しい料理を出す店に連れて行ってもらえる予定なのだ。そろそろ空腹になってきたので、結構楽しみにしている。

薄らベージュがかった白に青で絵付けされた磁器が大量に並んでいるさまは壮観だった。それらの値段の高さを知っているだけに、これだけでひと財産であるとわかる。地震が来たら大変なことになりそうだと思ったが、この国ではそもそも地震など滅多にないそうだ。

見ているうちに、並べられた完成品の全てが食器や壺であることがふと気になった。

「焼き物には詳しくないけど、女性がつけるような装飾品は置いてないんだな」

「……うん？」

磁器を眺めながら俺の前を歩いていたアルベリクが、足を止めて振り返った。

「なんの話かな、コウ」

突然食いつかれて面食らう。これはあれかな、俺、またなんかやっちゃいました？　とか言うところだろうか。

「技術的には無理な話なんだけど、俺のばあちゃんが七宝焼っていう焼き物の、ネックレス……いや首飾りを持っててさ。ずっと大事にしてたから、印象に残ってるんだよな」

いまでも思い出せる。祖父からの贈り物だったというそれを、祖母は俺を膝に抱いて見せてくれていた。娘の時分に貰ったものだからと言って、もう身につけてはいなかったけれど、時々取り出しては嬉しそうに眺めていた。

「首飾りか……」

「まあ普通、装飾品は金銀宝石で作るんだろうけど。ここの磁器も結構綺麗だし、凹凸で模様を作って、あの青で色をつけたらちょっと良さそうじゃないかな」

話しているうちに、なんとなく自分でもいけそうな気がしてきた。白と青だけだと寂しいかもしれないが、その色合いだとむしろカメオを思い出す。あれは石か何かを彫ったものだったか。それなら陶磁器とは違うかもしれないけど、似たような仕上がりになるかもしれない。

「あー、コウ」

「こう、つるっと丸くした土台の上に模様を立体的に作ってさ、平らなところを青くするとか」

「ちょっと待ってくれ、コウ」

「え？」

説明していると、ぐっと後ろから肩を摑まれた。アルベリクは俺の正面にいて、形の良い眉を下げてちょっと困った顔をしている。それなら俺の肩を摑んでいるのは誰だと驚いて振り返ると、窯元の代表だという男が険しい顔で俺を見据えていた。

「…………」

「あっ、あの、ちょっと思いついただけで、べつに深い意味はなくて……」

陶芸が力仕事だからか、男の体格は立派で、腕も太ければ掌も分厚い。そんな男に肩を摑まれた俺はたちまち涙目になって慌てて言い訳をしてしまった。暴力には慣れていない。喧嘩だって最後にしたのは小学生の頃で、それからは親にだって叩かれたことがない。それなのに突然でかい男に凄まれたら、俺が反射的に震え上がるのも仕方のないことだと思う。

「……その話、詳しく聞かせてくれ」

「へ……」

意外な言葉に呆然としてしまった。アルベリクがため息をつく。

「来い。こっちだ。実際に作ってみせろ」

「えっ、えっ」

そのままずるずると引き摺るように歩かされる。たちまち倉庫から連れ出されて、男が向かっているのは作業場の方だ。

「じ、実際に作れって、今から!?」

「そうだ」

ちょっと待ってくれ。本当に深い意味はなかったし、ここの技術でそんな細かいものが作れるかどうかもわからないし、なにより俺に作れってどういうことなんだ。作れるはずないだろ、陶芸教室とか通ったことないぞ俺は！

「だから待てと言ったのに」

後をついてくるアルベリクに呆れたように言われて、俺は涙目で彼を見つめた。頼む、アルベリク。俺、あんたの奴隷だろ？　助けてくれよ。

アルベリクがゆっくりと首を横に振った。

「……頑張ろうな、コウ」

薄情もののアルベリクに見捨てられた俺は、それから何時間もペンダントの制作に付き合わされることになった。といっても、陶芸なんか体験したことすらない。渡された粘土のようなものでへたくそなサンプルを作って見せて、それを見ながら窯元の人がもっと上手いサンプルを作り、説明を繰り返しているうちに、予定していた料理店には行きそびれた。

乾いて硬くなったパンと燻製肉を齧る羽目になったのはアルベリクも一緒だったので、多少は気持ちが慰められたけど。


結局、磁器のペンダントはその日のうちに完成しなかった。焼くにも時間がかかるし、首から下げられるような小さなものは作ったことがなかったらしく、試作品は焼けすぎかなにかで窯から出した途端に割れてしまった。

俺はド素人だし、適当に思いついたことを言っただけで、コツもなにもわからない。遅くまで付き合わされてへとへとではあったが、上手くいかなかったことについては謝るしかない。頭を下げようとしたところ、固辞された。これから試行錯誤してみるから構わないとのことだった。商売には強かなアルベリクが、完成品ができたらエフェメール商会で扱う約束だけして、俺たちはなんとか窯元を離れることができた。宿に帰り着いたのは深夜だった。

「はあ……まだ眠い……」

「昨夜は遅かったからね……」

明けて翌日は別の仕入れだ。約束の時間があるので頑張って起き出してきたが、正直なところ疲れが抜けておらず、眠気がひどい。

アルベリクもさすがに眠そうな顔をしているが、瞼の落ちかけた表情は眠そうというよりはなにかを憂いているように見える。アンニュイという言葉を体現しているようで、なんなら普段よりも儚さが増して綺麗かも。顔がいいってずるいよな、どんな時でも意味深に見えるだけで全然ぼんやりして見えない。

俺たちはこの街の商会へ向かっていた。ガイヤール伯爵領では更に遠くの領地から入ってきた盤上遊戯を扱っているので、磁器のついでにそれも幾らか仕入れる予定だ。冬は雪で移動もままならなくなり、人々は家に籠もりがちになるため、室内でできる遊びの道具がよく売れるのだそうだ。

商会に着く頃には眠そうだったアルベリクの顔も普段通りになっていて、さすが外見を取り繕うのが上手いと感心する。俺もどうにか気合いでしゃっきりした顔をつくってみた。

それに、どんなゲームがあるのかには俺も興味があった。やはりチェスだろうか。異世界ものの知識チートテンプレといえばオセロだから、もしもオセロがなかったら俺が提案してみてもいいかもしれない。あれはそもそも日本で考案されたゲームで、シェイクスピアのオセロが命名のきっかけだった、という話を三浦から聞いた覚えがある。

「……オセロあるじゃん……」

「？　これはリバーシだけど？」

アルベリクが不思議そうな顔をしている。そうだね、シェイクスピアはこの世界にはいないだろうし、そうしたらオセロという名称では呼ばれないだろうな。俺はがっくりと項垂れた。

ゲームの種類は幾つかあって、多少駒が違うがチェスに酷似したもの、象棋のようなもの、やったことがないのでルールは知らないがバックギャモンに似て見えるもの、それにオセロ、いやリバーシか。それらが取り揃えられていた。

麻雀や人生ゲームはないようだから、ルールさえわかればと思うが、俺はやったこともないので無理そうだ。ボードゲームにも詳しくないのが悔やまれる。

あとは、子どもの頃に戦艦ゲームはやったことがあって、それならやり方もわかるが、そもそもこの世界では海上戦は一般的なのかどうかわからない。少なくともフェレール侯爵領は海に隣接していないから、海上戦のイメージは想起しづらいだろう。うーん、詰んでる。

「……特に思いつかないな……」

諦めて嘆息すると、アルベリクも仕方ないと頷いてくれた。

「まあ、ゆっくり考えてくれたらいいよ。フェレール侯爵領では良質の木材が採れるから、木を使ったものを思い出せたら嬉しいかな」

「木かあ……木材……」

昼には冒険者たちと合流して、フェレール侯爵領への帰途に着く。どうせここでアイディアを思いついたとしても、ガイヤール伯爵領で作るわけではないのだから焦ることはないと、アルベリクは穏やかに話してくれた。

「まあどうしても陶磁器や高い石を使わなければならないというのなら、それはガイヤール伯爵領で作る必要があるだろうけどね」

木材で作る、例えばチェスや象棋の盤などについては、フェレール侯爵領のものの方が有名らしい。堅くてしっかりとした材質のものが好まれるからだそうだ。だから、今回仕入れたのも精巧な作りの駒だけであったり、大きな盤の必要ないものに限られている。

「木材ねえ……」

ぼんやり呟きながら俺は窓の外を眺めた。頼みにしていたオセロがあったのでがっかりしていたが、俺の気持ちは既にそこにはなかった。

もっと作るのが簡単なものはないだろうか。手作業だから仕方がないが、ゲーム類はどれも高価で、到底そこらの子どもたちに手が出るものではない。アルベリクに子どもたちは普通どんなもので遊ぶのか訊ねてみると、木の棒を剣代わりにして振ったり、木に布切れを巻きつけて人形に見立てたりする程度らしい。みんなで集まってわいわい遊べるものがあったらいいんだけど。

俺が急にとあるゲームについて思い出したのは、翌々日の夕方、薪集めをしている冒険者たちを眺めている時のことだった。

「……あっ！　あれだ！　なんだっけ！」

思い出したけど、名前が出てこない。いつもの癖でアルベリクに視線を向けると、さすがに困った顔で苦笑されてしまった。

「コウの頭の中が見えるわけじゃないんだから……」

それはそうだ。俺はちょっと恥ずかしくなって顔を赤らめた。疑問があればすぐアルベリクに頼るのがすっかり習慣になっている。

「坊主はご主人様を頼りにしてるんだな」

俺たちのやり取りに目敏く気づいた冒険者のひとりにも言われて、ますます恥ずかしくなった。

「それで？　なにを思いついたのかな」

すりすりと頬を撫でられながら促されて、少し落ち着いた。ここのところずっと距離が近いので、アルベリクに触れられるとむしろ落ち着くような節がある。俺もすっかり慣らされてしまったなあ。

「名前は忘れたけど、こう、木材を均一な大きさの長方形にしたものを沢山用意して、まずはそれを積み上げるんだ。それから、順番に一本ずつ抜いていく。積み上がった木材を崩したやつが負け。二人以上いれば何人でも遊べるから、結構ありだと思うんだけど……」

小学生くらいの頃にやったきりなので、商品名が思い出せないが、ルールが単純なので説明は簡単だった。

「軽めで質が揃ってる木材って、フェレール侯爵領でも採れるかな？　試しに作ってみないか？　チビたちにも遊ばせたい」

俺が小学生の頃に遊んでいたくらいだから、十歳未満のふたりもきっと楽しんでくれるだろう。そう言うと、アルベリクの手が俺の頭を撫でた。

「話を聞く限りではなかなか良さそうだ。帰ったら試しに作らせてみよう」

肯定的な返事に嬉しくなる。期待を込めてぱっとアルベリクを見ると、真剣な顔で考え込んでいた。

「ただ、作りが単純すぎて、すぐにでも模倣されるだろうな。……商品名はきちんと考えた方が良さそうだ」

「あー、確かに……」

特許とか登録商標とか、この世界にはなさそうだもんな。俺たちが作ったスヌードも、既に模倣が出ているらしいし、来年になればもはやエフェメール商会の専売特許ではなくなるだろう。このゲームも似たような展開を辿るのだと思うと、ちょっと残念ではある。

「まあ、少なくとも一年は沢山売れるだろうね。それに、新しいものを次々と紹介できれば、エフェメール商会の名は上がる。コウは役に立っているよ」

焚き火に照らされて、アルベリクが優しく微笑んだ。

役に立っている。彼から与えられる褒め言葉のなかでも、それが一番好きだ。見知らぬこの異世界になんのよすがもない俺にとって、やはりアルベリクは特別だった。日頃から自分自身の価値を上げることに腐心しているけれど、結局のところ、俺はほかの誰でもなく、アルベリクにとって価値のある人間でありたいのかもしれなかった。

# 16

俺の提案した新しいゲームはエフェメール商会で空前の盛り上がりを見せた。素材も安く、製法も単純でありながら、二人以上いれば何人でも楽しめる。試作品を作ったところ、休憩時間に入った従業員が先を争って遊ぶので、アルベリクも成功を確信したらしい。

後からあのゲームには商品名の焼印が入っていたことを思い出したので、エフェメール商会の印を入れることになった。これで模倣品が出ても多少は差別化がはかれるだろう。希望の塔と名づけられたゲームは安価なこともあって冬を前にして売れに売れ、それに伴って俺の価値も随分上がった。

「将来性も考えて、うちの支店ふたつ分くらいかな」

「それはすごい」

領主様に喜ばれて複数買っていただいた上に金一封を貰ったと聞かされて、俺も満面の笑みになった。金一封は皆への賞与に化けて、俺も少なくない金額を貰った。いまのところ生活に不足はないので特段使い途もないが、自由にできる金があるのは嬉しい。

季節は本格的に冬に入りつつあり、俺もスヌードを支給して貰った。奴隷の証に首から革紐で提げている南京錠が、スヌードの下から覗くとまるでお洒落な首飾りのように見える。

子どもたちの勉強も順調だ。希望の塔で引き抜いたパーツの数を数えるところから数の勉強を始めた。崩れるまでにより多く引き抜けた方が勝ちというルールで、数えながら遊んだり、最後に個数を確認したりするのだ。やはり遊びに絡めると覚えやすいようで、成果を感じた俺はアルベリクにトランプを頼んでいる。カードゲームの種類は豊富なので、ダウトで数字を覚えて、ブラックジャックで簡単な足し算の練習にしてもいい。座学もきちんとやるが、楽しんで覚えられるならそれに越したことはない。

「コウは良くやっているよ。だから、たまには休みにしよう。明日はどうかな」

「そんなこと言って、あんただって休みたいだけだろ」

ベッドの中でアルベリクに誘われて、俺はうきうきと頷いた。ここでの一週間は七日で、週に一日は休みなのが普通だが、アルベリクは商会長なのでなかなか休みが取れない。喜んでいるのを隠したくて減らず口を叩くと、彼は照れたように笑いながら俺の頬をぐりぐりと揉んだ。

「素直じゃないなあ、コウ」

「や、やめろよ！」

子ども扱いされているようでちょっと悔しい。たまには反撃してやろうと思って、ごろんと一度転がってアルベリクの手から逃れてから、彼の頬を両手で摑んでやった。彫刻のような無駄のない綺麗な顔だが、その分余計な肉がない。頬を摑んで引っ張ると、整った線が崩れてむくれたような顔になる。それが妙に子どもっぽくて、結構可愛いかった。

「いた、いたた、コウ、痛い」

「ぷっくく」

引っ張られるのが痛いのか少しばかり涙目になったアルベリクの様子が面白くて、つい噴き出してしまった。手を離すと、涙目のまま頬を押さえている。

「まったく……。冷えてきたんだから、気をつけないと風邪をひくよ」

転がったせいではだけてぐしゃぐしゃになった布団をかけ直され、ポンポンと背中を叩かれた。

「コウは最近少し幼くなったよね。力が抜けて自然体になったというか」

言われて、自分でも思い至る。少し前までは、あまり自覚はしていなかったものの、どこか張り詰めたままだったと思う。なにしろこの世界は俺に厳しい。社会保障も福祉も俺のためのものではないし、仮に奴隷でなかったとしても生計を立てる術（すべ）がない。頼れる家族や親戚もいなければ、長年の付き合いだった友人たちもいない。たったひとりで見知らぬ土地に辿り着いてしまった。だからこそ、自分の価値を少しでも上げて、可能な限りの待遇を勝ち取らなければならないと強く信じていた。いまでもそれは変わらないが、つい最近までは随分と肩に力が入っていたと思う。

それが崩れたのは、魔獣の襲撃に遭った時からだっただろうか。アルベリクが急に甘やかしてくれるようになったからというのもある。まだ時々反発したくなることはあるが、それでも彼は俺にとって一番信頼できる人間だ。まだろくな価値も示せていなかった頃から、アルベリクは案外親切だった。本当なら、身ぐるみ剝いでそのままどこかに売り飛ばすことだってできたはずで、そうしなかったからいまの俺がある。そんな彼が魔獣に震える俺に添い寝してくれるようになってから、どうしてもそれが手放せなくなってしまった。

「……まあ、二十五にもなって毎晩添い寝が必要なのは、自分でもどうかと思うけど」

それをアルベリクにどう思われているのか、というのがやはり気になる。結局、旅が終わってエフ

エメール商会に戻ってきてから、最初の二日ほどはもとの客室に戻ってひとりで眠っていたのだ。だが、深夜になるとなんとなく目が覚めてしまう。一度目が覚めるとどうにも寝つけなくて、昼間に寝不足でふらふらしていたところ、アルベリクに改めて添い寝が必要かどうか確認された。そのまま彼の厚意に甘えて、あれから夜になると枕を持ってアルベリクの寝室に来るのが習慣になってしまった。

「俺はいいんだよ。それに、寒くなってきたから、ふたりの方が暖かいしね」

「……そうだな」

それはつまり、暖かい気候になったら終わりということだろうか。勝手に想像して、内心少し寂しくなる。寝返りのついでに少し身体を寄せて、俺は静かに目を閉じた。

# 17

アルベリクとふたりで森に来るのは久しぶりだ。フェリシアンとジスランを買い取る前は時々連れて来て貰っていたが、最近はあまり羨ましがらせても良くないと思って、同行を控えていたのだ。

今日は久しぶりに狩りに同行することになって、ふたりには随分と羨まれたが、代わりにアルベリクが年明けには彼らも連れて行ってやると約束してくれた。もともと、十歳にもならない子どもはあまり森へ連れて行くべきではない。なにかあった時に、指示に従えないと危険だからだ。それでふたりも納得してくれたので、きっと今頃は真面目に課題をやっているはずだ。

「今回もなにか狩れたらいいな」

冬が近づいてきているとはいえ、外套を着ればまだ十分に暖かく過ごしやすい。街から離れて落葉を踏み、木漏れ日を浴びて歩くのは気持ちが良く、俺は自然と笑顔になって辺りを見回した。

街のすぐ近くのこの森は、管理が行き届いているのでそれほど危険もない。森の実りが豊富なので、兎や鳥などの小さな動物くらいなら結構容易に狩ることができる。狩るのは俺じゃないけど。

「大物がいいな。鹿がとれたら、鹿料理を作ってあげるよ。得意なんだ」

他人任せな俺にちょっと笑って、アルベリクが期待させるようなことを言う。

「鹿料理かあ」

日本でも山とか森の深い地域ではそういう動物を食べることがあるらしい。ジビエというやつだろう。都会育ちの俺にはあまり馴染みがなくて、味の想像が難しい。アルベリクについてのんびり歩きながら首を捻っていると、どんな料理か教えてくれた。

「鹿の骨を煮込んで作ったソースを、よく熟成させた背肉のステーキにかけて食べるんだ。しつこくなくて結構いけるよ」

「へえ、美味そう」

「鹿の肉は牛肉にもやや似ているけど、もう少しあっさりしてるかな。それほど生臭くもないし、きっとコウも気にいると思う」

「楽しみにしとく」

アルベリクの狩りの腕は、素人の俺から見てもなかなかだと思う。狙った的は外さないし、剣捌きも素早い。冒険者に多いパワー型に比べると、スピードと正確性特化という感じがする。詳しくはないのであくまでも印象だけど。

狩りは運もあるが根気との勝負でもある。アルベリクが痕跡を探しながら歩くのに合わせて、ゆっくり辺りを見ながら進む。俺も少しはこの辺りの植生に慣れてきたので、薬の材料になる有名な葉っぱを多少採っておく。保存料のあまりないこの世界では、薬の消費期限は短いから、薬草の類は結構いつでも需要があるのだ。

体感で午前十時くらいになり、少し早いがふたりで持参した昼食を取る。日が落ちる前には街へ戻るつもりなので、食事の時間もわざと早くしているのだ。

「そういえば、筒型襟巻きの売れ行きが好調でね」

「評判もいいみたいだな。ベルナールさんからも聞いたよ」

そう言うと、アルベリクがにっこりと笑った。木漏れ日の中、銀髪を煌めかせて微笑む姿はまるで物語に出てくるエルフみたいだ。肌が褐色だからダークエルフかもしれないが、聖なる魔法とか使いそうな雰囲気だけはすごい。

「ほら、魔術が見たいと言っていただろう。魔術師のセレスタンを呼んで、初級の魔術をひと通り実演して貰うことにしたんだ」

「えっ本当か！」

すっかり忘れていたが、確かにそんな約束をした。スヌードの売り上げが良かったら、魔術を見せてあげるよと言われていたのだった。声を抑えながらも喜びを隠しきれない。パッと顔が明るくなって、アルベリクも笑みを深めた。

「どうせコウのことだから、子どもたちにも見せてやりたかったんでしょう？」

「まあね……」

言われて、ちょっと照れてしまう。子どもたちにはあの寒村では見られなかったはずの色々な可能性を知ってほしくて、なにか珍しいものがあるとすぐ見せたくなってしまう。それをすっかり把握されているのが、少しばかり照れくさかった。

「彼は用があって少し不在にしていたけど、明日にはこの街に戻ってくるそうだ。そうしたら店まで来て貰うように、約束は済んでいるよ」

「ありがとう、嬉しいよ」

ちょっと捻くれている俺が素直にお礼を言うことは多くない。顔を赤らめてお礼を伝えると、彼は何も言わずに頭を撫でてくれた。とっくに成人した男の頭を事あるごとに撫でるのはどうかと思うが、最近のアルベリクはますます俺の主人というよりは保護者じみてきたので、まあこんなものかもしれない。そもそも添い寝が始まった時点で細かいことを気にするのはやめている。

あまり会話していると声で獲物に気づかれて逃げられてしまうので、早めの昼食を終えた俺たちは無言でゆっくりと森を進んだ。途中で兎を狩って、これで最低限の成果は上がった。あとは、鹿がよくいるという辺りまで、更に二時間近く歩くらしい。

「ん……」

突然、アルベリクが止まるように指示してきた。なるべく音を立てないよう、立ち止まり、ゆっくりと屈み込む。狩りを試させて貰ったことはあるが、笑ってしまうくらい駄目だったので、それ以来俺は獲物が見つかったら静かに待機するのが仕事だ。

「…………」

アルベリクが背負っていた弓を下ろして構え、きりりと弦を引く。ひとつ、ふたつ、ゆっくり呼吸してから、矢が放たれた。シュッと風を切ってなにかに突き立つ。どさりと大きなものの倒れる音がして、アルベリクがゆっくりと立ち上がった。

「鹿だ」

言い置くと、彼はするすると歩み寄ってその獲物にとどめを刺した。動脈を切って血抜きを始める。

俺は少し離れたところで血抜きを待ってから、アルベリクの仕留めた鹿を眺めに近づいた。大きな生き物だ。普段はもっと深いところにいると聞いていたが、たまたま浅いところに来ていたのだろうか。

「すごいな」

「これでも小さい方だよ。どうにか持てそうで良かった」

初めて動物が狩られるのを見た時は多少動揺したが、もともと豚でも牛でも食べて暮らしていたし、いまではそれほど抵抗感はない。ここには冒険者や狩人がいて、肉屋もあるけれど、こうして自分たちで狩りができた方が割がいいし、そうするとこういう光景は見慣れたものになる。

「でもおかしいな、こんなところで鹿を見ることはあまりなかったんだけど……」

血抜きをしたらさっさと運搬して、処理を進めないといけない。手早く片付けたアルベリクが鹿を担ぎ上げながら首を傾げた。なにかおかしなことでもあるのだろうか。気になったが、訊ねる前にアルベリクが立ち上がった。

「さて、戻ろうか。これから戻るなら日が落ちるまでにだいぶ余裕が持てそうだ」

「それ持つよ」

兎や水の入った革袋、弓を預かる。浅いところで済んだとはいえ、これから街へ戻るのには二時間以上歩くことになる。非力な俺では鹿を担げそうにもないので、細々としたものを代わりに預かって、少しでもアルベリクの負担を減らすことにした。

街へと引き返す道を進んでいく。時折アルベリクが不思議そうな顔で辺りを見回すので、それが気になっていると、ふと向こうからざわざわと草をかき分ける音がしてきた。人間だ。誤って攻撃しないように、近づく時はわざと音を立てるのがこの辺りの習慣である。

「アルベリクか」

草をかき分けて出てきたのは、地元の狩人だった。アルベリクは面識があるようで、彼も一旦鹿を下ろして挨拶を返した。俺もぺこりと会釈しておく。

「ランベールさん。どうしたんですか」

「いや。……その鹿、どの辺りでとれた？」

「すぐ近くですよ。こんなに浅いところにいるのは珍しいですね」

アルベリクの言葉を聞いて、狩人のランベールが難しい顔をした。じっと森の奥を眺める。釣られて俺もそちらを見たが、きらきらと木漏れ日の差し込む綺麗な森だ。特に変わった様子はないように思える。

だが、アルベリクには狩人の言いたいことが伝わったようで、同じく真剣な顔で眉を寄せている。

「……様子がおかしいとは思ったんですけどね。ランベールさんも、同じ考えですか」

「ああ。近頃、鹿や猪が森から飛び出してくることが増えた」

「やはり……」

アルベリクの表情が硬くなる。かと思うと、すぐさま鹿を担ぎ直した。

「では、報告を入れておきます。ランベールさんは」

「俺はもう少し森の様子を見てくる」

「わかりました」

頷いて、アルベリクが俺を促して歩き出した。先ほどののんびりした歩調とは打って変わって、やや急ぎ足だ。慌てて彼について歩きながら、質問してもいいものか迷っていると、なにも訊かないうちに彼が話し始めた。

「森がなんだかざわついているんだ。それに、動物たちが森の外へ逃げてきている。……こういうことは、子どもの頃に一度、経験したことがある」

「……なにかおかしいのか？」

「ああ。前に話したよね。魔獣は普通、冒険者や狩人の手が入ってきちんと管理されている森では発生しづらい。フェレール侯爵領の森は大概きちんと管理されているし、狩人も多く、だから魔獣の数も多くはないって」

急いではいても、俺の速度を考慮してくれているので、話しながらでもどうにかついて行けている。

俺はアルベリクの言葉に頷いた。フェレール侯爵領にあまり魔獣が出ない理由は以前教えて貰った。

そして、そういうところに急に魔獣が出るようになるとしたら、必ず原因があるはずだということも聞かされた……。

「もしかして……」

「そう。多分、大型の魔獣が別の地域からこの辺りに移ってきたんだと思う」

まだ確認は取れていないから確証はないけど、とアルベリクが断りを入れる。

「だけど似ているんだ。昔、別の領地で発生した時に居合わせたことがある。大型魔獣が移動すると、周りの魔獣もまとめてついてくる。そして普通の獣を狩って急激に増えるんだ」

俺は急ぎ足で草むらや枯れ葉を踏みしだいてかき分けながら、アルベリクの横顔を見た。真っ直ぐ前を見て歩く彼の横顔には、一刻も早く街へ戻らねばならないというだけではない緊迫感があった。

魔獣が馬車に襲いかかってきた時のことがひどく鮮明に思い出される。大きな影と暴力の匂い。俺の想像が間違っていればいいのにと願ったが、そう信じこむにはアルベリクの表情は硬すぎた。

「……魔獣が氾濫する」

# 18

魔獣が氾濫する可能性があることは、街の門番を通じてすぐに領主へ伝えられた。冒険者ギルドや狩人たちへはその可能性がすぐに周知され、翌日には冒険者たちが何組も森へ調査に出た。対応の速さに驚かされたが、それだけ問題が大きいということだろう。

エフェメール商会も急にバタバタし始めた。近隣の支店から傷薬や食糧、武器に防具類を急いで集めることになり、アルベリクやベルナールを始めとして従業員は皆忙しく立ち回っている。

正規の従業員でもなければ戦力でもない俺に、できることはあまりない。成人奴隷を担当していた従業員も別の業務に駆り出されると聞いたので、一時的にその仕事を任せてもらい、俺は店にいる成人奴隷たちの管理と、子どもたちの教師役を担当することになった。仕事量は増えたがなんとかこなせている。

アルベリクとは夕食の席どころか、ほとんど顔を合わせることもできなくなった。就寝時は相変わらず一緒に眠っているが、帰りが遅いと待っていられないことも多い。朝に起き出してみると、隣に人のいた痕跡が残されているだけだったこともある。

楽しみにしていた鹿肉のステーキは食べられずじまいで、食糧が不足する可能性があるからと燻製になっていた。それどころではないとわかっているため文句などないけれど、内心では少しばかり寂しい。魔術師を招待する話も、当然ながら後日ということになった。なにより、アルベリクと話せていないから詳しい状況がわからない。いまはどうなっているのか、この街は大丈夫なのか。それも不明なままだ。

それでも、子どもたちに不安なところを見せたくなくて、俺は努めて明るく振る舞っていた。

「さあフェリシアン、ジスラン。今日は数字の練習をしよう。ふたりとも簡単な足し算と引き算ができるようになったから、カードを使った新しい遊びを教えてあげるよ」

「やったあ！」

「どんな遊びですか？」

フェリシアンもジスランも、この数ヶ月で随分と大きくなってきた。文字の読み書きも簡単なものならこなせるし、掃除や洗濯もきちんと手伝える。もともと寒村で苦しい暮らしをしてきたからか、大人たちに余裕のない状況でも気丈に振る舞える部分については俺の方が尊敬したくなるくらいだった。いまも喜んでわくわくした顔を向けてくれているが、まったく不安を感じていないわけではないことを俺は知っている。だから、俺は猶更ふたりが可愛くなってぐりぐりとふたつの頭を撫で回した。

「あっ！　頭がぐしゃぐしゃになるだろ」

「ごめんごめん。ほら、今日は嘘つきゲームをしよう。手札を配るから、順番に一から伏せて出していって、違うと思ったら『ドゥート！』って言うんだ。嘘つきが見つかったら嘘つきの手札が増える。嘘じゃなかったら指摘した人の手札が増える。先に手札を全部出し終わった人が上がりだよ」

ここではトランプの仕組みが少しもとの世界とは異なっていて、キングの代わりが王様のロワ、クイーンが淑女でダム、ジャックが召使いのヴァレとなっていて、エースは普通に数字の一とされている。あとはほぼ同じだ。このカードは以前にも使ったことがあるので、ふたりともよく慣れている。ルールを教えたらすぐに覚えてくれたので、早速三人で遊び始めた。

「ドゥート！」

「あっ、やられた……」

「ドゥート！」

「引っ掛かったな！」

遊んでいるうちにだんだん無心になってきて、懸念とか不安を忘れられる。三人で熱中していると、面白いことに気づいた。フェリシアンはもともと記憶力が良かったのだが、どうやら出たカードをかなり記憶しているようだ。数回やるうちにフェリシアンの勝ちが目立つようになり、俺は感心してしまった。

「すごいな、フェリシアン。カードを覚えているのか」

「えへへ……」

「へえ、すっごい！」

フェリシアンが緑色のきれいな瞳を和ませて笑う。ジスランも根が素直なので、純粋に尊敬の眼差(まなざ)しを向けていた。

「楽しそうだね」

「あっ、アルベリク様だ！　こんにちは！」

ジスランが嬉(うれ)しそうな声を上げて振り返る。忙しい合間を縫って様子を見に来てくれたのか、アルベリクが部屋の扉を開けて入ってきたところだった。

「アルベリク様……」

既に数日ほどまともに顔を合わせていない。なんだか疲れたような顔をしている彼が心配になったが、そんなことはなんでもないような笑顔を見せてくれている。

早速アルベリクに色々話そうとするジスランとフェリシアンの肩を抱いて、アルベリクがソファに腰を下ろした。わざわざお茶を持ってきてくれていたので、皆の分をカップに注いで並べた。

「あのね、アルベリク様、俺たち数字をかなり覚えたんです」

「嘘つきゲームもできるようになったんですよ」

「ふたりとも頑張っているね」

優しい手が子どもたちを撫でる。頬を赤らめて嬉しそうに笑うふたりがちょっと羨ましい。

「ふたりとも、真面目に取り組んでくれるから成長が早いんですよ」

「それはいいね。これからも頑張るんだよ」

「はい！」

ひと通り話を聞いてやったアルベリクが、ふたりに自由時間を与えた。喜んで手を振りながらふたりが部屋から出て行く。近頃ふたりは例の希望の塔ゲームにすっかりはまっているので、部屋に戻ってそれで遊ぶのだろう。

アルベリクとふたりきりになった部屋に、静けさが戻ってくる。俺は先ほどまでジスランが座っていたアルベリクの横にしれっと腰を下ろした。

「どうしたんだ、コウ。君も褒めてほしくなった？」

「……まあね」

悪戯っぽく微笑まれて、この人には敵わないなと思わされる。当たり前のように毎日顔を合わせていた時にはなんとも思っていなかったが、こうして同じ屋根の下にいてもほとんど会えなくなると、やはり寂しいものは寂しいのだ。小さく呟くと、アルベリクがちょっと驚いたように目を丸くしてから、ふふっと小さく笑った。彼の手が頬に触れ、親指でそっと肌をなぞられる。

「……森の様子はどう？」

「調査に行った冒険者たちのうち、ふたつの集団が大型の魔獣を確認した。冬に向けて食糧が減っているから、魔獣の増加が加速している。小さいものから間引いているけど、すぐにでも溢れてくるだろうね」

状況は良くはない。その魔獣の氾濫がどれほどの被害になるのか、体験したことのない俺にはわからない。漠然とした不安を抱いてアルベリクを見上げた。

「……大丈夫だよ、コウ」

疲れは滲んでいるものの、穏やかな声で言われて、俺は少しばかり力を抜いた。そこに、アルベリクが身体を倒してきた。俺の肩に頭を乗せて、深々と息を吐く。

「大丈夫だ。冒険者たちもいるし、魔術師だっている。……安心していいよ」

ここ数日感じられなかった、温かな体温を感じる。不思議なことに、アルベリクに大丈夫だと言われるとなにもかも心配が要らないような気分になる。俺は肩に凭れて目を閉じているアルベリクにそっと腕を回して、俺より背の高い身体をやんわりと抱き締めた。質のいいウール生地の上着は指にひっかかることもなく、俺は布地越しにそっと彼の二の腕のあたりを撫でる。

「うん、大丈夫だ。あんたがそう言うなら、大丈夫だと思う」

「…………」

アルベリクは目を閉じたまま、起きているのか眠っているのかわからない。彼が休む暇もなく駆け回っていることで、きっと人々の役に立っているのだろう。俺にできることはあまりにも少ないけれど、少しは彼の息抜きになれればいい。

そのまましばらく、俺は彼を抱き締めたままでいた。

# 19

森の奥で増え続けていた魔獣は、冒険者たちや狩人たちの間引きだけでは抑えきれず、とうとう氾濫が発生した。未明頃から緊急用の鐘が鳴り響き、街全体がざわめく。エフェメール商会だけでなく近隣の家や店からも人々が飛び出し、戦えるものは武器を持って駆けつけ、戦えないものは建物に閉じ籠もって最悪の事態に備えた。みなの努力の甲斐あって物資はかなり潤沢に行きわたっているので、パニックにならなかったことだけは幸いだった。

俺や子どもたちはエフェメール商会の従業員でもなければ戦う力もない。ざわめきに目を覚まし、取るものもとりあえず部屋から出た俺は、既にアルベリクをはじめとする皆が森に面した門の防衛へ向かったことだけを知らされた。普段は成人奴隷の管理を任されているマルスランが物資を掻き集めて運ぼうとしているところで、大人しく店内で待っているようにとだけ俺たちに言って駆け出して行った。戦力になるからと、商品でもある成人奴隷たちもみんな連れて行かれたので、店内に残っているのは俺と子どもたちだけだ。

「コウさん、……みんなどこへ行っちゃったの?」

不安に瞳を揺らしながら、まだ寝間着姿のジスランが出てくる。いつもは気の強い彼でも不穏な雰囲気や鳴り響き続ける緊急用の鐘の音に怯えているのか、俺の服の端を摑んだ小さな手がぷるぷると震えていた。

「魔獣と戦うんだ。そうですよね、コウさん」

ぐっと唇を引き結んだフェリシアンが俺を見上げてくる。その両目にも涙が浮かんでいて、俺は堪らず屈み込んでふたりを抱き締めた。

「ジスラン、フェリシアン。大丈夫だ。アルベリク様はな、めちゃくちゃに強いんだ。魔獣なんか敵じゃない。どれだけ来てもきっと勝てるよ」

なるべく落ち着いて、ゆっくりと話す。震える小さな背中を撫でてやりながら語りかけると、ふたりはこくんと頷いた。

「それに、この街には沢山の冒険者もいるし、魔術師もいる。ほら、アルベリク様のお友達に魔術師のセレスタン様がいるって話しただろう？　魔獣をみんなやっつけたら、俺たちに魔術を見せてくれる約束をしているんだ。だから大丈夫だよ」

話しながら、店内の様子を見回す。事前に可能な限り備えていたとはいえ、皆が取るものもとりあえず走り出てしまったので、いつもは整然としている店がごちゃごちゃしている。それもまた不安の種になりかねないので、俺はふたりの肩を叩いて顔を上げさせた。

「みんな頑張っているから、俺たちはお店の片付けと掃除をしよう。帰ってきたアルベリク様にいっぱい褒めて貰おう。な？」

「うん……」

とにかく身体を動かしていれば、少しでも不安を感じずに済むはずだ。俺たちは声を掛け合って店内を片付け始めた。まだ日も昇っていないので薄暗い。決して扉を開けてはいけないと言われているので、蠟燭を灯して必要なところに置いた。

本当のところは、俺だって不安で堪らない。こんなに街中が総出になって戦わなければならないほど、魔獣の氾濫というのは恐ろしいのだろうか。いったいどれほどの魔獣がこの街に迫っているのだろう。アルベリクとは詳しい話をしている暇がなかったし、子どもたちの前ではほかの従業員たちにも訊ねられなかった。

店内の清掃は一時間もすれば綺麗に終わり、俺はふたりを褒めながら厨房に立った。自炊もろくにしたことのなかった俺でも、今は簡単な朝食くらいなら作れる。火打ち石で火をつけるのを年上のフエリシアンにやらせてやって、どんな風に調理をするのか説明しながら朝食を作った。ようやく日が昇ってきて、窓から差し込んできた光で店内が明るくなる。

普段なら食事が済んだら勉強を始めるところだが、子どもたちだけではなく俺もそわそわしてしまって身が入りそうにない。今日は特別だからな、と言って、俺たちはトランプや希望の塔で遊ぶことにした。

「ふたりともすっかり数を覚えたね。今日はふたりのやったことがない新しい遊びをやってみようか。どんな遊びか知りたい？」

「知りたいっ」

「じゃあ、カードを全部裏返して並べよう。二枚めくって、同じ数字だったら取っていい。違う数字だったらまた裏返しに戻して、それを順番にやって沢山カードを取れた人が勝ち。簡単だけど、誰が勝つかな？」

神経衰弱は盛り上がって、朝食の時はまだこわばった顔をしていたふたりも、何度かゲームを繰り返すうちに口を開けて笑うようになった。良かった。内心でホッとしながら、窓越しに太陽の位置を確かめる。そろそろ昼が近い。

「さて、それじゃあ昼食の用意をしよう。もしかすると、誰か食べ物を取りに来るかもしれないから、今日はみんなで沢山作ろう」

「俺も作っていいの？」

「一緒に作ろう。楽しそうだろう？」

「うん！」

持ち運びに向いていて簡単に食べられるものといえば、やはりサンドイッチだろうか。パンを沢山薄めに切って、間に具材を挟んでいく。普段はあまり厨房の手伝いをさせる機会がないので、フェリシアンもジスランも物珍しそうにしながらも楽しんで作っている。それらを幾つかのバスケットに詰めて、店内に入ってすぐの目立つところに置いておく。それから、三人分のサンドイッチを小さめのバスケットに詰めて、麦茶を用意して中庭に出た。布を敷いて、ピクニックもどきだ。

緊急の招集が済んでいるため、勢いよく鳴らされていた鐘は既に止まっている。俺たちはこの辺りでよく知られている民謡を歌いながら食べ物を並べ、抜けるような青空の下で昼食を食べた。中庭は建物で隔てられていることもあり、外の喧騒があまり伝わってこない。平和なひと時を過ごして店内に戻ると、ちょうど従業員のエルヴェが食べ物を取りに戻ってきていた。

「コウくん、これありがとう。持って行くね」

「よろしくお願いします。もっと用意しておきます」

幾つものバスケットを抱えたエルヴェが慌ただしく去って行くのを、店から少し顔を出して見送る。外では街の人々が忙しなく動き回っており、彼らの会話から切れ切れに状況が伝わってきた。怪我人が出た。薬を運べ。門の詰所にもっと人手が要る。矢がもっと必要だ。

俺は咄嗟に飛び出して行きたくなり、ぐっと奥歯を噛み締めた。扉を閉めて、そこに背中を押し当てる。いつの間にか、フェリシアンとジスランが扉の前に立っていた。

じっと、ふたりの瞳が俺を見ている。どうすればいいのか、なにか手伝えることがあるんじゃないか、その目が問いかけてきていた。俺はゆっくりとひとつ、深呼吸をした。噛み締めた唇を開いて、震えそうになる身体に力を込めた。

「……みんなが頑張っている時に、なにもしないで待っているだけなのは、つらい」

紛れもない本心だった。保身なんかよりも、焦燥感が胸を焼いていた。

「みんなが危ない目に遭っているのに、安全なところで待っているのは、間違っているんじゃないかと思う。子どもでも、少しでも、戦う力がなくてもなにか手伝えることがあるんじゃないかと、俺だって思っているよ」

ふたりはなにも言わず、俺の言葉を待っている。フェリシアンもジスランも、人を思いやれるいい子たちだ。売られてきた当初は泣いていたけど、エフェメール商会にもすっかり馴染んで、従業員たちやアルベリクにもよく懐いた。皆もふたりを可愛がっていて、そんな姿を俺も見てきた。もどかしい思いをしているのは、俺だけではない。

「だけど、勝手な行動をして心配をかける方が、ここでエフェメール商会の店を守っているよりずっと迷惑になってしまうんだ。俺たちはここで、この店を守らないといけない。疲れて帰ってきたみんなを迎えるのが、俺たちの大事な仕事なんだ」

ふたりに言い聞かせているようで、実際のところ、俺は俺自身に言い聞かせていた。怪我人が出たと聞いて不安になった。アルベリクやほかの皆が心配で堪らない。だからこそ、言葉にして自分を押し留める必要があった。

「……わかったよ、コウさん」

「うん。頑張る」

俺は震えているのを悟られないように、にっこりと微笑んだ。

「頑張ろうな、フェリシアン、ジスラン」

アルベリクの剣術の腕前は知っている。巨大な猪（いのしし）の魔獣も一刀両断だった。実戦の経験もかなり積んでいると聞かされた。ベルナールだって、長年の旅暮らしでかなり腕が立つと知っている。戦闘経験のある奴隷たちも一緒に戦いに向かった。もともと雇われている用心棒たちも同行している。きっと大丈夫だ。だから、俺たちはいまできることをするだけだ。

俺たちは更に多くのサンドイッチを作って、次々とバスケットに詰めた。時折商会の従業員が取りに走ってきて、また走り去っていく。返された空のバスケットを念のため綺麗に拭き、新しいサンドイッチを詰めて、すぐ手に取れるところへ置いておく。飲み物もあった方がいいだろうと、麦茶を沢山淹（い）れて、瓶にも詰めた。予備の包帯や薬も出してきて、並べておいた。それらも次々と従業員たちに運ばれて行った。

夕食には不慣れながらシチューを作った。もしも店の皆が戦いを終えて帰ってきたら、温め直すだけで食べられるからだ。三人で食卓を囲み、なるべく明るい話題だけを選んで話した。

深夜まで街の喧騒は続き、どこも煌々と灯りで照らされている。夕食を済ませた子どもたちを物語で寝かしつけて、俺は二階の客間の窓から街を眺めた。ここからだと、距離がありすぎて門の様子はわからない。だが、街は騒がしくとも一定の規律が保たれていて、それはつまりいまのところ魔獣の侵入を許していないという証拠でもあった。

「……アルベリク」

窓の外を眺めながら、ぽつりと呟く。返事はなく、喧騒は遠い。深夜ともなれば冬の迫った空気は冷たく、毛布にくるまっていても肌寒かった。

「死ぬなよ、アルベリク。怪我もするな。怪我して帰ってきたら、絶対ぶん殴ってやるからな……」

無茶苦茶なことを言っているのは自分でもわかっていた。身体が震えているのが寒さのせいではないことも。それでも、下の部屋で眠っている子どもたちの存在が俺をここに引き留めている。

もしも俺に魔術の才能があったとしたら、いま頃はアルベリクの傍で戦えていただろうか。鑑定の魔術が使えたことを躊躇わずに打ち明けていれば、魔術を教わって戦力になれたのではないか。悔やんでも遅い。あの時の俺は、普通ではないことを懸念しすぎて、隠すことを選んでしまっていた。

「……早く、帰ってきてくれ」

窓際に寄せた椅子に蹲って、顔を伏せる。戦いたいと思ったことなどない。ファンタジー小説にあるような、チート能力を発揮して無双してみたいと思ったことはあっても、生きている獣をこの手で殺したいと思ったことはなかった。だから、武術の才能がなかったこともそれほど悲しくなかったし、魔術ができないと言われた時も多少残念に思った程度だった。いまは違う。アルベリクや周りの人々が傷つかないためなら、なにかできれば良かった。ただ待っているだけなのは、苦しい。

わっ、と門の方からひときわ大きなどよめきが聞こえてきて、息を呑んだ。心臓がものすごい勢いでばくばくと打っている。

なにがあったのか。あるいは、なにか、あったのか。首筋に氷を押し当てられたような心地で、全身がガタガタ震えている。門まで走って二十分くらいだ。そう遠くはない。いまからでも様子を見に行った方がいいのではないか。いや、しかし。

震えながら立ち上がろうとして、椅子から転がり落ちかけた。どうにか椅子を摑んで身体を起こす。膝が笑ってしまい、みっともなく窓枠に縋りついた。魔獣が門を突破してきたとは思えない。きっと違うはずだ。

「……大丈夫だ。大丈夫、だから……」

アルベリクの声と体温を思い出す。あれから、料理が少しだけできるようになった。裁縫だって、ボタン付けや簡単な補修ならできる。帳簿のつけ方もベルナールに褒められた。幾つか商品の案を出して、実際に収益が上がっている。子どもたちだって言うことを素直に聞いてくれるし、俺はアルベリクの役に立っている。価値を示せているはずだ。だから大丈夫だ。アルベリクはきっと帰ってきて、くたくたになって、それでもあのやたら綺麗な顔を緩めて笑ってくれる。同じ寝床で寄り添って眠ってくれる。そうに違いない。

俺は目を閉じてしばらく沈黙してから、緩やかに身体を起こした。いつまでも震えていたら、疲れているだろうアルベリクに気を遣わせてしまう。部屋から出て、階段を静かに下りる。

台所に火を入れて、シチューを温め直す。鍋はフッ素樹脂加工なんてされていないので、底からしっかり混ぜないと焦げやすい。俺は鍋から少しずつ立ち昇ってくる湯気を見つめながら、ゆっくりとシチューをかき混ぜた。

ガタン、と戸口で音がした。ひとりきりの薄暗い厨房に、だんだんとシチューの匂いが広がってくる。鍋をかまどから下ろして厨房を出る。店の方だ。誰かが戻ってきた。

がやがやと話し声が聞こえる。人数が多い。皆が帰ってきたのだ。暗い中、誰かが蠟燭に灯りをつけた。その火をほかの蠟燭に移して、だんだん明るさが増してくる。

「おや、コウくん。まだ起きていたんですね」

薄暗い中で、ベルナールが真っ先に俺に気づいた。やはり疲れ切った顔をしている。身につけている防具に大きな裂け目ができていて、ひやっとした。

「お帰りなさい。……あの、終わったんですか」

恐る恐る訊ねると、横からパンと肩を叩かれた。この店の用心棒のひとり、ニコラだ。かなり勢いがあったせいでつんのめってしまう。

「おっと、すまんな。終わった、終わった！　魔獣はぜーんぶやっつけてやったよ」

怪我を手当てされたのだろう、頭に黒く血の滲んだ包帯を巻いたニコラが歯を見せて笑う。全力を出し切った後に出てくる、少年のような満面の笑みだ。それでほかの皆も笑い出した。血と汗の匂い、それに埃や泥にまみれていたが、皆が明るい顔をしていた。

そうか、戦いは終わったのか。

「いやー、参った参った。あいつら数だけは多くてな！」

「大型魔獣はでかかったし迫力もあったが、魔術師たちもいたからな。皆でかかればそう大したもんじゃなかったぜ」

「エフェメール商会もなかなかの戦果だったな！」

「すごかったんですよ、アルベリクさんたち」

手伝いに行っていた従業員のエルヴェも帰ってきていた。空になったバスケットを幾つも抱えて、汚れてはいるが特に怪我もない様子で、にこにこしている。

「あの……アルベリク様は……？」

姿がないので気にしていると、ベルナールが顔や手を拭いながら目を細めた。

「大丈夫ですよ。大きな怪我もしていません。領主様と少々後始末について話をしているだけなので、すぐ戻ってきます」

「……良かった……」

力が抜けそうになって、ぐっと床を踏み締める。ここでへたり込んだりなんかできない。俺は顔を上げて、皆を見回した。怪我人は居るけれど、元気そうだ。少なくともエフェメール商会には犠牲になった人はいないと聞かされて、心底安堵した。

「えっと、すごく美味いわけじゃないんですけど、シチューができてます。皆さん座ってください、いま出しますから」

「おお！」

どよめきと共に、男たちがいそいそと奥のテーブルへ向かう。俺は急いで厨房へ行って、シチューを次々とよそった。待ちきれずに取りに来た従業員たちに手渡して、パンをざくざく切り分ける。すぐ隣にベルナールが来たと思うと、布を何枚も濡らして戻っていく。確かに食事にするなら多少でも汚れは落とした方がいいだろう。さすがよく気がつく人だと作業しながら感心してしまった。

俺と同じように皆を心配していたことだし、子どもたちを起こしてこようかと思ったが、考え直して寝かせておくことにした。今日は一日中気持ちが張り詰めていたので、眠れているなら起こさなくてもいいだろう。明日にはまた、いつものエフェメール商会になるのだから。そう考えただけで、嬉しくて涙が出そうになる。

「ただいま」

「アルベリク様……」

ざわめく食卓にパンやシチュー、それに煮出しておいた麦茶を次々並べているところに、アルベリクが帰ってきた。以前猪の魔獣と対峙した時よりずっと汚れて、ものすごく疲れて眠そうな顔をしている。それでも、ここしばらく悩んでばかりだった顔には穏やかな笑みが浮かんでいた。

アルベリクの名前を呼んだきり、一瞬言葉を失う。先ほどまで忙しなく動かしていたはずの身体がうまく動かせなくなって、俺はただアルベリクを一心に見つめた。ベルナールたちの言っていた通り、大きな怪我はない。手も足もどこも失っていない。いつもの外套は途中から千切れてずたずたになっていたし、顔にまで泥が跳ねて、後ろで括った髪もぐしゃぐしゃになって額や首筋に張りついている。普段身綺麗にしているだけにその姿は大惨事ではあったが、それでも元気なまま帰ってきてくれた。

エフェメール商会の皆が口々に何か言っている。彼を讃えているのはわかるが、今の俺にはそれらの喧騒が全て遠くに感じられた。

「あの、アルベリク様が無事で、本当に……ほんとうに……」

言葉に出すと、ぐっと胸が苦しくなって、目許が熱くなった。シチューの皿を両手に持っているせいで、顔を隠せない。ぽろりと涙が溢れて、思わず俯いた。

アルベリクがゆっくりと歩み寄ってくる。両手に持った皿が取り上げられて、空いた手で顔を覆った。ひっく、としゃくり上げてしまい、そうしたら涙が止まらなくなった。

「あ、アル、アルベリク様……」

「……ただいま、コウ」

汚れているからか、俺の肩に手を置いたところで動きを止めたアルベリクの胸に、俺は自分で身体を押しつけた。温かな腕が背中に回される。防具や腰に下げた剣が当たって少し痛いことすら嬉しくて、俺は泣きながらアルベリクを抱き締めた。

## 20

「すみません、それではよろしくお願いします」

「うん、ふたりは見ておくからね」

「アルベリク様、コウさん、みんな行ってらっしゃーい！」

店先でぺこりと頭を下げる。子どもたちのことは、今日はベルナールの伴侶であるオリヴィエが見てくれることになっている。笑顔のほんわかとした優しげな男性だ。彼の両手にぶら下がって、フェリシアンとジスランがそれぞれ手を振ってくれた。

「じゃあ、行こうか」

「はい」

魔獣の氾濫から一夜明けた翌朝、俺たちは後片付けのために南の門へ向かっていた。いつもの外套がボロボロになってしまったアルベリクは予備の外套を着ているが、おろしたてで馴染まないのを気にして、被(かぶ)ったフードの位置を歩きながら何度か確認している。

魔獣はほとんど魔力でできているので、放っておけば徐々に霧散していくのが通常だ。しかし、大きいものはなかなか消えないし、溶け残っている間に動物が触れると危ない。大昔には魔獣の死骸が更なる魔獣を増やすと知られていなかった時代があり、肉食動物だけでなく草食動物まで魔獣化して大変な混乱になったこともあったらしい。

戦闘で疲れた冒険者たちや兵士たち、魔術師たちは一旦帰って休んだものの、昨夜から街の非戦闘員の人々が交代で魔獣の死骸を処理していたらしい。アルベリクに抱きついて泣き疲れて寝落ちしてしまった俺は、その話を聞かされて大いに赤面した。本来ならあんなところで寝てしまうのではなく、少しでも後片付けの手伝いをすべきだったのに。アルベリクはそこまで気にしなくても、これから手伝えばいいと慰めてくれたのだが、戦力として立派に戦ってきた彼に言われても恥ずかしさが増すだけだった。

そんな訳で、ひと晩眠って元気を取り戻したエフェメール商会の面々は、店に最低限の人間を残して総出で片付けの手伝いに出てきている。

「うわ……」

門の外に出ると、そこは大変なことになっていた。血などは魔力が霧散しやすいのであまりひどくないが、それでも大量に魔獣の死骸が転がっている。魔術師たちが土を操作して至るところに大きな穴をあけており、そこに冒険者たちや街の人々がどんどん死骸を放り込んでいっている。結構な重労働なので、ひとしきり作業をして疲れた人たちが壁に凭れて休んでいた。

「俺、あそこの人たちに配ってきますね」

そう言い置いて、休んでいる人たちのところへ足を運ぶ。俺は両手に大量のサンドイッチを入れたバスケットを持ってきているので、それを明け方から作業していた人たちへの朝食に配るのだ。

「皆さん、エフェメール商会から差し入れです」

「お、助かる」

「腹が減ってどうしようもなかったんだよな」

もうほとんど冬だというのに汗だくになった人々がわらわらと集まってきて、バスケットがみるみる軽くなる。壁際でへたり込んでいる人たちにも直接手渡して、バスケットを空にした。

「ご苦労さま。じゃあ、コウもそれを置いてこっちを手伝って貰おうか」

「はい」

アルベリクに指示されて、俺も死骸を掴んで引きずる。死んだ生き物は見た目よりもずっと重く、しっかり踏ん張らないと足が滑りそうになる。

「はあ、それにしても、オリヴィエさんが来てくれて、助かりました。エフェメール商会は総出ですからね」

魔獣の死骸を引きずり、肩で息をしながら俺はアルベリクに声をかけた。ベルナールの正確な年齢は知らないが、初老の彼に対して伴侶のオリヴィエはかなり若い。俺より年下のようにも思える。ふたりは結ばれるまでにかなりすったもんだあったらしく、なかなか愉快な話だから機会があれば訊いてみたらいいと以前アルベリクが言っていた。そのアルベリクが勢いをつけて死骸を穴に投げ込む。

「そうだね。オリヴィエも昨日は長いこと戦っていたから、少しは店で大人しくしているといいんだけど」

「えっ」

アルベリクの言葉に、俺は先ほど挨拶したばかりのオリヴィエの姿を思い出して驚いた。彼は全体的に線が細いし、常にほのぼのとした雰囲気でいるし、店には大抵ベルナールのお弁当を届けに来るので、てっきり戦えないタイプだと思い込んでいた。

「オリヴィエは騎士団に所属しているんだ」

「そ、そうだったのか……」

そういえば武術の技能なんかも存在している世界なので、人は見掛けによらないんだった。フェリシアンとジスランに囲まれているとまるで保育園の先生のような様子だったので、その印象が強かったようだ。

「見た目は優しそうだからね……見た目だけは、ね……」

手を休めて額の汗を拭ったアルベリクが、スーッと遠い目をした。いったいなにがあったのか、ものすごく気になる。近いうちにベルナールに訊いてみなければ。

ちょうどアルベリクも手を止めたところだったので、俺も小休止を挟むことにする。腰に下げておいた水の入った革袋をアルベリクに渡して、返して貰ってから自分も飲んだ。ふーっと息を吐き出すと、随分と身体が熱くなっていたことに気づく。明日は筋肉痛だろう。

ふと、アルベリクの視線の先を見る。それほど離れていないあたりで、魔術師のセレスタンが次々と魔獣の死骸に指先を押し当ててなにかを唱えていた。その度に魔獣の死骸がひとつずつ消える。不思議だ。どういう魔術なのだろうか。

「ちょっと見てきてもいいかな」

「ああ、問題ないだろう。やあ、セレスタン」

間近で見てみたくなって問いかけると、アルベリクが俺を促してセレスタンの近くへと歩み寄った。

「アルベリクか。一夜明けてみるとただただ手間だな、これは」

セレスタンは相変わらず神経質そうな顔を少し顰めて、指先をハンカチで拭っている。魔獣に触れるのが不快なのだろう。魔獣そのものは空気中に溶けていくとはいえ、魔獣に泥や他の生き物の血などがついていれば残る。それが気になるようだった。

「休憩がてら、君の魔術を見せて貰おうと思ってね」

アルベリクの言葉に、セレスタンが鷹揚に頷いた。

「コウに見せてやるのだろう、構わない。これは格納の魔術だ。手で触れたものを格納する。汝の属するものへ従え——テュマパルティアン」

セレスタンがまた死骸のひとつに触れ、呪文を唱える。そこにあった死骸は、そこに元々なにもなかったかのように消失した。これはあれだ。アイテムボックスだ。異世界チートの定番も定番、率直なところ俺もかなり憧れた。

「おお……！」

俺が目を丸くして感心しているからか、アルベリクがまるで自分のことのように嬉しそうに説明してくれる。

「格納の魔術を使えば、重量や質量を無視してものを移動させられる。熟練していればかなりの量を格納できるんだ。この魔術が使える魔術師は多くはないし、大型の魔獣を出し入れするとなると、彼くらい才能がないと難しいものなんだ」

「……ふん」

　セレスタンが仏頂面をやや背けて鼻を鳴らした。幼馴染みだと言っていたし、仲はいいそうなので、多分照れているのだろう。アルベリクもにこにこしている。聞けば、セレスタンはフェレール侯爵家の筆頭魔術師なのだそうだ。実力があると言われるのも、それを裏づける実績があるからなのだろう。

　それにしても、アイテムボックスとは。それが使えれば商売がどれだけ便利になるだろうと思うが、難易度が高い魔術なので、それだけの実力を持つ魔術師を輸送機がわりに使うのは割に合わないそうだ。だから俺が想像したほどは活用されていないらしい。勿体ない。ああ、俺がそれを使えたらなあ。

　地面に落ちていた掌ほどの石を拾い上げて、軽く投げてから摑んだ。

「なんだっけ。汝の属するものへ従え、テュマパルティアン……」

　なーんちゃって。そう言う前に、手に持っていた石が消えた。

　俺はアルベリクを見て、セレスタンを見て、空っぽになった掌を見て、それからまたアルベリクを見た。ふたりとも、呆然と突っ立ったまま、言葉を失って俺を見ていた。

「……できちゃった」

　呟いた声は風にさらわれて、そのまましばらく沈黙が落ちる。

「どういうことなんだ？　コウには魔術の素養はなかったはず……」

　最初に声をあげたのはアルベリクだった。問いかけられたセレスタンは、眉間に深く皺を寄せて難しい顔をしている。

「……魔術の素質は、ない。いまも私には魔力の干渉が感じられない。先ほども……コウ、もう一度格納の魔術を使って見せなさい」

俺は観念して頷いた。近くにあった魔獣の死骸に触って、もう一度呪文を唱える。途端に俺よりひと回りは大きな死骸がかき消えた。元からそこになにもなかったかのように。

一方で、俺はなんの情報を与えられたわけでもないのに、あの魔獣の死骸が「ある」ことを認識していた。言葉にするとうまく説明できないが、意識の片隅に先ほどの石ころと死骸が存在していて、触れようとすればいつでも触れて取り出せる感覚だ。喩（たと）えて言うなら、自分の部屋の使い慣れた机の上に置いたものが視界の端にあるような感じだろうか。そのことを説明していると、セレスタンが頭痛を堪（こら）えるような顔になった。

「アルベリク、君はとんでもないものを捕まえてきたな……。コウが魔術を使う時、魔力は使われていなかった。だが、発生した現象は確かに魔術だ。彼に限ってなにかおかしな法則が適用されているとしか思えない」

そこまで言ったところで、眉間を押さえていたセレスタンが鋭い視線を向けてきた。ただでさえ冷たそうな顔立ちで睨（にら）まれると結構怖い。ちょっと飛び上がりそうになった。

「ほかにも魔術が使えるのではないか」

「その……前に見せて貰った鑑定の魔術も、できました。こわくなって一度しか試してないんですけど……」

事ここに至っては隠しておいても仕方がない。元より隠すというよりはなんとなく人と違う不安を気にして話せなかっただけなので、俺は罪悪感に背中を押されるように全てを打ち明けた。

「……というわけで、鑑定の魔術が使えたんですが、アルベリク様に訊いたらどうやら使える方がおかしいみたいでしたし、まずいかなと思うと……。しばらく様子を見てから相談しようとは思っていたんですが、ほかの魔術を見たことがなかったからよくわからなくて」

うむむ、とセレスタンが唸る。アルベリクはちょっと読めない表情で黙って聞いている。俺はかなり彼の表情を判別するのが得意な方だと思うのに、そんな俺にもアルベリクがなにを考えているのかわからなかった。なんだか不安がこみ上げてくる。

「そんなことがあって堪るかとは思うが、実際に魔力もなしに実現しているのがな」

まともに魔術を学んで身につけてきたであろうセレスタンが言うと重みがあり、申し訳ないような、肩身の狭いような気持ちになって項垂れる。

そこでふと、初めてこの世界に辿り着いた日のことを思い出した。

「……あ、でも、そもそも言葉がわかるのがおかしいんだ」

「言葉？」

ふたりとも不思議そうにしている。そういえば、ここでは国や地域によって言葉が異なってはいないと聞いた覚えがあった。人間が話す言葉は一種類しかないから、英語や日本語のような何語という名称が特にないことも知っている。そんな前提があると、言葉が違うと言われてもいまいち理解しづらいのかもしれない。俺は少し考えてから口を開いた。

「いまではすっかり話せるし読み書きもできるようになったけど、もともと俺は日本語という言葉が本来の言葉で、それなのにここの言葉は最初から理解できていたんです」

「ニホンゴ……？」

やっぱりうまく伝わらない。ちょっと無理矢理かもしれないが、別のものに喩えてみることにする。

「例えば、馬や兎とは話が通じないですよね。それがいきなり馬の言っていることがわかるようになった……ような感じです」

「そんなに異なるのか」

あ、セレスタンがちょっと好奇心に傾いている。俺は意識して日本語を話してみた。

『あー、日本語ってこういう言語ですけど、俺が今こうやって言ってる意味わかりますかね。多分わかんないだろうな』

「は……？」

「なんだその面妖な音は」

案の定、セレスタンは目を白黒させている。アルベリクもまるで俺が急にワンワン吠えだしでもしたかのような反応だ。まあ無理はない。俺にだってどういうことかわかっていないのだから。

「もう少し話してみますか？」

「ああ、やってみてくれ」

『えっと……なに言ったらいいかな。アルベリク様の顔が良すぎるから、一日中顔を眺めるだけの仕事に就職したい！』

「……まるでわからん……」

俺にとってこの世界の言語は、まるであらかじめ身についていたかのように理解できていただけだった。最初のうちは何故か日本語を話したつもりでも口から出るのがここの言語になっていたが、あれはなんというか、複数の言語ができる人間が、英語で話しかけられたから特に意識もせず英語で返したようなものだったと思う。意識すれば使い分けはできる。文字も最初から理解していたけど、書けなかったのは実際に書いた経験がなかったからだ。日本語でも、長いことスマホやパソコンに頼っていたら文字を書くのに咄嗟に漢字が出てこなかったり、書き方がぎこちなくなっていたりするが、そういう感覚だった。

「コウは別の世界から来ているから、ここの常識では計り知れないようなこともあり得るんだろう」

　案外落ち着いた様子のアルベリクに言われて、多少ほっとする。正直なところ、彼に引かれるのが一番心配だった。魔術について言えなかったのもそれだ。だが、よく考えてみたらアルベリクは俺が異世界から来ていると知っているし、俺だって時々は異世界の話もしていた。それほど心配することではなかったのかもしれない。

「ふむ。それなら、コウだけなにかの法則が異なっているということもあるかもしれないな。……君、いまから見せる魔術を使えるかどうか、試してみなさい」

　セレスタンが地面に触れて、土を操作して穴を開ける呪文を唱えた。俺も見様見真似で同じことをしてみるが、なにも起こらない。首を捻(ひね)りながら、セレスタンが今度は水の入った革袋を俺から受け取り、魔術で水を動かして見せた。それも発動しない。

「属性があるから使えないのか？　いや、それにしては……」

　そのうちセレスタンの眉間の皺が消えなくなってしまいそうだ。開けた穴に格納から取り出した死骸を放り込みつつ、唸りながらああでもないこうでもないと考えている。そんな彼の姿を眺めながらも、俺はそれより意識のどこかになにかが引っかかっているのが気になった。なんとなく摑めそうな気がして首を傾げているうちに、考えていた言葉がぽろりとこぼれた。

「言語理解、鑑定、アイテムボックス……」

三浦のことを思い出した。異世界転生や転移もののファンタジー小説が好きで、それをきっかけに親しくなった会社の同期。異世界テンプレや、俺たちの考えた理想の異世界ファンタジーの話で散々盛り上がった。半年ほども異世界で暮らしてすっかり馴染んでいる俺にとっては、つい最近のことなのに遠い昔の思い出だった。その三浦と話していたはずだ。言語理解、鑑定、アイテムボックスの三つのことを、俺たちは異世界スターターパックと呼んでいた。初心者応援セットでもいい。とにかく、異世界へ赴く主人公に最初からついてくるお得なアレだ。

「そうだ、異世界スターターパックなんだ……」

つまり、俺はファンタジー小説に超ありがちなタイプの異世界転移をしてこの世界にやってきたのだろう。

剣と魔法の世界、ただし剣も魔法も俺以外が使う。ご都合主義中世風西洋ワールド、ただし知識チートしたいなら知識は自前で用意されたし。一応は初心者のために異世界スターターパックだけはつけておきましたよ、というところか。妙なところで世知辛い。どうせテンプレ異世界転移なら、せっかくだから主人公最強俺TSUEEE系にしてほしかった……。

異世界ものにありがちな、言語理解と鑑定とアイテムボックス。ほかにもテンプレスキルは色々あるが、これがないと異世界ものは始まらないよなと話して、笑い合っていた。三浦、いまはどうしてるんだろうな。あんなに異世界に憧れて異世界転移に備えていたのだから、三浦こそどこか異世界に旅立てていたらよかったのに。現実はままならないものだ。

俺がなぜか持っている能力は、まさにその異世界スターターパックで間違いがないような気がする。根拠なんてどこにもないが、多分俺にはほかのどんな魔術も使えないし、それ以外にはなんの技能も持っていないだろうと思えている。もし俺にこれらの能力を与えて異世界に転移させた存在がいるのだとしたら、それは神様的ななにかなのだろう。

一週間の準備期間がほしいとか、異世界にはスターターパックがつきものだとか、まるきり転移前に俺が三浦と話していた通りの内容だ。偶然で済ませるにはなんらかの意思を感じてしまう。そういえば、神様が人間を誤って死なせてそのお詫びに異世界に転生させるのもおかしい、毎秒無数に生まれては死んでいく自分の創造物にわざわざ謝罪する神ってなんだよ、なんて話もしたことがある。もしかしたら、それで謝罪パートをすっ飛ばすことにしたのかも。まあ全部想像の域を出ないけど。

「俺のいた世界では、なにかの拍子で別の世界に辿り着いた人はみんなこの三つの能力を持っているう説があるので、それかもしれません」

「ふむ……。そういった説があるなら可能性は考慮しても良さそうだ。検証は後日改めて行おう」

セレスタンがそう締め括って、一旦俺の能力についての話はそこで終わった。

まだまだ魔獣の死骸はたくさん転がっていて、さっさと埋めてしまわなければならない。俺も開き直って魔術を使い、次々と死骸を集めては穴に投げ込み始める。そこらの奴隷には珍しい能力なのであまり目立つべきではないが、ちょうどセレスタンが近くにいるので、遠目から見られる分には彼が隠れ蓑になってくれるだろうとアルベリクも同意してくれた。

「セレスタン様！」

少し背が低めの少年が走ってくる。見たところ十代半ばくらいだろうか、くるっと波打った黒髪を後ろでひとつに結んで、それを跳ねさせながら駆けてくるので、小動物っぽい雰囲気がある。仕立てのよいリネンの服を着た、ちょっと育ちのよさそうな少年だ。彼はセレスタンの許へ一直線に走り寄ると、ぺこんとアルベリクにも会釈してから、セレスタンの腕を摑んでぐいぐい引っ張った。

「セレスタン様、シャレット公爵家の方が、あの、あと領主様も」

「落ち着きたまえ、パトリス」

セレスタンがパトリスと呼ばれた少年の肩を摑んで押し留める。パトリスは肩で息をしながら、額に滲んだ汗を惜しげもなく袖で拭った。

「すみません、セレスタン様。領主様とシャレット公爵家の方がお見えになっておりまして。氾濫による被害を確認されたいとのことで、こちらへ向かっておられます。もう、すぐにでもいらっしゃるかと」

「わかった。君は戻って、課題の続きに取り組みなさい」

「はい、師匠！」

パトリスはセレスタンに頭を下げると、勢いよく振り返って再び走り出した。たったか走っていく様子が仔犬みたいだ。

「もうすぐそこまで来ているね」

アルベリクの示した方から、十人ほどの集団がぞろぞろと近づいて来る。俺たちは手を拭くなどして軽く身なりを整え、彼らの到着を待った。

フェレール侯爵領の領主は、四十代くらいの壮年だった。明らかにものすごくお金のかかった服を着ているのでわかりやすい。迷いのない足取りでやって来て、セレスタンとアルベリクに声をかける。俺はアルベリクの所有する奴隷なので、彼の後ろに控えてお辞儀だけした。早速、フェレール侯爵はセレスタンと氾濫についての話を始めている。

フェレール侯爵に並んでいるのは、シャレット公爵家の次男で、リシャールという名だそうだ。まだ十五歳だという。この辺りでは滅多に見ないシルクのシャツを当たり前のような顔で着ていて、どちらかというと中性的な、綺麗な顔立ちをしている。なんだかアルベリクと系統が近いな、と思っていると、セレスタンに挨拶をしたリシャールがアルベリクに笑顔で駆け寄った。

「おじさん！」

「リシャール様、お久しぶりです」

「おっ……」

おじさん!?　と声に出しそうになって慌てて出かかった言葉を呑み込む。実際声は出たので全然誤魔化せていないが。一方のアルベリクは、貴族に対する礼をして丁寧な挨拶を返している。

よりにもよって公爵家の貴族におじさんと呼ばれていたので驚かされたが、彼が丁重に返答している様子を見ると、血縁関係があるとは限らないかもしれない。昔はよく旅をしていたと聞かされたし、それでなにかの縁があってリシャールと知り合っただけかもしれない。

だが、そう思うにはどうも顔立ちが妙に似ているし、髪の色も同じ銀髪だ。俺はアルベリクの後ろに控えたまま、こっそりリシャールを眺めて、内心で首を捻っていた。まさかアルベリクが貴族だったりなんて、そんな小説みたいなこと……あるのか？

アルベリクとリシャールの関係が気になって、こっそりふたりを見比べていると、リシャールが俺に気づいて首を傾げた。アルベリクとよく似た色の銀髪が、さらりと揺れる。そのままアルベリクの後ろの俺を覗き込んできた。

近くで見ると、灰色の瞳までアルベリクと同じ色合いだった。幾らなんでも似過ぎじゃないのか。

「そこの奴隷はおじさんの？　初めて会うね」

「……私の奴隷で、コウといいます」

奴隷は貴族に直答できないため、代わりにアルベリクが答えてくれた。ふうん、と少年が感心したように俺を眺める。

「僕はリシャール、シャレット公爵家の次男で、おじさんの……うーん、おじさんは大叔母さまの息子だから、えっと……」

「私はリシャール様の従叔父にあたりますね。しかし、私はシャレット公爵家の籍には入っておりませんので……」

従叔父ということは、アルベリクはリシャールの祖父のきょうだいの子ということだ。世代的にはリシャールの父親と同じなのだろうが、ここの人たちは結婚も早いのが普通のようだから、そういうこともあるのだろう。それより俺はアルベリクが貴族に縁があるだなんて知らなかったので、声も出ないほどびっくりしていた。なんで貴族の親戚が商人をやっていて奴隷まで扱っているんだ。というか、十五歳の少年の従叔父って、アルベリクは何歳なんだろう。そういえば年齢を聞いたことがなかった。

アルベリクが助け船を出したのに対して、リシャールが少しむくれる。

「おじさん、僕にそんなに丁寧に話さなくてもいいって、父上だって言ってるじゃない。親戚であることに変わりはないんだから、籍には入ってなくても遠慮しなくていいって。ここには侯爵以外に貴族はいないんだし、気にしなくていいのに」

「ふふ、一応ね。リシャールがそう言うならやめておくよ」

「うん！」

にっこり笑うリシャールは、アルベリクと並んで立っていると本当に兄弟のようだ。砕けた言葉遣いに嬉しげに破顔したリシャールが、俺にも眩しい笑顔を向けてきた。

「えっと、コウ？　そういう訳だから、おじさんは僕の従叔父なんだ。おじさんが自分の奴隷を持つなんて初めて見たよ。おじさんをよろしくね」

天真爛漫を人間の形にしたような人だ。通常なら貴族が奴隷に気易く話しかけることなどないと聞いていたので、分け隔てのない態度に驚かされる。アルベリクが貴族の、それも公爵家の縁者であった驚きもさめないうちに直接話しかけられてしまい、俺は内心では大慌てだ。どうしたものかと困惑していると、アルベリクもリシャールには敵わないようで、眉を下げて微笑んだ。

「直接返答しても大丈夫だよ、コウ」

アルベリクがそう言うなら本当に大丈夫なのだろう。こういう場面で変な冗談を言う人でないことはよく知っている。俺はなるべくきちんとして見えるように、丁寧に頭を下げた。

「コウと申します。確かに承りました」

「うん、頼んだよ！　でも本当に珍しいな。コウはなにができるの？　肌の色がすごく白くて綺麗！おじさんが昔話してくれた竜の乙女みたいだ」

「え、えっと……」

「コウは別の世界から来た人間で、ふたつだけ魔術を使います。鑑定と格納です」

返事をした途端に質問攻めされてたじたじとなっていると、侯爵との話を終えてこちらに来たセレスタンがあっさり俺の素性と魔術について明かしてしまった。えっ、まずくないか？

慌ててアルベリクとセレスタンを交互に見てしまう。アルベリクは完全に困った顔をしているし、それを見たセレスタンが「しまった」とでも言いそうな表情に変わる。完璧そうなセレスタンもうっかりするんだな……。リシャールはというと、意外そうに俺を見ている。

「随分と話が弾んでいるようだね」

なんとか誤魔化せないものかと焦っていたところに、フェレール侯爵が話しかけてきた。先ほどまでセレスタンと氾濫について話していた侯爵は、護衛の人たちを連れて少し周囲の様子を確認していたのだが、ざっと様子を把握できたので会話に加わってきたのだろう。

「アルベリク君、リシャール殿は最近、見聞を広めるためにここへ来ていてね。氾濫までは隣街に避難していたが、氾濫が落ち着いて危険ではなくなったので、後学のために連れてきたのだ。リシャール殿はしばらく滞在する予定なので、時々話しに来てくれないか」

「ええ、そうさせていただきます」

アルベリクがほっとしたように侯爵へ笑顔を返した。俺の話題は侯爵の参入で有耶無耶になって、ほかの話題に流れていく。やがて話が終わり、侯爵とリシャール、それにぞろぞろと付き従う護衛たちを見送って、俺は膝に手をついて項垂れて深々とため息をついた。

お貴族様なんて相手にしたことがなかったし、奴隷どころか自由民相手には無礼討ちみたいなものが許されていると聞き及んでいたので、緊張で精神的にどっと疲れてしまった。

「……すまなかった」

膝に手をついたまま顔を上げると、セレスタンが気まずそうに謝ってきた。すっかり癖になっているのか、謝罪している時まで眉間に皺が寄っているので、俺はちょっと笑い出しそうになってしまった。実際、表情には少し表れてしまったかもしれない。

「いえ、どなたでもうっかりはありますから」

明るく返すと、アルベリクも悪そうな笑顔で乗っかってきた。

「そうだぞ、セレスタン。せっかくだから、君の誠意は夕食で示して貰おう」

堂々と奢らせる宣言をしたアルベリクに、俺は呆れて笑った。こういうところが強かなんだよなあ、このがめつい商人め。

# 21

氾濫の後片付け作業は、街の住民総出でも一日がかりでやっと六割というところだった。街から聞こえてきた九の鐘を合図に今日のところは一旦作業を終えることになり、集まってきた従業員にアルベリクが明日も引き続き片付けを中心に行い、商会の営業については必要最小限に留めることを指示して解散した。片付けに参加せず休んでいた冒険者たちが代わりにぞろぞろと門を目指している。他の動物が死骸に触れて魔獣になるのを防ぐため、彼らは明日の朝まで周囲を巡回するそうだ。

アルベリクと俺はセレスタンに夕食をご馳走になった。彼の行きつけのちょっといいお店で、料理は美味しかったし、その分なかなかの値段もした。奴隷の身分もあって普段の俺には難しい店で食べられたのはちょっとお得に思えて気分がいい。最後まで生真面目に謝罪するセレスタンに、アルベリクがこれで貸し借りはなしだと笑って、お開きになった。

いま、俺はアルベリクとふたりで店へ戻る夜道を歩いている。既に終課の鐘は鳴ったので、まだ営業している飲食店を除けば大概の店は閉まっており、道を歩いている人たちもそれほど多くはない。灯りのとぼしい大通りの石畳に、ふたりの影が並んで揺れる。

寒くなってきたこともあり、俺は近頃ずっとそうしているようにアルベリクに寄り添って歩いていたが、先ほどの食事の時とは打って変わってなにか思い悩んでいる様子なのが気になった。

「……なあ、なに考えてんの」

「うーん……」

問い掛けてみると、彼もどう話していいものか決めかねているように見える。いったいなにを悩んでいるのだろう。今日は公爵家の人と会って話したから、そのことだろうか。あまり詮索するのもどうかと迷いつつも訊いてみると、アルベリクは首を振った。

「いや、公爵家とは特になんの問題もないんだ。……俺がリシャールの従叔父なのは聞いたでしょう。母はリシャールの祖父の、十歳近く歳の離れた妹でね。兄弟は何人もいたけど、女の子は母ひとりだったから、箱入りの生活が息苦しくて、自由に出歩ける兄たちが羨ましかったんだって」

彼の話によると、彼の母は冒険に憧れて、駆け出しの商人だったアルベリクの父と恋に落ちると、ほとんど駆け落ち同然で出奔したとのことだった。勿論親は激怒したし、それから色々あったそうだが、結局アルベリクが生まれたのを切っ掛けに和解して、正式に結婚を認めて貰ったのだとか。だから、アルベリクの母はもう貴族ではないし、アルベリクも貴族の血を引いてはいるが貴族ではない。

「いまでも両親は時々シャレット公爵領に立ち寄って、公爵家へ挨拶に行ってるよ。一時は相続権の問題で揉めたりもしたけど、母が潔く全部放棄したからね。俺も勿論そう。だから、いまではすっかり仲も良いんだ」

それに、シャレット公爵家には現在リシャールとその兄という立派な跡継ぎもいる。アルベリクが公爵家に貴族として関わる可能性は今後もないだろう。そんな話を、俺は月明かりに照らされて冴え冴えと夜に浮かぶ美貌を見つめながら聞いた。

普段はフードで顔をあまり見せたがらないアルベリクも、一日中動いて汗をかいた後なので服装を緩めている。さらりと揺れる銀髪が灯りを受けて美しく、目を離すのが惜しいほどだ。

「そっか。じゃあ、べつに問題はないんだな。……でも、それならなにを悩んでるんだ？」

改めて疑問に首を傾げたあたりで店に着いてしまった。

「とりあえず、汗を流してからにしようか。今日は随分汗をかいたからね」

「あー、それはそうだな。俺も風呂に入りたい」

俺もそこそこ労働したから、全身しっかり洗いたい。一旦疑問を棚に上げて、ふたりで火を起こし、風呂の支度をした。

ここでの風呂は結構面倒だ。沸かしたお湯を何度も浴槽へ運ばなければならない。利便性のために風呂場は一階に作ってあるが、これが二階だったらへこたれていただろう。

交代での風呂を済ませると、俺はいつも通り、枕を持ってアルベリクの寝室のベッドに潜り込んだ。

「……なあ。もしかして、悩んでるのって俺の能力のことかな」

灯りを落とした寝室には、月明かりだけが差し込んできている。満月は過ぎたが、まだ月はじゅうぶんに明るく、目が慣れるとお互いの表情もよく見える。

アルベリクは少し言葉に詰まってから、観念したように頷いた。

「……コウ、君はもう支店のひとつやふたつという値段じゃない。君が望めばかなりの高値で売れるだろう」

「えっ、どれくらい？」

価値が上がったと聞いて、ちょっと興奮する。俺はグッとアルベリクに身体を寄せ、わくわくして値段を聞いた。うわっ、そんなに。苦節半年、とうとう俺も押しも押されもせぬ高級奴隷の仲間入りだ。そんじょそこらの人には手が出ない価格は、俺の自尊心を慰めてくれるだけではない。その価値の分だけ俺の人生が保証されるということだ。嬉しくなってニヤニヤしていると、アルベリクが穏やかに問い掛けてきた。

「コウ、君はどうしたい？」

「……どうしたいって、なにが？」

てっきりアルベリクも喜んでくれると思っていたので、少し拍子抜けする。なんだか不穏なものを感じて眉を寄せた。まさか、俺の価値が上がったからさっさと売るつもりなのだろうか。

「君の価値はじゅうぶんに上がった。君はどこにだって行けるんだ」

嫌だ、と思った。俺はここに居たい。エフェメール商会にずっと居られるならそれだけでいい。

「あんた、フェリシアンとジスランがきちんと売られるまでは俺が教育係だって言ってただろ。子どもたちを投げ出したりはしたくない」

「その後はどうするんだい？　きちんと考えないといけないんだよ」

「後のことは、後で考えたらいいじゃないか……」

ここに残りたいと言って拒絶されるのが怖くて、子どもたちを引き合いに出した。そんな俺の意図を察しているのかいないのか、アルベリクが言い聞かせるように俺に語りかけてくる。彼の手が頬に触れて、温かな体温がゆっくりと肌を撫でた。

「コウ、君は性奴隷にはなりたくないんだろう」

急になにを言うんだろう。それに、性奴隷志望でないことは既に何度も言っていたはずだ。カチンときて、俺は身体を起こしてアルベリクを睨んだ。頰に触れていた手が離れる。

「あのさあ、アルベリク。俺はあんたに何度も性奴隷は嫌だって言っただろ。それに、価値が上がったって判断したのだってあんたじゃないか」

思ったそばから言葉を口に出していく。なんだか頭に血がのぼってきて、感情がめちゃくちゃに昂っている。アルベリクも少し身体を起こして、俺をじっと見つめている。俺はベッドに座り込んだ視線のまま、彼を睨み据えた。

「性奴隷になりたくないって言ってるのに、俺を性奴隷にしたいのか。俺の意見を聞くつもりがないなら、それこそあんたが勝手に決めたらいいことだろ。俺はあんたの奴隷だ。俺をどうするか、最終的に決定するのはあんたじゃないか」

俺はなににこれほど怒っているんだろう。自分でもよくわからない。アルベリクが俺の意思を無視していると感じて、それに憤慨しているのかもしれない。あるいは、これだけ親しくなってお互いへの理解を深めてきたと信じていたのが俺だけだったと感じさせられて、それで傷ついているのかもしれなかった。

「コウ、」

「うるさい！」

もう黙ってほしい。これ以上俺をがっかりさせないでくれ。怒りで全身が震える。俺は衝動のままアルベリクに馬乗りになって、彼の口を掌で押さえつけた。

持ち主に手を上げるなんて、奴隷として最もやってはいけないことだ。誰かに見られていたらその場で殺されても仕方のないことをしている。

「うるさい、うるさい、うるさい！　俺はあんたの役に立つんじゃなかったのか！　俺を性奴隷にして、誰かに身体を差し出させるのかよ！」

不思議なことに、アルベリクは抵抗しなかった。怒っているとはいえ、俺が口を押さえているだけで、害意がないからかもしれない。彼は眉をギュッと寄せて俺を見上げてはいたが、引き剝がそうとはしなかった。だけど、俺の胸にあるのは巨大な喪失感と絶望感だけだった。どうしてだよ。なんで俺を手放すことしか考えてくれないんだ。俺は……俺は、アルベリクと一緒にいたいだけなのに。

全部終わりだ、と思った。魔術が使えることもすっかり明らかになったことだし、アルベリクは商人だから、俺が格納の魔術を使えるなら輸送の役に立つこともできる。あまり喧伝してもまずいが、貴重品を格納するのだけ担当させて貰えれば、彼の役に立てるのではないかと考えていた。これだけの価値が生まれたのだから、ずっと役に立てるものだと思っていたのに。

ごちゃごちゃになった感情が臨界点を超える。俺は一周回って冷静になって、静かにアルベリクを見下ろした。

「……そんなに俺を性奴隷にしたいなら、あんたが教育しろよ」

アルベリクの口を塞(ふさ)いでいた手を離して、俺は彼の唇に自分の唇を押しつけた。

# 22

魔獣の氾濫に備えてアルベリクは忙しく駆け回っていたし、実際に氾濫が起こると彼は戦力として戦っていた。だから、こうして同じベッドで眠れるのは本当に久しぶりだったし、俺だってすっかりアルベリクの傍で眠るのに慣れてしまっていたから、ひとりで眠るのは寂しかった。アルベリクたちが忙しく立ち回っているのに俺と子どもたちだけが普段通りの生活をしているのはきつかったし、また彼と眠れるようになって嬉しかった。

それが、どうしてこうなってしまったのだろう。

「ん、……」

俺はアルベリクの唇に何度か吸いついて、それから顔に手を添えて舌で唇を開かせた。アルベリクの口の中は温かくぬめっていて、舌を擦りつけると背中がぞくぞくとした。閉じていた目を開いて様子を窺う(うかが)と、眉を寄せたアルベリクが俺を見ている。なにか言いたげな様子だったが、どうしても彼を黙らせたくて、俺は全身を彼に押しつけるようにしてキスを深くした。

「……は、んぅ」

気持ちがいい。ずっと前から、アルベリクに触れられることにはすっかり慣れていた。性的な意図がなくても体温はすっかり馴染んでいて、違和感がない。そのアルベリクと初めてキスをしているという事実は、俺を思春期の少年のように興奮させた。

唇を離すと唾液がぴちゃりと音を立てる。俺は興奮に目を細めてアルベリクを見下ろした。寝間着を脱ぐ手がもどかしい。窓から差し込む月明かりの中で一糸纏わぬ姿になって、俺はアルベリクの首筋を掌でなぞった。

「コウ」

「……抱けよ」

低く告げると、アルベリクの灰色の瞳にかすかな欲望がちらつくのがわかった。

男同士、同じ身体のつくりをしているのだから、どちらがどちらを抱いてもいい。だけど俺は、アルベリクに抱かれたかった。アルベリクがこの俺に欲情して、俺を手に入れたいと思うのでなければいけない。俺が誰のものなのか、他ならない彼自身が確認するのでなければ気が済まなかった。

「……君は……」

アルベリクはなにかを言いかけて、言葉を切る。いちど目が強く閉じられて、瞼が震えた。次にその目が俺に向けられた時、彼は既に欲望を隠そうともしていなかった。灰色の瞳が夜の中でひかる。

「あ」

ぐっと腰を摑んで抱き寄せられる。アルベリクに跨った格好のままで口づけられ、彼の舌が俺の舌を搦め捕った。反射的に逃げそうになった首を掌で押さえられ、思わずアルベリクの肩に縋りつく。

「ん、んぅ」

彼の口づけは巧みだった。どこでこんなのを覚えてきたんだ。理不尽にも、見知らぬ過去の相手がいるかもしれないことに憤慨して、俺も強く唇を押しつけた。上顎を舌で辿られるとぞくぞくと身体に震えが走って、やり返すように彼の舌を吸う。お互いの唾液で唇が濡れる。

キスを続けながら、アルベリクの手が俺の身体を辿っている。背中を撫でていた掌に腰のあたりをさすられると、緩く勃ち上がりつつあるものが震えた。

「ふふ」

アルベリクが笑って唇を離した。唇は笑みの形になっているのに、目はまったく笑っていない。そのまま寝間着の上を脱ぎ捨てて、ベッドから放り出す。それからまた俺の頭を引き寄せて、深く口づけてきた。キスしたまま下も脱ごうとするので、半分脱げかけた彼の寝間着のズボンを俺も蹴り飛ばした。

「んっ……」

アルベリクのものも緩く勃っている。お互い裸になって密着しているせいで、ペニスが直接触れ合った。俺のものは早くも濡れてきているせいで、ぬるりと滑る。それが気持ち良くて、腰を蠢かせて擦りつけた。

「ふあ、あ」

堪らない。性器を触れ合わせてぬるぬる擦りつけるのも気持ちが良かったが、それ以上にアルベリクの体温が上がって、俺だけを見て興奮している事実そのものが俺をどうしようもないほど昂らせた。

「……ちょっとこのまま……」

ため息のように囁いて、アルベリクが唇を離す。ずっとキスを続けていたくて不満の目で彼を見ると、少し困ったように笑いながら、アルベリクはベッドサイドに置いていた瓶に手を伸ばした。普段はハンドクリームとして使っている、植物油脂の瓶だ。普段から洗濯や掃除などで水仕事が多いために枕元に常備してあるものだが、それで彼がなにをするつもりかわかってしまい、俺はいまさらのように顔を赤らめた。

「コウ、おいで」

少し身体を起こしたアルベリクの膝に乗って、またキスをする。明日にはすっかり唇が腫れてしまいそうだ。キスと興奮のためにアルベリクの唇が赤く色づいていて、それがうっとりと見惚れてしまいそうなほど美しい。クリームを手に取った彼の指がゆっくりと足の間を撫でて、体温で溶けた油脂がぬるつく。アナルをくるくるとなぞられて、そこがひくつくのがものすごく恥ずかしく、俺は目を閉じてキスに集中する。

「んふ、んっ……」

指がそこに押し込まれてくる。痛みはないが、どうしても意識がそこにいくからか、彼の指をはっきりと感じてしまう。中に油脂を塗り込んでは引き抜かれて、ぴくぴくと腰が揺れる。そうすると触れ合ったペニスが擦れて、また熱いため息が漏れた。

「あ、あ、アルベリク」

指が増やされて、ぐちゅぐちゅと音を立てる。興奮と緊張でドキドキして、アルベリクの身体に縋りついた。剣術をやっているからだろうか、胸板が厚い。これまでの添い寝でその厚みは知っていたけれど、直接肌に触れたことはなかった。胸や二の腕を掌で確かめたくなり、俺は熱い肌に触れていく。掌が彼の背中に辿り着いたところで、アルベリクが唇を離して俺の首筋を舐めた。

「ふあ」

ぞわりと腰に痺れが走って、上体が仰け反る。彼の唇はそのまま俺の胸に落ちてきて、乳首を舐め上げた。ちろちろと舌先で舐られると、そこに感覚が集中するようだ。たいして感じないと思っていたはずのそこにチュッと吸いつかれると、むず痒いような奇妙な感覚が走って、ちょっと飛び上がりそうになった。

「ちょ、ちょっと、アルベリク、それ」

「ん……？」

ぬるり、ゆっくりと舌で乳首を舐められる。彫像のように美しく整った顔でそんなことをされると、背徳感がものすごい。混乱している間にもアルベリクの指は絶えず俺の中を掻き回していて、どうしていいかわからない。俺はアルベリクの上に跨ったままなのに、主導権はすっかり彼に握られていて、されるがままになってしまっている。

不意に、アルベリクの指が俺の中をぐっと押して、今度こそ俺はびくんと全身を震わせた。

「っは、な、なに……」

「んー、この辺りかな……」

乳首から唇を離したアルベリクが、宥めるように俺の頬や額にキスを落とす。そのくせ、彼の指は更に増やされて、先ほど俺が反応した辺りを何度も指先で押してくる。そこを押されると切ないような、痺れるような奇妙な感じになって、腰が逃げそうになる。だが、片手で腰を抱かれて逃げられない。

「あっ、あっ！　なにっ、な、あ」

「大丈夫。大丈夫だよ、コウ」

優しく囁きかけてくるアルベリクの瞳が爛々と輝いている。ぐいと抱き寄せられると、彼のペニスが足の間に入り込んで、会陰の辺りに強く押しつけられた。熱くて硬いものが会陰からアナルにかけてをぐりぐりと往復する。急にそれまでの奇妙な感覚が快感であったことを認識して、俺はがむしゃらになってアルベリクの唇に吸いついた。

「……っ！　ん、んぅっ、ん、ふ……！」

入れるよ、とか、本当にいいのか、とか、そういうことをアルベリクは言わなかった。代わりに、唇を重ねたままの彼の視線が俺を捕らえていた。

ゆっくりと腹の中に押し入ってきたものが大きくて、苦しい。痛みはない。中がひくひくと痙攣して、おそらく半分ほど入ってきたそれの形をまざまざと感じていた。

「……お腹に力を入れて」

「ん、ん、あ、あぁ……っ」

言われるがままに下腹に力を込める。途端に彼のものが更にぬるりと入ってきて、俺は堪えきれない声を上げた。はあっ、とアルベリクが熱い吐息をこぼす。それが堪らなく色っぽい。

柔らかな粘膜が蠢いて、中にある硬いものに纏わりつく。限界まで勃起したペニスが俺の中にずっしりと収まっていて、それだけで信じられないほど気持ちが良かった。

「はあっ、あ、ん、んぅ……」

熱い掌が背中を撫でる。ちゅっちゅっといくつもキスが落とされて、それから腰をゆっくりと前後に揺すられた。奥まで呑み込んだままで揺すられると、腹の中が全部擦られて堪らない。中が勝手に蠢いては彼のものを締めつけてしまう。深く押し込まれた状態でぬぶぬぶと動かされ、ぶるりと身体が震えた。

「あ、あ……っ！」

ふっと目が焦点を失って、呆然となる。アルベリクが動きを止めてくれたので、それでようやく我に返った俺は、ペニスを彼の腹に押しつけたまま射精していたことに気がついた。

「ま、待っ……、ちょっと、待って」

「ん……いいよ」

震えながらアルベリクの腹に手をついて、荒い呼吸を繰り返す。どうにか視線を合わせると、彼は完全に動きを止めて、切なげに目を細めて俺を見ていた。俺の中で熱いものがぴくぴくと動いている。動き出したいのを堪えているアルベリクの表情は見たこともないほど妖艶で、こんなものを見せられたら堪ったものではないと思える。

「こんなの……っ聞いてない」

俺が違う世界の人間だからだろうか。アルベリクとだけやたら相性がいいのか。理由はさっぱりわからないが、彼のものが入っているだけで気持ちが良くて混乱する。こんなはずじゃなかった。こんなに気持ちがいいなんて聞いてない。

アルベリクのペニスはすっかり俺の中に入っていて、彼の上に座り込んだ尻が脚に触れている。中をいっぱいに押し拡げられて、それに襞(ひだ)が絡みついてしまう。動かずにじっとされていることで猶更その形をまざまざと感じてしまう。気づけば俺は吐息だけで小さく喘(あえ)いでいた。

「コウ、おいで」

呼吸が落ち着いてきたところで、起こしていた上体を引き寄せられる。そのままごろりと体勢を入れ替えられ、俺は仰向(あおむ)けでアルベリクを見上げた。窓から差し込む光が彼の顔を半分照らし、もう半分を暗闇に沈めている。美しい形の唇が色づいて濡れているのは、散々キスをしたからだ。その唇が緩やかに笑みの形になるのを、俺は呆然と見ていた。

ぐっと右脚が持ち上げられて、彼の肩に担がれる。斜めに交錯した身体を近づけるように、アルベリクが腰を押し込んできた。

「ふあっ、あっ、ああっ」

ずぶずぶと抜き差しが始まる。内部の擦られるところが変わって、ぐじゅぐじゅと音を立てて中を蹂躙(じゅうりん)されるたびに切ない快感に腰が跳ねる。

「や、ふか、あ、あっ、ひぃ……っ」

摑まれた太腿を引き寄せられるだけで身体が逃げられなくなって、背中がベッドの上で仰け反る。抱え上げられた爪先が跳ねる。アルベリクのものを咥(くわ)えこんだ中が抜き差しに合わせてひくひくと蠢いて、それが抜けようとするたびにひどく締めつけた。

「んんーっ、んぅ、んっ、んあっ、あっあっ」

ゆっくりと抜いてから勢いをつけて突かれる。ズンと突き上げられるたびに、腹から押し出されるように声が迸(ほとばし)った。

「はあ……っ」

アルベリクも興奮している。なにも言わずに腰をうねらせる彼の、その瞳だけが、暗闇のなかで濡れてひかって俺を見据えている。

「っは、気持ち、良さそうだね、コウ……っ」

褐色の肌に汗が浮かんでいる。容赦なく揺すぶられて呼吸が乱れた。全身が熱い。先ほど執拗に舐められた乳首が疼(うず)く。手が伸びそうになって慌ててシーツを握り締めたのに、代わりにアルベリクの指先がそこを摘(つま)んだ。快感が鋭くて、泣きそうになる。

「だめ、それ、あ、あー……っ！」

奥に深く突き込まれた状態でぐるりと中を掻き混ぜられて、悲鳴じみた声が上がった。じゅぶじゅぶとひどい音がしている。

「ここ？」

「やだ、やだっ、ふあっ、あ、だめ、それぇっ」

抜き差しをされると浅いところが痺れるように気持ちいい。だけど、奥を拡げるようにされると、それどころではない怖いくらいの快感で中が痙攣した。びくびくと変なところに力が入って、アルベリクのものを堪能するようにうねってしまう。

「ひうっ、だめっ、無理、無理だからぁっ！」

俺のペニスはいちど射精したというのに萎(な)えもせずに勃起して、ピストンに合わせてぶるぶると揺れている。それを握り込まれて、俺は今度こそ悲鳴を上げた。アルベリクが動き続けたまま身体を寄せてきて、悲鳴じみた喘ぎ声の止まらない俺の口を唇で塞ぐ。

「んふっ、んくっ、うんっ、ん、ん……っ」

先走りをだらだら溢して濡れている塊が、アルベリクの掌で容赦なく扱き上げられる。ぐちゅぐちゅと扱かれ、親指で亀頭を擦られて、腰がズンと重くなる。中を小刻みに掻き混ぜられて、舌を吸い上げられると、もう訳がわからなくなった。

「……っ!」

ビクッ、ビクンと腰が跳ねて、涙でぐしゃぐしゃになっていた視界がフッと遠ざかる。一瞬、意識が失われたようになって、全身に広がった快感で頭がくらくらとした。中がビクビクと痙攣している。

「く……」

「っはーっ、はっ、あ、ふあ……っ」

絶頂したと思ったのに、俺のペニスは勃ったままだった。ぐちゅぐちゅに濡れすぎているから、精液が出たのかどうかすらよくわからない。中がきつく締まるせいで、アルベリクが切ない呻き声を漏らした。

「あっ、あぁっ……!」

快感に押し上げられたまま戻ってこられていないのに、アルベリクがまた動きを早める。ごりゅごりゅと感じるところが熱いもので押し潰されて、助けて欲しくて、必死でアルベリクの背中にしがみついた。全身が鋭敏になった気がして、度を越した快楽がいっそ苦しい。

「ごめん……っ、もう、少しっ……」

アルベリクが低く唸って、抜き差しが一層速まった。過敏になった中を蹂躙されるのが苦しくて、切なくて、だけど切ないからもっと強く擦ってほしい。いつの間にか俺は自分から腰を揺らめかせてアルベリクの律動に応えていて、昂るあまり破裂しそうなペニスを彼の掌に押しつけている。

「ひぃっ、や、やらっ、あっ、あうっ！　も、あぁっ！」

「……っく、あぁ……っ」

「あぁー……っ！　あ、んぁっ、あっ、あ……」

ひときわ強く腰を押し込まれるのと同時に、ペニスを強く握られて、俺は全身を強張(こわば)らせて射精した。腹の中でアルベリクのものがビクビク跳ねて、熱いものが広がる。なかで、出されている。

「ふ……っ」

アルベリクが更に二度、三度と腰を押し込んでくる。その度に中に射精されているのを感じて、俺はふるふると震えた。中がびくんと締まり、彼のものから精液を搾り取っている。アルベリクは俺の肩に頭を押しつけ、腰を強く摑んで、思うさま中に出している。彼の長い髪が肌をくすぐり、熱い息がふきかけられた。

「ふ、あ……」

やがてアルベリクが身体を起こして、ゆっくりと俺の中からペニスを引き抜いた。それすら気持ち良くて、熱いため息が漏れた。唇が震え、濡れた視界に彼の褐色の肌がうつる。

「はーっ……はーっ……」

喘ぎすぎて呼吸が覚束ない。中からぐぷりと音を立てて精液が流れ出してきて、それもいまの俺には鋭すぎるほどの快感だった。

「ん……」

霞む瞳でアルベリクを見上げると、未だ情欲を色濃く残した男に口づけられた。啄むような軽いキスを何度もされているうちに、だんだんと身体が落ち着いてくる。

アルベリクが荒い呼吸のまま俺の隣に横たわって、優しく頭を撫でられる。そうされているうちに鋭敏になっていた感覚が戻っていくようで、俺は安堵のため息をついた。

「…………」

ああ、やっちまった。情事の余韻と入れ替わりに強まっていく堪らない眠気に襲われながら、俺はゆっくりと目を閉じた。

いまだから言うけど、あそこまでやるつもりじゃなかったのだ、俺は。確かに全裸になって迫ったのは俺だし、衝動的にキスもしたし、抱けよとか言ったけれども！　でもその場の勢いというか、ついやっちまったというか。なんで俺を自分のものにしておかないんだよっていう、理不尽な怒りに突き動かされて、つい。

俺は頭から布団を被ったまま、ごろりと寝返りを打った。隣にアルベリクの姿はもうない。それになんだか腹が立って、アルベリクの枕をぼすんと叩いた。なんだよ、起こせよ。

俺は怒っても仕方ないと思う。だってそうだろう。自分のものにしておけばいいじゃないか。鑑定と格納の魔術は、結構訓練を重ねた魔術師でないと使えないものだ。俺の持つ異世界の知識は常識を覆すほどではなかったが、それでも多少は役に立っていたはずだ。本人がそう言っていたんだから間違いない。そこに加えての鑑定と格納だ。ぶっちゃけ、商人という職業にはめちゃくちゃ向いている。魔術師は高いから雇っても割に合わないけど、俺はアルベリクの奴隷で、もともとあいつの所有物だ。それなら、手許に残して便利に使えばいいじゃないか。それを性奴隷は嫌だろうとか、選択肢がどうこうとか、煮えきらない態度で。結局、俺ってまだ売り物なのか？　売れ残ってるだけで？

「…………」

そこまで考えたところで、俺はのっそりと布団から頭を出し、枕から顔を上げた。なんだか思っていたより窓の外が明るい。

　昨夜ほとんど寝落ちしかけながら再度身体を洗ってシーツを替える作業は大変だった。ただでさえ疲れていたところで色々とはっちゃけてしまったものだから、改めて寝支度を整えてベッドに倒れ込んだところからの意識がない。よほど深く眠ってしまったのか、一の鐘はとっくに鳴っていたようだ。外の明るさからして、そろそろ三の鐘が近いくらいだろう。

「……えっ」

　慌ててガバッと起き上がる。やばい、寝過ごした。

　この街の鐘は、みんなそれを基準に暮らしているということもあり、めちゃくちゃ音がでかい。だから今まで俺は一の鐘で問題なく起床できていたのだ。それにすら気がつかなかったなんて。

「うぅ……っ」

　ベッドから降りようと身体を起こしかけて、俺はばったりとうつ伏せに倒れ込んだ。腰が立たない。いや、起き上がれなくもないが、ずっと脚を開かされていたからだろうか、股関節が痺れたようになっていてきつい。それに、アルベリクのものを突っ込まれていたところがなんかまだ、その……違和感がすごい。まだ昨夜の切ないような感覚が残っている気がするが、気のせいだ、気のせい。

　ひとりで呻いていたところで、寝室の扉が開かれる音がして飛び上がりそうになった。勢いよく振り返ると、衝立(ついたて)の向こうでアルベリクが外の誰かと話している。

「……うん、少し疲れてるだけだから。ね？」

「でも……」

やたら優しい声で誰と話しているのかと思ったら、相手は子どもたちだったようだ。フェリシアンのまだ少年らしく高い声が聞こえてきた。

「コウさん、本当に大丈夫なんですか？」

「大丈夫だよ。だから、いまはもう少し休ませてやってくれるかな？」

「……うん」

カーッと顔が赤くなるのがわかる。実際のところ、俺は氾濫のせいでもなんでもなく、昨夜アルベリクとセックスしたせいでこんな時間まで寝ていたわけで、子どもたちの純粋な心配を向けられるようなことではないのだ。恥ずかしくて堪らなくなって、布団に潜り込んで更に頭を抱えていると、やがて子どもたちを説き伏せたアルベリクが部屋に入ってきた。

「コウ、起きてる？」

「……起きてる……」

もぞもぞと布団から顔を出して、真っ先に子どもたちがもう部屋にいないことを確認してしまった。

「良かった。食欲はあるかな」

「うん……」

アルベリクと顔を合わせたら気まずいなとか、やっちまったなとか、アルベリクは昨夜のことをどう思ってるのかなとか、考えてたことは色々あったが、全部子どもたちに吹き飛ばされてしまった。羞恥で真っ赤になったままどうにか身体を起こし、ぎこちなくベッドから下りる。ふらつきそうになって、アルベリクに支えられた。身体を抱かれるようにして、ソファまで連れて行かれる。

「ごめん。ちょっと無理させたね」

「ちょっと……？」

　こいつの基準はどうなっているんだ。そりゃ俺も童貞とはいわないけど、後ろは正真正銘初めてだった。それはアルベリクも知っているはずである。だって最初の頃になにもかも申告したからな。それで立てなくなってるのに、ちょっとってなんだ。俺は起きられなくて子どもたちに心配されて、理由は知れてないとはいえ恥ずかしい思いをしたんだぞ。

　不満を顔に出して睨みつけると、俺の前に朝食を並べていたアルベリクが恥ずかしげに頭を掻いた。

「えーっと、なんていうか、素人は初めてで……」

「はあ!?」

　思わず目を剝いたが、複雑な表情でまあまあと宥められた。

「説明するから、とりあえず冷めないうちに食べてくれ」

「………………」

　じっとりとアルベリクを睨みながら朝食に手をつける。そうして食べながら聞いた話を簡潔にまとめると、要するにアルベリクは顔が良すぎてこれまで恋愛どころではなかったらしく、子どもができたとかの既成事実を作られて強制的に結婚させられることを避けるため、プロにしかお世話になったことがなかったそうだ。それで手慣れてはいても、初めての人間を相手にしたことはなかったのだとか。だから君が専門の人以外では初めてなんだと照れ臭そうに言われると、案外悪い気はしなかったし、腑に落ちた。

「いまはこの街に腰を落ち着けて長いから変なことを考える人はほぼ居なくなったけど、旅暮らしの頃は顔も知らないのにお前が手を出したんだから責任を取れとかいう人たちがどんどん出てきたりしてね……」

そうため息をつくアルベリクの顔は相変わらず輝くような美しさだ。スッと通った鼻筋、彫像のような頬、けぶる長い睫毛(まつげ)。額にかかる銀髪のひとすじまで完璧に配置されていて、まあ確かにこれなら指一本触れたことがなくても既成事実を叫んでどうにか自分のものにしようとする人間が出てきてもおかしくない。おかしくはないが、そうか。プロか。プロでもこの顔には惑わされそうなものだが。

「大変だったよ……」

やっぱりプロが相手でも何度か波乱があったようだ。この街に来てからはプロのお世話になることすらやめたそうだ。一度お世話になったら二度と会わないくらいでなければ面倒なことになるらしい。さすがの俺もそれには同情した。うかうか恋愛もできないのはきつすぎる。それもこれも顔が良すぎるせいだというのは、ちょっと笑えるけれども。

「顔が良くて苦労することもあるんだなと思ってたけど、思ってた以上だな……」

「小さい頃は男にも狙われてたからね、怖かったよ。大人の男は体格も大きいし力も強いから」

「うわあ……」

成長してからは何故かあまり男にはモテなくなったそうで、それはなによりである。この街に腰を据えた当初も彼に血迷った女性は何人も出現したらしいが、いまはそういうのも粗方片付いたそうで、なるほど旅好きのアルベリクが一ヶ所に留まっているわけだ。

ある意味別次元の苦労話に感心していると、アルベリクが空になった器を盆に載せて立ち上がった。

「じゃあ、俺はそろそろ氾濫の片付けに行くよ。今日もオリヴィエに来て貰ってるから、子どもたちは彼が見ていてくれる。あとは任せて、君はゆっくり休んでいたらいいよ」

「うん、じゃあそうする……」

まだ身体が怠いし、なにより恥ずかしいので、子どもたちを見ていて貰えるなら助かる。アルベリクが立ち去るのを見届けて、食後のお茶を飲んだところで、俺はふと本題を話していなかったことを思い出した。

「あ」

苦労話に気を取られて話しそびれてしまったが、結局、俺の処遇ってどうなったんだ。あいつまさか、わざと話を逸らしたんじゃないだろうな……？

さすがにまるまる一日アルベリクの寝室に籠るつもりはないものの、ひとりでじっくり考える時間ができたのは、いまの俺には結構ありがたかった。

朝食を済ませた俺はソファの背凭れにぐったりと身体を預ける。昨日は氾濫の片付けで肉体労働をしたのもあって、全身の倦怠感がすごい。ぼんやりと天井を見上げ、いまの状況について考えてみた。

結局のところ、アルベリクは俺をどうするつもりなのだろうか。確かに煽ったのは自分だけれど、なぜ応える気になったのか。アルベリク本人が言っていた通り、ここ半年ほど生活を共にしてきているが、確かに彼の言う通り、彼には浮いた話もなければ娼館へ遊びに行ったような気配もない。軽々しく他人と床を共にするのは危険だと本人も認識しているのに、俺のことは抱いたのだった。俺の現状はアルベリクと肉体関係が発生した奴隷なのか、あるいはアルベリクの性奴隷なのか、判断がつかない。それに、いまでも俺を売るつもりがあるのかどうかもわからない。

「……駄目だ。本人と話さないと埒が明かない」

呟いた声が静かな部屋に落ちる。彼自身の意見を聞かないことには、俺には彼の考えなどわかるはずもない。わかっているのは、俺がアルベリクの傍から離れたくないということだけだ。

楽観的に考えるなら、アルベリクは俺に恋愛的な好意を持っているのかもしれない。だけど、俺の持つ異世界転移チートがその理由をあやふやにする。鑑定も格納も、有用性が高い。むしろ高すぎるほどだ。悲観的に考えると、俺の価値のためにアルベリクが応えざるを得なかった可能性もあった。

アルベリクから聞かされた俺の価格は、それこそ王侯貴族でもなければ手が出ないほどだった。確かに俺だって、王侯貴族でもなければ買えないほどの価値を持てれば簡単には売れないだろうと思ってそれを望んでいたが、いざ実際にそれほどの値がついてしまうと、それはそれで困ってしまった。だって俺は奴隷だ。売ろうと思えば、いつでも売り払えることに変わりはない。相手がとんでもない金持ちに限られるというだけで。

「あー、やめやめ」

考えまいとしても、つい考えてしまう。こんな状態でひとりで居ても仕方ない。俺は腰をさすりながらソファから立ち上がった。ひとりで考えても仕方ないし、さっさと仕事に戻ろう。気分転換をすればまた違う考えに至るかもしれないし、アルベリクとは夜にでも直接話せばいい。

子どもたちとオリヴィエがいたのは食堂だった。いつもは俺の使っている客室が教室代わりなのだが、俺が不在なので遠慮してくれたのだろう。

「あっ、コウさん！」

「もう大丈夫なのかよ……大丈夫なんですか」

うっかり素が漏れたジスランに苦笑して、フェリシアンも一緒に頭を撫でる。

「すみません、オリヴィエさん。ふたりを見て貰って」

「いいんですよ。もう疲れはとれましたか」

ベルナールの伴侶であるオリヴィエが優しく微笑んだ。長い焦茶色の髪を後ろで細く三つ編みにした、保育園の先生をしたら似合いそうな、優しげで穏やかな佇(たたず)まいだ。本職は騎士団員だということがちょっと信じ難いくらいの、ふんわりした雰囲気の人である。

「おかげさまで。……ごめんな、フェリシアン、ジスラン」

「オリヴィエさんがいっぱい遊んでくれたんだよ」

「俺！　カードで二回勝ったんだ！　オリヴィエさんにも！」

「やるじゃないか。俺も一緒にやろうかな。構いませんか？」

「ええ、もちろん」

椅子を引いて腰掛けると、ふたりが喜んでテーブルに広がっていたカードを集めて配り始める。幾つか既に教えていたゲームで遊んでから、オリヴィエの知っている別のゲームにも皆で挑戦してみた。

子どもたちはすっかり数字に慣れてきたし、トランプで計算できる程度の簡単な足し算や引き算なら楽にこなすようになってきている。今度は掛け算や割り算を覚えられるようなゲームを検討してみてもいいかもしれない。

楽しい時間が過ぎるのはあっという間で、俺も一時的に悩みから解放されてゆったりとした一日を過ごすことができた。

夕方になると、片付けのために街の外へ出ていたエフェメール商会の従業員が一斉に帰ってくる。思ったよりもだいぶ早く片付けが済んだらしく、アルベリクから皆にちょっとした金一封が出た。各々が帰っていくのを見送り、皆で夕食をとる。それも終わって子どもたちを寝かせてきた俺は、やっとアルベリクの寝室で彼とふたりきりになった。

「お疲れさま、コウ」

「うん、あんたもな。……あのさ、今日は」

実は俺も手伝いに行こうかと迷ったのだが、格納の魔術を人前で堂々と使うのも良くないだろうし、最近まで皆がピリピリしていたこともあって、子どもたちと過ごす方を優先してしまった。それでも少しばかり申し訳ない気がして謝ろうと口を開いたところで、アルベリクの手がそっと俺の唇を押さえた。

「子どもたちと過ごしてくれてありがとう」

「……うん」

なんでこいつはこういうことをするんだろうか。少し胸がくるしくなる。最初は彼に頼るしかなかった。がめつい奴だとも思ったし、子どもたちを奴隷として買い上げた時は内心で人でなしと罵りもした。いけ好かないと思ったことだって何度もある。だけど、こういう肝心な時に見せられる優しさには完敗だった。

「……アルベリク」

俺はアルベリクの灰色の瞳をじっと見つめた。彼の長い銀髪がベッドに広がって、また少し細くなった月の明かりに照らされて仄かに輝いている。美しい人だ。彫像のような完成された外見をしていて、だけど中身は強かなところもあり、優しいところもある、普通の人間だ。

俺はこいつが好きだ。だからこそ確かめたい。

「あんたは、俺を……いや、違うな」

そうじゃない。そんなんじゃ駄目だ。考え直して、言いかけた言葉を否定した。気持ちを確かめるなんて手温い。そもそも、俺はアルベリクのものだ。それなのにこいつは選択肢がどうのと言って、俺に選ばせようとしている。そんなのずるすぎる。

アルベリクに選ばせたい。俺の心は決まっている。それなら、彼にこそ選択させなければいけないのだ。絶対に俺を手放したくないと思わせなければいけない。俺は彼に望まれたい。

アルベリクは神妙な顔で俺の言葉を待っている。その美しい顔をそっとなぞり、俺は挑戦的に微笑みかけた。

「今夜は俺を抱かないのか、アルベリク」

24

ふたりきりの寝室は既に明かりが落とされて薄暗く、分厚くて透明度のやや低い窓ガラス越しに差し込んでくる月明かりに照らされている。

同じベッドに横たわり、向かい合うようにして顔を突き合わせている俺からは、アルベリクの完全に虚をつかれた表情がまざまざとよく見えている。

「俺を抱くだろ、アルベリク」

「コウ、それはどういう……」

わかりやすく動揺しているアルベリクの前で、俺はベッドサイドの植物油脂の瓶を掴むと、布団の中でもぞもぞと寝間着のズボンを下ろした。見られると恥ずかしいから、布団を被ったままだ。

視線だけはアルベリクに合わせたまま、クリーム状の油脂を後ろに塗り込む。見えないとやりづらくて、尻の辺りがベタベタになった。布団にもついたと思うから、明日は洗わないとな。

「な、なにを」

「んぅ……」

たっぷり油脂を塗りつけたから、大丈夫だと思う。ゆっくりと圧迫するように中指を押し込むと、案外ぬるりと入った。入り口というか、入れるところじゃないんだけど、とにかくそこはきついが、そこを抜けると指一本くらいなら余裕で動かせる。とりあえず中全体に油脂を塗れたらいいのではないだろうか。それから指を増やして拡げてみるつもりだ。

初めて触る自分の体内は思ったより熱くて、油脂が溶け出しているせいでぬめぬめしている。なるほど、これは突っ込んだら気持ちいいだろうなと思って、ちょっとそれがおかしくて笑い出しそうになった。

「……ん、んん、はぁ……」

俺だって、色々考えてはみたのだ。

家族も友人もいない異世界で奴隷になってしまって、これからどうしたらいいかとか。自分の価値を上げて待遇を良くしたいとか。最初のうちはそんなことしか考えていなかった。それは確かだ。

アルベリクへの気持ちがいつからこんなことになっていたのかは、自分でもよくわからない。いつの間にか、こいつじゃないと駄目になっていた。切っ掛けは知らないが、とにかくこいつに惚れていた。他の誰でもだめだ。アルベリクじゃなきゃ。それくらい惚れてしまったからには仕方がない。それならそれで、腹を括るしかない。

アルベリクが俺のことをどう思っているかは知らない。急に価値が出たから逃したくないだけなのかもしれないし、本当に俺の望みが叶うように計らってくれるつもりなのかもしれない。あるいは俺が思っていたよりももっとがめつくて、金のことしか考えていない守銭奴の可能性だって、なくはない。直接本人に訊いたらいいことではあるが、それだって必ず本心を聞かせて貰える保証はない。こいつ、結構な狸だしな。俺なんてアルベリクの口先三寸でどうにでもなるって、彼も俺もよくわかってるから。

「ぁ……あ、ふ、んぅ」

「コウ、コウ？　君は、まさかそれは」

俺は二本に増やした指でぬるぬると腹の中をまさぐりながら、困惑しきった顔で俺を見守るアルベリクに目を細めて見せた。昨夜の余韻か、微妙に気持ちが良くて、そしてそれ以上にアルベリクを目の前にこんなことをしていることに気持ちが昂る。

「ふ、あ……、アルベリク、んぅ、そういえば、あんたって何歳なんだ？」

「え？　……二十四、だけど」

「ん、ふふっ」

なにを言われたか一瞬理解できない顔になったのが小気味良くて、俺は微かな喘ぎ混じりに笑った。なんだ、年下じゃないか。俺よりもひとつ下。そう思うと、なんだか自分が優位に立ったような気がしてくる。

アルベリクがどういう打算でいたっていい。残念な恋愛経験しかないこの美貌の男を思い通りにしたいだけなのだ、俺は。つまり、こいつが俺なしでは過ごせないようになればいいんだ。彼が俺をどう思っているか、勝手に推測して悩んでうじうじするのなんて俺らしくない。従順にしているからって舐められては困る。初対面の時にあっさり奴隷になったのは、諦めがいいからじゃない。俺は現実主義なんだ。現実的に、いまの俺にできることを考えているだけだ。

布団越しにぐちゅぐちゅと音が漏れ聞こえて、自分でも恥ずかしいと思う。だけどそれ以上に俺は、どうしていいかわからないままじわじわと情欲を滲ませ始めているアルベリクの意識を、全て俺に向けさせたかった。

「なあ、アルベリク。ん……、俺を……抱きたくはないのか」

まだ指二本どうにか入ったところだから早すぎると思うが、こういうのは勢いとその場の雰囲気だ、ということを俺は昨晩の経験で学んだ。まずは既成事実、そしてそれを繰り返させて、そのまま手放せないようにしてやる。

意識して低く囁きかけながら、ゆっくりと顔を寄せる。視線は彼の灰色の瞳に合わせたまま、瞬(まばた)きすら惜しんで、じっと見つめながら。

「……コウ……」

微かな、それこそ吐息のような声で、アルベリクが俺の名を呼んだ。その唇を視界の端に捉えたままで、俺は舌を出して緩やかに彼の下唇をなぞった。キスなんてしてやらない。それは、お前が俺にするんだ。

思っていることが伝わったのか、あるいはそうでないのか。彼の瞳に明らかな衝動が生まれたのを俺は見た。

「ん……っ！」

アルベリクの唇が震えたかと思うと、彼の腕ががばりと俺を引き寄せる。唇が深く重ねられ、意外なほど熱い舌が俺の腔内をめちゃくちゃに舐った。はぁっ、と熱い吐息がキスの合間にこぼれる。俺に乗り上げるようにしてアルベリクに抱き締められて、興奮が急激に高まる。体内の粘膜が、突っ込んだままの自分の指をきゅうと締めつけた。

長いキスを終えて、唇がゆっくりと離れる。俺を見つめるアルベリクの欲情しきった表情、そこにはもはや困惑も躊躇いもない。

ふふん、勝ったな。勝利を確信して、俺はアルベリクに見惚れながらも微笑んだ。

勝った、と思った。まずはアルベリクをその気にさせて、あとはセックスに持ち込んでしまえばこちらのものだと思っていた。その時は確かに俺が優位に立っていたはずだった。全部気のせいだっただけで。

結局、プロの手管に慣れた男には敵わなかったよ……。

「んっ、んぅ、ぁ、ああ……っ」

繋がったところからぞくぞくと快感が走る。腰が震えて、ベッドについた手や膝から力が抜けそうになってガクガクと震える。じんわり浮かんだ涙で視界がぼやける。顔のすぐ横にアルベリクの手がつかれて、そこから覗き込むようにして頬に何度もキスが落とされた。ぐぬ、と中を抉るものの角度が変わって、反射的に膝が内側へ寄る。中が締まり、耐え難いほどの快感がますますきつくなった。

「良さそうだね、コウ……」

「っひ、いい……きもち、いいからぁ……っ！」

だからそれ以上深くしないでくれ。俺はなんとか腰を振って逃げようとするが、アルベリクは易々とその動きについてくる。むしろ俺の動きを利用するようにズンと突き上げられて、悲鳴に近い喘ぎ声が上がった。これだから運動神経のいい奴は！

獲得したつもりの主導権はあっさり取り返されて、いまは動物のように後ろから挿入されている。この体勢だと思っていたよりも容易く入ってしまって動揺したが、男同士だとこっちの方が楽に入るもの、らしい。そんなこと俺が知るはずもないだろ。昨日の余韻で疼いたようになっていた内側の粘膜を硬いもので擦られるのが堪らなくて、俺はそこをひくつかせながら悶えるしかない。

「ふあぁっ、あっ、あう、む、無理、もう無理ぃ……っ」

「ふふ」

俺が泣きそうというかもはや泣いているのに、玄人慣れしているからか、アルベリクは余裕で俺の背中や首筋にちゅっちゅっとキスなんか落としてくる。

熱い掌で身体を撫でられるのが気持ちいいなんて、こいつに抱かれるまで知らなかった。腰をさすられながら重たいペニスを抽送されると、もったりとした重い快感が溜まって痺れて崩れ落ちそうになる。

上半身がベッドにべったりと伏せてしまって、腰を上げた姿勢のまま摑んで引き寄せられた。また角度が変わって、より深いところまで抉られる。

「ああっ、あ……！　ぁあ……！」

勃起してたらたらと先走りを垂らしていたペニスが大きな掌に包まれて、ぐちゅぐちゅ扱かれる。竦みあがるようにきゅうっと中が締まる。締まって絡みつく襞を無理矢理押し開くように突かれて、切ない快感で目が眩んだ。熱いものが迫り上がってきて、俺はベッドに顔を押しつけたまま射精した。

アルベリクの手の中にびゅくびゅくと精液が垂れ流される。

「ぁ……は……」

残った精液を搾るようにゆっくり扱かれ、全身が脱力する。ぐったり崩れ落ちた拍子に、中に入っていたアルベリクのペニスが抜けた。ぐちゃぐちゃに濡れたアナルが外気に触れてむず痒い。そこがひくひくと蠢くと、それだけで微妙な快感があって、俺は全身を覆う気怠さに荒く息をつきながら目を閉じかけた。アルベリクがまだ達していないのは知っているが、散々高められたせいで、射精後の倦怠感がすごすぎて言葉も出ない。つうっと開きっぱなしの唇から唾液が垂れて、それを拭うこともできないほど呆然としている。

「……ん、ふ……」

くちゅ、と熱いものがアナルに触れた。俺はべったりとベッドにうつ伏せになったままだ。もぞもぞと上半身を少しだけ捻って後ろを見ると、俺の脚を跨いだアルベリクが、握ったペニスの先を俺の尻の間に押しつけて擦っている。夜闇にひかる瞳で俺を見据えたまま、ガチガチに張り詰めたものをまるで自慰でもするように擦りつけられて、そんな姿に自分でも意味がわからないほど興奮した。落ち着きかけていたはずの呼吸が荒くなる。

ペニスの先のぷっくりした亀頭が、ぬるぬると俺のアナルや会陰に押しつけられる。中に入れられていたものを失ってひくつくアナルに入りそうになっては、ぬるりと逃げる。それがもどかしくて腰を動かしたくなるが、上から跨られているせいで動けない。もぞもぞと芋虫のように僅（わず）かに腰を振ってしまう。

「ぁ、もう、アルベリク……」

先ほどまではこれ以上の快感は受け入れられないと思っていたのに、こうして嬲られるともどかしくて堪らない。突っ込むならさっさと入れてほしいけれど、それをされたらどうなってしまうのかと思うと言葉にできない。

俺がよほど切ない顔をしていたのか、アルベリクが爛々と目を光らせたままにんまり笑った。満足そうな、それでいて飢えたけだもののような、妖艶でみだらな笑みだった。

「入れるよ、コウ」

「っは、はやく……っ」

とうとう我慢できなくなって声に出してしまった。縋るように伸ばした手でアルベリクの腕を摑んで、彼の手で支えられたものを中に押し込ませようとしてしまう。俺の行動はなんの意味もなかっただろうが、アルベリクにはもどかしさが十分に伝わったようだ。低い含み笑いとともに、待ち侘びていたものが押しつけられて、思わず息を止めた。

「……っ、……ん……！」

ぬ、ぬぐ、ぐ……。ゆっくりと、入ってくる。疼いてひくついていたそこが押し拡げられて、また少し抜かれる。ギュッと締まるアナルを亀頭でぬぷぬぷといたぶられて、ビクッと腰が跳ねる。

「や、もっと……アルベリク……！」

敏感なところを嬲られて涙が浮かぶ。抗議の気持ちを込めて睨みつけると、今度こそアルベリクが腰を進めてきた。

「あっ……あ、あ、あぁ……」

硬くて、張り詰めていて、熱い。熱くてずっしりとしたものが入ってくる。脚を閉じているからか、中が締まってきついのに、そこを無理矢理押し拡げられて、彼のペニスの形をまざまざと感じさせられる。上半身が仰け反って少し浮く。爪先がピンと伸びて震える。

「んっ！　んうっ！　んっ、は、あ、あっ、あ！」

浅いところを細かくぬぐぬぐと擦られる。じゅぼっじゅぼっと恥ずかしい音が立って、思わず脚をギュッと更に閉じようとしたところで、アルベリクが腰を動かし続けながら足を引っ掛けて開かせてきた。結合が深くなって、鋭いくらいの快感で身体が跳ねる。そこにグッと体重をかけてのし掛かられて、逃げ場がなくなった。寝バックがこんなにやばいなんて、知らなかった。

「だめっ、これだめっ、アル、アルベリクっ、ひぃ……っ！」

ちゅ、ちゅ、と首筋や頬に寄せられるキスは優しいのに、逃げ場のない快楽で苛(さいな)む動きは全然優しくない。体重をかけられるのが苦しいのに何故か気持ち良くて、中がひくんひくんと痙攣してしまう。

「んんぅ、ぁ、あ、んっ、んんっ」

そのまま唇が重ねられて、舌を吸われ、腔内を掻き回される。その間も律動は止まらない。ぬっちゅぬっちゅと酷い音が頭の中までいっぱいになって、悶える身体がどこにも逃げられなくて、爪先まで身体がピンと張り詰める。チカチカと瞼の裏に火花のようなものが散った。

「ぁあっ、だめ、だめっ、もういった、いったからぁっ……！」

悲鳴が上がる。喘ぎすぎて喉が痛いのに止められない。確かに絶頂したと思ったのに、快感は積み上がるばかりで、いっそ苦しいぐらいだ。じゅぷじゅぷと中の襞を擦られて、奥の深いところまで突き込まれて、突き当たりの狭まったところにぐりぐりと押しつけられる。

「コウ……っ」

耳許に熱い息がかけられる。アルベリクも興奮している。呻きに近い声で名前を呼ばれると、頭がくらくらする。腹の中どころか全身が痙攣して、耐え難い快感に必死で頭を振った。子どものようにいやいやと首を振って悶える。

「あっ、ああっ！　きもちい、気持ちいいっ、やだっ、んあっ、もうやだ、はぁっ、気持ちいいのっ、無理だからぁ……っ！」

シーツを摑もうとして手が滑る。ベッドに爪を立てた手に上から手が重ねられて、絡んだ指を強く握る。中がうねってアルベリクのものに絡みついている。そうやって締めつける度に快感がひどくなるのに、自分では止められない。脚を更に開かされて、爪先に力が入れられなくなる。与えられる快感を享受する以外のことができない。

「コウ、出すよ、はぁっ、中に出すからね……っ」

「……っ！」

わざと宣言されて、ぞくぞくと背中に震えが走った。欲情しきったアルベリクの声が響いて離れない。出されるんだ。中に。こいつの精液を思いっきり注がれる。このままアルベリクに押し潰された状態で、腹の中まで生臭い精液塗(まみ)れにされて、ぐちゃぐちゃにされるんだ。

想像してしまったら、もう駄目だった。

「くっ……出すよ、コウ……！」

「はぁっ、ふあぁっ、あ、ぁ、あ……あ……ぁ……」

動きを速めたアルベリクのものが深く突き込まれて、そこで痙攣する。中に出されている。熱いものがびゅるびゅると注がれている音まで聞こえてくるようだった。

「ああ……は……」

深く繋がったまま、体重をかけてのし掛かられたまま、抱き締められる。いちばん深いところで全てを出し切るまで逃がさないとでもいうように押さえ込まれて、俺のペニスもまた射精していた。そのままアルベリクが腰を緩やかに蠢かせる。びくびくと痙攣する襞が、残った精液を絞り出そうとしている。

「ん……っ」

「ぁ……まだ……出て……」

ねとねとの精液が腹の中に全部ぶちまけられている。それを実感させられて、俺は陶酔にクラクラしながら喘いだ。絶頂に震える肉襞がねっとりとペニスを味わっている。緩く腰を振られて、中に精液を塗り込むようにされると、興奮のあまり頭がおかしくなりそうだった。びくっ、びくんと、身体が絶頂の余韻に震える。

「は……、ふ、ぁ……」

しばらくふたりして荒い呼吸を繰り返しているうちに、だんだんと落ち着いてくる。中におさまったままのペニスを静かに抜き取られて、俺は満足しきったため息をこぼした。ヤバい。上手(うま)すぎる。

俺なしでは過ごせないようにしてやろうと目論んでいたのに、むしろ俺の方がアルベリクなしに過ごせなくなりそうだ。

「はぁ、はぁ……あ?」

ころんとひっくり返されて、俺はぼんやりとアルベリクを見上げた。彼の整った顔はさすがに汗だくになっていて、長い銀髪が額や首筋にはりついている。つう、と彼の首を汗が流れ落ちて、そんな姿まで色っぽく美しいものだから、ついつい見惚れてしまう。

「コウ、こっちにおいで」

額の汗を拭ったアルベリクに引き寄せられる。脱力しきった身体を動かすのが怠く、されるがままになっていると、そのままアルベリクが覆い被さってきた。夜の闇にも輝いて見える銀髪が首のあたりにはりついているのがなんとも妖艶だが、俺はそれどころではない。

「……は!?」

えっ、嘘だろ。いま終わったところじゃねえか。目を丸くしてアルベリクを見る。灰色の瞳は未だに爛々とひかっていて……えっ。

「コウ、もう一度……」

「ちょっ……」

抗議しようと開いた唇を唇で塞がれて、押し返そうとした手に指を絡めて握られる。嘘だろ。なあ、頼むから冗談だと言ってくれ。縋る目線を向けた先ではアルベリクが艶っぽく微笑んでいて、太腿に熱くて硬いものが押しつけられた。ゴリ、と硬いものが、早くも勃起している。

「誘ったのは君だろう、コウ」

つう、とひと筋の汗がアルベリクの褐色の肌を滑っていく。それが堪らなく妖艶で息を呑んだ……が、見惚れている場合じゃない、限界なんだ、俺は！

「んむっ、むり、ほんと、無理だからぁ……っ！」

俺の悲鳴が夜の寝室に虚しく響き渡った。

# 25

「言っておくけど、俺は性奴隷になったつもりはないからな。それはそれ、これはこれだ」

凄まじい疲労感で落ちそうになる瞼を無理矢理上げて、俺は膨れっ面でアルベリクを睨んだ。休んでいいよと言われても困る。セックスして寝て起きてセックスして、なんて生活になったらそれこそ本当に性奴隷じゃないか。

身体で誘惑したのは俺だが、あれからまさかの二回戦に挑まれてしまい、疲労困憊のまま朝を迎える羽目になった。まだ不慣れとはいえさすがにもう初めてではないし、覚悟もしていたが、それでも疲れるものは疲れる。アルベリクがわざわざ寝室まで運んできてくれた朝食をとる手が止まりそうになるが、ここで耐えなければまたしても子どもたちに心配をかけてしまう。俺はのろのろと手を動かし、パンをちぎって口に放り込んだ。

「ごめん、やりすぎた」

「……あんた、前も同じようなこと言ってなかったか？」

それとも、俺の記憶違いだろうか。朝食を運んできてくれたのは助かるけれども、こんな状態であの元気いっぱいの子どもたちの相手ができるか不安だ。俺だってやる事があるんだから、ちょっとは後のことを考えてほしい。誘惑したのは俺だけれども！

「で、今日は領主様のところへ行くんだっけ」

いつまでもぐちぐち言ったって仕方ない。十分に文句を言ったので、俺も気持ちを切り替えることにしてお茶に口をつける。温かいお茶が疲れた身体に沁み渡る。

「うん、リシャールが会いたがっていてね。当面は何度か訪問することになりそうだ」

「ん」

特について来いとは言われなかったので、俺は店で子どもたちの勉強を見てやればいいだろう。掛け算割り算を教えたいし、この先本格的に雪が積もった時に室内でできる遊びも増やしたい。あと、アルベリクが買ってきてくれた童話の本もあるから、それを読み聞かせてやってもいい。

いつもの外套を羽織るアルベリクを眺めながら計画を立てていると、アルベリクが心配そうに俺を覗き込んできた。掌が腰に添えられて、そっと撫でられる。

「本当に平気？」

「だっ……」

かあっと顔が赤くなる。そういうことを訊かれるのが一番恥ずかしいって、こいつにはわからないのか。まあプロしか相手したことなかったって言ってたし、わからないのかもなあ。

「平気だから！　さっさと行ってこいよ！」

椅子に座ったまま、ぐいぐいとアルベリクを押す。ふふっとアルベリクが笑い出した。

「それだけ元気なら大丈夫そうだね。じゃあ、行ってくる」

ぽんぽんと頭を撫でたアルベリクが部屋から出て行くのを見送って、俺はため息をついた。眠い。ものすごく眠い。だが眠気に負けるわけにはいかない。

食べ終わった朝食の盆を持って一階へ下りる。同じく朝食を済ませたばかりのフェリシアンとジスランが俺を見つけて駆け寄ってきたので、三人で並んで食器を洗った。だんだんと冷えてきたので、水が冷たい。ひんやりする手を子どもたちと握り合って温めていると、それだけで気持ちが癒されて皆で笑顔になった。

一日を子どもたちと過ごして、九の鐘の後は皆で店の掃除を手伝う。子どもたちの自由時間を利用して、分けてもらった木片と小刀で新しい玩具の制作を進める。

アルベリクは夕食も済ませてくるとのことだったので三人で夕食を囲み、寝支度を整えて子どもたちの部屋へ向かった。

「それじゃあ今日は新しいお話を読もうか」

「なんのお話ですか？」

「騎士様は出てくるかなあ」

どうやらこのふたりはオリヴィエから騎士団の話を聞かせて貰っていたらしく、すっかり騎士にご執心だ。俺としてもあのふんわりしたオリヴィエが騎士団でどう過ごしているのかは別の意味で気になるところだから、今度機会があったら聞かせて貰いたい。

「今日の物語は……竜の乙女だ」

ふたりをしっかりと布団に包んで、童話を読む。

本は高価なものなので、童話は少ないうえに、挿絵もない。そもそも子ども向けというほど子ども向けでもない。絵本があればいいのにとは思うが、ただでさえ一冊一冊を手作業で書き写すのに、子ども向けの本をつくるのはコストが嵩みすぎるのだろう。俺もあまり本が手に入らないことは不満だったので、誰か印刷業で革命を起こしてくれたらいいなとは思うが、思うだけで当然ながら俺に印刷機の知識なんかない。俺のはなんちゃって知識チートだからな……。ガチの専門知識なんか持っていないのだ。いつか本物の発明家が解決してくれることを願っておこう。

竜の乙女といえば、確かリシャールが話に出していたような気がする。俺も気になっていたので、興味津々で目を輝かせる子どもたちと気持ちを同じくして読み始めた。

「むかしむかし、森を抜けて山を越えた先に、洞窟と隣り合った泉があり、その泉の底には竜が棲んでいました……」

竜の名はクエレブレ。獰猛で、好戦的で、人間を見ると力を試そうと襲いかかってくる凶暴な竜だ。高潔な騎士たちが何人もクエレブレに挑んだが、竜はすべての戦いに勝ってしまう。そのため、その泉には誰も近づかなくなった。

ある時、そこへ望まぬ結婚を強いられそうになった乙女のシャナが逃げてくる。彼女は周りの誰よりも明るい肌の色をしており、顔立ちも歌声も美しく、そのうえ心まで清らかだった。彼女はその美しさを狙われて権力者から強引に迫られていたのだ。髪を短く切って神に仕えようとしたけれども、逃げ込んだ教会にまで力尽くで押し込まれ、いっそそれなら泉の底の竜に殺されてしまおうとやってきたのだ。シャナの心情が切々と語られる。

「シャナ、かわいそう……」

ジスランが布団を握り締めて涙ぐんでいる。俺は苦笑して彼の頭を撫でながら、ぱらりとページを捲(めく)った。

泉の竜、クエレブレは久しぶりにやってきた人間に喜んで勝負を挑もうとしたが、現れたのは見たこともないほど嫋(たお)やかな乙女のシャナだ。クエレブレはすっかりこの乙女に一目惚れしてしまい、彼女を追ってきた求婚者たちを蹴散らそうと提案する。シャナは人の命を奪ってはならないと竜を諭し、竜は彼女の願いを聞き入れて人間たちを退けるだけに留める。彼女を追っていた権力者も竜を敵にすることを恐れて帰っていった。

感謝するシャナに二度と人間を殺さないと約束したクエレブレは、その想いを受け入れられ、そうして泉には平和が戻ってきた。

「竜と結ばれたことで妖精になったシャナは、いまでも時々泉のそばの洞窟で美しい歌声を響かせているのです。……おしまい」

「よかったです」

ほっと胸を撫で下ろしているジスランを撫でてやって、俺は本を閉じた。子どもたちはすっかり物語の世界に感情移入していて、フェリシアンなどは話が終わっても目を閉じて情景を思い浮かべているようだ。

そのフェリシアンがふと目を開けて、あっと驚いた顔をした。

「竜の乙女って、すごーく明るい肌の色をしていたんでしょう。コウさんみたいだ」

「ほんとだ。髪を短く切ったシャナみたいだ！」

「いや、ないだろ。男だぞ俺は」

これでも日本にいた時はかっこいいって言われてたんだぞ。ふたりに言っても伝わらないだろうが、クール系イケメン俳優にちょっと似てるって言われていたんだからな。

乙女に喩えられるのは心外で、反射的に否定すると、ムキになっているのが面白かったのか子どもたちが笑い出してしまった。釣られて俺も笑いながら、子どもたちとの時間は和やかに過ぎていった。

# 26

あれから季節はすっかり冬になり、街は降り積もる雪で真っ白になった。氾濫も無事に乗り切ったため、当面は魔獣の懸念もなく平和なものだ。

この辺りは夏場が比較的涼しくて過ごしやすい代わりに、冬の雪がそこそこ深い。俺たちの生活はそれほど変化していないが、暖かい暖炉の前に集まることが多くなった。それに、雪で狩りが難しくなったため、食べ物は保存食の割合が増えてきている。塩漬けの肉や燻製などだ。葉物の野菜は作れないので、根菜も増えた。たまのデザートは干した果物やジャムなどだ。缶詰の技術があったら冬でも果物が食べられるだろうけれど、俺も詳しい製法はよく知らない上に、金属の加工技術もたぶん追いついていなさそうだから、ちょっと難しいかな。

俺とアルベリクの関係は、変わったようであまり変わっていない。以前と同じように毎晩一緒に眠り、時々セックスをする。枕元の植物油脂のハンドクリームは、その用途に適したもっと高級なものに置き換わった。あとはお互いいつも通りだ。実質付き合っているようなものだし、あれからアルベリクが売る売らないの話を持ち出してこなくなったので、俺はこれでもいいかなと思っている。セックスにまで謎の才能を発揮するアルベリクのせいで、俺はとっくにあいつなしには過ごせなくなっているが、あいつも同じことを感じていればいい。

結局俺を売るのか売らないのかだけでもはっきりしてほしい気持ちはなくもないが、冬の間は基本的に人間の移動がないので、奴隷の売り買い自体もほぼ行われないのだそうだ。成人の借金奴隷担当から聞いた。だから、アルベリクの態度が煮えきらないことについても、冬の間だけは目を瞑っておくつもりだ。

エフェメール商会は秋から冬にかけての書き入れ時で随分と売り上げを伸ばした。勿論、俺の提案したスヌードや希望の塔は価格が控えめなこともあってよく売れた。それらの成功に味をしめた俺は、引き続き木工品の玩具の開発に勤しんでいる。とりあえずけん玉はできた。シンプルだし、この地域の木を使えるし、商会内での評判はなかなかいい。問題は俺が不器用なせいで、自分で作ったくせにけん玉が上手くできないことだろうか。

「そこそこ安価で作れるのがいいね。庶民の玩具にちょうど良さそうだ」

カツン、コツン、と音を立てて、アルベリクが次々と玉を飛ばしては大皿で受けたり小皿で受けたりする。俺はそれを恨みがましい目で眺めた。わざわざアルベリクと寝床を分けてまで自室で何日も練習してから披露したのに、見せたその場であっさり真似されたのが悔しくて堪らない。俺は玉を大皿に乗せるのが限界だったのに。だが、俺の方が一歳年上なのに文句を言うのは大人げない気がするし、子どもたちの手前もあるので、じとーっと睨むしかできない。

「……売れそうだったらよろしく」

低く呟いて、俺は目を伏せてけん玉で遊ぶアルベリクの顔を眺めた。色んな技があるとうろ覚えの知識を話して聞かせたこともあり、結構熱心にそれらの技に挑戦している。そうやって真剣な顔つきをしているとその美貌がますます冴え渡るようで、まあ顔を眺める分には楽しくないとは言えない。

でもやっぱり上手くできないのは悔しいので、けん玉はアルベリクに任せて、次だ、次。

「アルベリク様っ、俺も！　俺もやってみたい！　です！」

キラキラと目を輝かせたジスランが待ちきれなくなってぴょんぴょん跳ねる。フェリシアンは大人しく順番を待っているが、羨ましそうな顔をしているので、やはり新しい玩具に飢えているのだろう。けん玉なんて木工職人にかかればあっという間にできるものなので、是非ふたりの分も早いとこ作らせてほしい。

「ちゃんと譲り合って遊ぶんだよ。喧嘩（けんか）しないで遊べたら、近いうちにふたりぶん作らせるからね」

「はいっ！」

珍しくフェリシアンの方が大声で返事したので、つい噴き出してしまった。子どもたちの純真さに、アルベリクも笑顔になっている。

「ほかにも考えているんだろう？　試作品はできたかな」

「できたよ。ほら。これをこう積み上げて、一番上のやつを落とさないように、下のを木槌（きづち）で叩いて抜くんだ」

早速けん玉で遊びだした子どもたちを横目に、アルベリクが俺の手許を覗き込んでくる。俺はちょうどガリガリやっていた小さな木槌もどきを削り終えたところで、ちょっとわくわくしながら、出来立てほやほやのだるま落としをテーブルに置いた。

「これは……なんの生き物かな……？」

アルベリクが不思議そうにだるまの顔を眺める。試作品にまで塗料を使うのは勿体ないので、インクで適当に描いた顰めっ面が、積み上げた円柱の一番上に乗っている。

「生き物っていうか、達磨（だるま）っていうおっさん……？」

「おっさん」

ポカーンと俺を見るアルベリクに、俺はうろ覚えの知識をどうにかこうにか掘り起こしながら説明を試みた。

「ええと、達磨和尚？　大師？　は高名な宗教者で……、その宗教では座って瞑想なんかをするものなんだけど、この人はその中でも特にすごい人で、何年も動かずに瞑想しているうちに手足が腐って取れちゃった……？」

あれ、言葉にして説明するといきなりグロくないか。達磨ってそんなグロかったっけ。自分で言いながら困惑した俺がアルベリクを見やると、彼はドン引きした顔をしていた。

「……手足が腐り落ちた人を叩いて落とす遊び……？」

いや言葉にされると残酷すぎないか。突然のホラーじゃねえか。なんかこう、完全に間違っているわけではないはずなのに、なにかが間違っている気がする。でも達磨が手足を失ったからこそ、あの赤いだるまさんには手足がないんだし。しかしそう考えたら、目を片方だけ描いて願掛けするのもなんだかグロく思えてきた。絶対もっとマシな理由があるんだろうけど、ここでネット検索なんてできるはずもない。頼むから、誰か俺の知識を訂正してくれ。

俺はしばらく唸ってから、諦めてゆっくりと首を横に振った。

「ごめん。多分俺の知識が色々抜けてるせいで変な説明になった。達磨のことは忘れてくれ」

「うーん、とりあえず、一番上はダルマ？　という人以外のものにしようか……」

そうだよな、異世界の文化だから来歴も説明しづらいし。

俺はアルベリクと顔を見合わせて苦笑した。アルベリク、あんたまだちょっと引いた顔してるぞ。

異世界の遊びはそんなにホラーじゃないんだからな。多分。だるまさんがころんだ……いや、俺はなにも思い出さなかった。

後日、だるま落としは桃っぽい柔らかい果物の木が描かれることになり、木を叩いて低くして果実を手に入れる遊びになった。

# 27

冬の間は雪で往来が難しいため、店に来る客も少なくなる。保存が利く商品の仕入れは雪が本格的に積もる前に終わっているので、仕入れのために街の外へ出ることもなくなった。代わりに、時々は店頭に立たせて貰っている。

今日も、午前中は子どもたちに勉強を教えて、午後からは店番だ。アルベリクはあれからちょくちょく領主のもとに滞在しているリシャールを訪問しており、いまもこれから出掛けるところだった。

「結局、冬じゅう滞在することになったのですよね」

「そうだね。今年は雪の降り始めが例年より少し早かったから、出立（しゅったつ）が間に合わなかったというのもあるけど」

店先で迎えの馬車を待つアルベリクと、外を眺めながら会話する。いまも雪ははらはらと降っていて、このまま降り続けたら今夜もたくさん積もりそうだ。

道では男たちがせっせと雪かきをしており、外気はひんやりと冷たいのにもかかわらず、彼らの額には汗が浮かんでいる。雪かきは重労働なのだが、この辺りでは冒険者たちが冬の間の食い扶持（ぶち）として引き受けてくれるのだ。

「うちもそろそろ雪かきを頼んだ方が良さそうだね。ベルナール、悪いけど後で依頼を出しておいてくれるかな」

「ええ、承知しましたとも」

ベルナールがにこにこと微笑む。そこに馬車が到着した。

「じゃあ、行ってくるよ。夕食までには戻るからね」

「行ってらっしゃいませ」

ベルナールと俺、店番のふたりで走り去る馬車を見送る。ベルナールは客がいないのを見計らうと、道の向こうで雪かきをしている冒険者たちに声を掛けに行った。こうして見かけた冒険者に話しておけば、彼らがやらないとしても、他の人たちに依頼があることを伝えて貰えるのだ。

「いや、寒いですな」

戻ってきたベルナールが店の前で靴についた雪をトントンと叩いて落とす。俺は常備されている箒(ほうき)を持って近づいて、わずかに散った雪をサッと掃き出した。

「いまも結構冷えますけど、どれくらいまで寒くなるんですか?」

「そうですな……年が明けてからひと月ほど経つと、大概大きな雪嵐になります。そこが最も冷えるのですが、春の前触れと言われていましてね。嵐が過ぎればすぐに春が来ますよ」

「なるほど……」

俺は感心して頷いた。こんなに雪が積もる地域に住んだことがなかったので、雪が降っているというだけで結構物珍しく感じる。まだまだ冷え込んで雪が積もるなら、ニュースでしか見たことのない雪まつりのようなこともできそうだ。ここの人たちの生活にそれほどの余裕があればの話だが。

そうしてしばらく客のいない店内で雑談していると、外から人影が近づいてきた。それに合わせて自然と雑談が止まる。

「いらっしゃいませ」

「おう、久しぶりだな、コウ」

バサバサと店先で外套から雪を払い落としながら顔を上げたのは、久しぶりに見るデジレだ。エマニュエルも一緒で、同じく全身鎧(よろい)から雪を落としている。顔見知りではあるので、ベルナールが案内を俺に任せ、箒を持って雪の掃き出しに向かってくれた。

「どうぞこちらへ。本日はなにをお求めですか？」

店舗部分に暖房は入っていないが、奥では暖炉に火を入れているので、奥まで入って貰った方が暖かい。冷えた手を擦るデジレと鎧のままのエマニュエルに向けて、俺は用向きを訊ねた。

「はぁー、コウは可愛いな。性奴隷とは言わねえから、俺と結婚すりゃいいのに」

しみじみとデジレが言うので、ちょっと笑顔が引きつった。なんなんだ突然。表情にも出ているだろうが、内心で少し引いていると、エマニュエルが鎧越しに苦笑したようだった。

「俺たちは毎年冬にはもっと雪の少ない南の街へ移動するんだが、今年は雪が早かったから逃げそびれてね」

「逃げる……？」

首を傾げたところ、エマニュエルが詳しく説明してくれた。なんでも、デジレを追いかけ回している恩師の娘が、冬なら逃げ場がなくなるだろうと頑張って迫ってくるのだそうだ。例年はさっさと街から逃げ出していたが、今年は逃げそびれたのもあり、毎日のようにやって来るのでデジレがすっかり困り果てているのだという。

その話を聞いて、俺は納得してしまった。そういえば前にもその話を聞いたのだった。確か、コレットという名の可愛い女の子だとか。

「おい、エマニュエル。やめろよな……あいつは妹みたいなもんだっつったろ」

デジレの咎める声にも力がない。妹のように思っているなら、猶更邪険にもできなくて困っているのだろう。見上げるほど大きな図体をしたデジレが困り切っている姿はなんだかコミカルで、俺は彼に悪いとは思いながらもちょっと微笑んでしまった。デジレが唸りながら、幾つもの三つ編みにされた髪が乱れるのも構わずに、ガシガシと派手な金髪の頭を掻く。

「あーやめやめ。コウ、今日は雪かき道具を買いに来たんだ。置いてるだろ。ふたつくれ」

「はい、ありますよ。すぐお出ししますね」

ここでの名称は違うが、雪かき用の幅広のスコップを店内の棚から下ろして差し出す。

「あとは鉈と手斧かな。それもふたつずつ頼むよ」

「はい」

冒険者たちは、雪かき以外に薪集めも行い、薪の足りなくなった家や店に売る。これらの道具は冒険者たちの冬越えのためにギルドでも貸し出しを行っているが、使い古されたものだし、借りている間に壊れると全額ではないものの弁償が必要になる。そのため、懐に余裕のある冒険者は新品を買って、冬が終わるとギルドに買い取って貰うそうだ。そしてそれがまた次の冬に貸し出されるという仕組みで、うまく回っているのだ。

「じゃあな……」

「ありがとうございました。またお越しください」

店先まで見送りに行って、ぺこりと頭を下げる。デジレはよほど恩師の娘に参っているのか、軽く手を振っただけでエマニュエルと連れ立って去って行った。彼が俺の顔を撫で回さなかったのはこれが初めてではないだろうか。エマニュエルにも肘鉄を食らっていなかったし。珍しいものを見る気持ちで見送りを済ませたところで、ベルナールが奥からお茶を持ってきてくれた。

「ありがとうございます」

「どういたしまして」

温かいお茶が美味しい。まだ当分は次の客も来ないようなので、俺はベルナールとふたり、雪かきを眺めながらのんびりお茶を楽しんだ。

# 28

年末年始といえば、どこでも年越しや年明けを祝うものかと思っていたが、ここではそういった習慣はないらしい。意外に思ったが、雪の降る地域では冬を越すこと自体がそもそも難しいので、そんな行事をする風習が培われなかったのだと聞かされた。もっと南の方の、雪の降らないような地域の国々では、年越しや年明けを祝ったりするそうだ。ここではどちらかというと春の到来とか秋の収穫の方がお祝いごとなのだとか。

「お邪魔します」

「オリヴィエさん、ようこそ。夕食、そろそろ出来上がるそうですよ」

「それは楽しみです」

アルベリクとベルナールの手伝いをしているところに、オリヴィエがやって来た。この辺りの習慣で、冬場は薪や食材の節約を兼ねて、誰かの家に集まって食事をすることがちょくちょくある。俺が年末年始の行事について訊ねたからか、アルベリクがベルナールたちを年末のこの日に合わせて呼んでくれたのだ。食材にも余裕があるということなので、普段よりも贅沢な食事にしてくれるそうだ。少し申し訳ないような気もするが、結構楽しみである。

料理は得意なふたりに任せて、俺とオリヴィエは食卓の準備をする。ここの厨房はそれほど大きくないので、成人男性がふたりも入るとそれ以上はやや厳しいのだ。

せっかくなのでちょっといいクロスをテーブルにかけて、燭台に火を灯す。カトラリを並べていると、腕捲り（うでまく）りした両手に大皿を持ったアルベリクが厨房から出てきた。

「ふたりとも、それを並べ終わったら子どもたちを呼んできてくれるかな？　あとは座って待っててくれればいいから」

「もう来てます！」

「いい匂い！」

ひょいと顔を出したのはフェリシアンとジスランだ。ふたりとも、今夜はちょっとしたご馳走だと聞いてからずっとそわそわと食堂を覗きに来ていたのだ。

「フェリシアン、ジスラン、さあこっちへいらっしゃい。私の隣に座りませんか」

「はあい！」

オリヴィエが破顔して子どもたちに手招きをする。なんだかそれが微笑ましくて、俺まで釣られて笑ってしまった。以前も何度か子どもたちを見てもらうこともあったが、彼は結構な子ども好きなのではないだろうか。そう思って訊いてみると、オリヴィエは一瞬キョトンとした顔になってから、照れくさそうに微笑んだ。

「いえ、私がこのくらいの年齢だった頃は最悪のクソガキだったので、この子たちを見ていると純粋さが本当に可愛く思えてしまうんですよね」

「へ……」

クソガキって聞こえた気がするけど、聞き間違いかな。呆気（あっけ）にとられて言葉を失っていると、ちょうどスープを運んできたベルナールがポンとオリヴィエの肩を叩いた。

「オリヴィエ、言葉が乱れていますよ」

「あっ本当ですね。ごめんなさいね」

口許に手を当ててころころと笑うオリヴィエは、そういえばアルベリクに見た目だけは優しげだけど、と言われていた。見た目と中身にかなりギャップがある人なのかもしれない。まあそれに、いくら嫋やかな風貌をしていようが彼も男性、小さい頃には多少はやんちゃもしていておかしくはない。

「さ、食事にしようか」

アルベリクがメイン料理の皿を皆に配ったところで、食事が始まった。配膳役はいないので、すべての料理を食卓に並べているのがなかなか壮観だ。子どもたちが早速夢中になって食べ始める。勢いよく食べたいけれど、マナーを守ろうともしているため、競歩でもしているかのような動きがコミカルで可愛らしい。

「美味しい……あれ、アルベリク様、これって」

こんな真冬にどうやって手に入れてきたのか、鹿肉料理に俺は驚いた。これは確か、魔獣の氾濫前にアルベリクが作ってくれると話していた料理ではないだろうか。実際に食べてみた味が、以前説明されたものに似ている。

「あの時はほら、魔獣の氾濫があって、結局作っている暇がなかったからね」

「……嬉しい。ありがとうございます」

当時それどころではなかったのは誰もが知っているし、俺だって気にしていなかった。それをこうして気にかけていて貰えたのが嬉しくて、俺は少しばかりはにかんでしまった。

いきなり俺が顔を赤らめたからか、ベルナールとオリヴィエの視線が俺に集中する。それが恥ずかしくて、俺は慌てて別の話題を出した。

「あっ、あのっ！　ベルナールさんとオリヴィエさんの馴れ初めってどんな感じだったんですか」

ああ……と嘆息でもしそうな表情で、ベルナールとアルベリクが視線を交わす。え、それってどういう感情なんだろう。オリヴィエだけはにこにこと笑いながら、うんうんと頷いた。

「そうですよね、気になりますよね！　私がいかにしてベルナールを手中に収めたか！」

「え、ええ……」

なんだか表現がおかしい気がするが、馴れ初めについて訊きたかったのは事実なので曖昧に肯定すると、ベルナールが深いため息をついた。

「オリヴィエとは、当時十四歳だった彼が、アルベリク様の父上であるロジェ様から財布を掏ろうとして、それを私が捕まえたのが出会いです」

「えっ」

「しかも女装していたよね、オリヴィエ。最初は可哀想な女の子の演技をしていたのに、見抜かれた途端、女の子の姿で裾を蹴り上げて暴れるから大変だったよ……」

ちょっと待ってくれ。情報量が多くて処理しきれない。彼が？　オリヴィエが？　いまはきちんとした騎士団に所属していて、子どもたちに優しくて、見た目が保育園の先生みたいなこのオリヴィエの話をしているんだよな？

「暴れるわ口汚く罵るわ、とんでもないクソガキだった……」

アルベリクまで疲れきったような顔でしみじみと言うものだから、冗談でもなんでもないのだろうが、予想の斜め上すぎて度肝を抜かれてしまった。

「ふふっ、懐かしいですね。それでベルナールに懇々と諭されているうちにすっかり惚れてしまったんですけど、ベルナールったら全然相手にしてくれなくて」

「どうしたらベルナールが成人もしてない子どもを相手にすると思えたのか、その方がずっと不思議だけどね……」

「へ、へえ……」

深々と嘆息するアルベリクと、楽しげなオリヴィエの姿が対照的すぎる。どうコメントしたらいいかもわからなくて曖昧な顔をしていると、オリヴィエが大切な思い出を振り返るような表情で更に語りだす。

「あの頃は私もやんちゃでしたから。よくアルベリク様に目潰しをしようとしたり、石を投げたり」

いや本当にどういうことだよ。それってやんちゃの部類でおさまるのか？　そもそもアルベリクのこの美貌に対して目潰しって……。俺は目を白黒させて思わずアルベリクを見てしまった。いや無事に済んだからこそ今でもこんなに美しいんだろうけど。

「いや、もうこの辺りにしておこう。子どもたちへの教育上よくない」

「ええ、そうですな」

アルベリクとベルナールの考えが一致して、直ちにオリヴィエの過去話は止められた。俺としてはものすごく気になるのだが、確かにこれはフェリシアンとジスランの前でしていい話ではない。オリヴィエもそれには納得したのか、小首を傾げて子どもたちへ微笑みかけた。

「ごめんね？」

完全に自分の容姿をわかっていて使いこなしている仕草だった。なるほど、これはベルナールも手を焼いたはずである。いやー、オリヴィエへの印象かなり変わっちゃったな……。

「ううん、よくわからなかったから……」

フェリシアンもジスランもそう言っているが、空気を読んで合わせてくれているのがわかる。まあふたりともよくできた子たちなので、後でオリヴィエの真似はしないように話しておけば大丈夫かもしれない。絶対参考にして欲しくない生き方をしてきている感じがすごい。

「コウくんには、後で詳しくお話ししますね」

「あ、ありがとうございます」

「……あー、ところで、先日話していた木工玩具の件だけど……」

「ああ、コウくんが考えてくれた新しいものですな」

全然懲りてなさそうなオリヴィエに任せられないと見たのか、アルベリクとベルナールが足並みを揃えて別の話へ舵(かじ)を切った。とにかく話を逸らしたくて俺も慌ててその話に乗る。木工玩具の話なら子どもたちも興味津々だ。ちょうど冬の間の内職として木工職人たちやその見習いたちに引き受けて貰えたということもあって、玩具の開発はなかなか好調なのだ。

普通の調子を取り戻した俺たちはやがて食事をあらかた終えて、食後のデザートを皆で作った。雪と塩で作る、簡易アイスクリームだ。子どもたちが大喜びでぐるぐるかき混ぜているのが可愛くて、皆で交代しながら全員分を作った。特別にジャムまで添えて皆で食べたアイスクリームの素朴な味は、温かなひと時のいい思い出になった。

ちなみに、子どもたちが寝静まってから、オリヴィエたちが詳しい馴れ初めを話してくれたのだが、ますます現在の彼とのギャップが深まったとだけ言っておく。

年が明けてふた月ほど経つと、だんだんと日が長くなってきた。

木こりや木工職人たち、その見習いなどへ、内職がわりに制作を依頼したけん玉とだるま落とし的な玩具は、年明けからそれぞれ販売を開始した。これらも庶民向けに価格を抑えたところ売れに売れた。特にけん玉はさまざまな技を考えて遊べる自由度もあり、冬場は雪に閉ざされてしまうこの街ではなかなかの流行になっている。

そのうちけん玉大会でも開催されるんじゃないか、と話したところ、意外なことにアルベリクが乗り気になって、春にコンテストを開催することにしたらしい。店頭に告知を貼ったところ、口コミで思いのほか広がったらしく、けん玉はますます売れて、いまは在庫が足りないくらいだ。

だるま落とし的な玩具も好評だ。この辺りでは木材が名産なだけあって、木を切るという設定が喜ばれている。制作を依頼した木こりのひとりから、子どもがすっかりそれを気に入って、大きくなったら自分も木こりになると言い出したのが嬉しかったという話も聞かせて貰った。俺はというと、何故か猟奇的になってしまった達磨のエピソードと共に、アルベリクの不可解な表情を思い出してしまうため、毎回あの玩具を見ると少し笑いがこみ上げてくる。

これらの玩具は、春になればほかの街や領地にも売り出していく予定だ。

その春もそろそろ近づいてきている。いつか聞いた、春になる前の雪嵐が今夜にでも到来しそうで、外の天気はだいぶ不穏だ。風が強く、分厚い窓ガラスがガタガタと音を立てている。ここのガラスは厚いわりに技術的にはまだそれほど頑丈ではないので、俺はヒヤヒヤしっぱなしだ。いきなり割れたら怖いだろ。

しかも夜になるにつれて風は強さを増し、雪がごうごうと渦巻いているのだから、初めての雪嵐を体験しつつある俺は気が気ではなかった。

「コウさん、おやすみなさぁい」

「おやすみ、フェリシアン、ジスラン」

貧村育ちのフェリシアンとジスランは、毎年の雪嵐をここよりもっと小さくて建て付けの悪い家で過ごしてきたこともあり、ガラスや建物の軋み(きし)にもまったく動じていない。落ち着かない気持ちでどうにか物語を読んでやった俺は、ふたりに就寝の挨拶を済ませると、いそいそとアルベリクの部屋へ向かった。真っ直ぐ布団に潜り込んで、燭台の明かりで帳簿を読んでいたアルベリクにぴったりと身体を寄せる。

「どうしたの？　怖い？」

いつもの俺なら、アルベリクが帳簿か本を読んでいる時は邪魔しないようにしているので、普段との違いにすぐ気づいたのだろう。アルベリクが優しく問いかけてくる。

「……この建物、壊れたりしないよな」

ひとりだけ怖がっているのは少し恥ずかしいが、どうしても不安でついつい確認したくなる。アルベリクは帳簿をサイドテーブルに置くと、俺を引き寄せて頭を腹の辺りに乗せ、背中を撫で始めた。

「毎年、雪嵐の時は風も強いし雪もかなり降るけど、それで潰れたり壊れたりする家は滅多にないよ。みんな雪には慣れてるからね」

「そっか……そうだよな……」

俺はアルベリクの腹に顔を寄せて、腰に腕を回して抱きつく。アルベリクが俺の手を上から握り、親指でゆっくりと手の甲を撫でてくる。

「子どもたちはもう寝た？」

「うん。ふたりとも平気そうだったし、今頃はぐっすり寝てると思う」

そのやり取りを皮切りに、俺たちはぽつぽつと話をした。主に過去の話だ。冬が明けてからの話や、春になってからの話は、不思議と出てこなかった。

「……はは、あれは面白かったね」

「アルベリクは笑いすぎだ。俺は全然この辺の常識を知らないんだからな」

面白かったエピソードについて話し合い、ひとしきり笑い合ったところで、ふと会話が途切れた。静かで、でもどこか心地よい沈黙。

外ではびゅうびゅうと風が唸り、窓の外は雪が室内の明かりを受けて白い。アルベリクの体温は温かく、見上げるとびっくりするくらい優しい眼差しで微笑まれた。こうしてふたりでいるのが、やっぱり俺にはしっくりくる。奴隷だとか持ち主だとか、あるいは異世界人だとか。そういう定義は、こうやってくっついている間だけはどこにも存在しなくなっているように思える。

ずっとこうしていたい。この冬が終わっても、次の冬も、その次の冬も、雪で建物が潰れないかと心配して、その度にアルベリクに大丈夫だと言ってほしい。

「なあ、アルベリク」

「うん……？」

俺はアルベリクの灰色の瞳を見つめた。出会ってからまだ一年も経たないけれど、それでもどれだけ見つめても飽きない、透き通るような色の瞳。灰色のはずなのに少しだけ青みがかったような色合いの目を覗き込んで、俺はそっと囁いた。

「俺、あんたが好きだよ」

言葉はごく自然に出てきた。いまここで言おうと思ったわけでもなく、だけど隠すつもりもなかった。ただ予定調和のように、するりと言葉がふたりの間に着地していた。

「コウ……」

アルベリクは、嬉しいのだか嬉しくないのだかよくわからない、複雑な表情を浮かべた。彼には彼の葛藤があるのだろうと察して、俺は少し微笑んだ。

「いいんだよ。……俺がそう思ってるって、覚えてくれてたらいいから」

俺はもぞもぞと伸び上がり、ベッドのヘッドボードに背中を預けたままのアルベリクの肩を支えにして、彼の唇に軽くキスをした。セックスの絡まないキスは、実はこれが初めてだった。

「おやすみ、アルベリク」

それから、またもぞもぞと布団に潜り込む。目を閉じてとろとろと眠りに落ちかけたところで、やっとアルベリクの声が遠く聞こえてきた。

「……おやすみ、コウ」

それが、冬の最後の雪嵐だった。

# 30

雪嵐が過ぎると、その夜を境に気温はどんどん上がり、雪もほとんど降らなくなった。時々思い出したように冷える日もあるが、季節は明らかに春へ向かいつつある。太陽が出ている時間も長くなり、店の中庭の雪を端に寄せると地面からは新芽が出てきていた。

　俺は年明けだからと羽子板を作ろうかと思ったのだが、バドミントンのような遊戯はもともとあると聞かされたので、方向性を変えて縄跳びを作ってみた。紐さえあれば出来る遊びなので、むしろこの世界になかったのは意外だった。担がれてるのではないかと疑う気持ちもあったけれど、アルベリクやベルナールが素直に感心していたので、本当に存在しなかったのだろう。子どもたちは中庭でも気軽に使える遊具に大喜びだ。俺がこの調子で色々と元の世界の遊びを持ち込んだら、エフェメール商会はそのうち玩具屋になってしまいそうで、想像して少し笑ってしまった。

　領主の許に滞在していたシャレット公爵家の次男、リシャールも、そろそろ自領への出立を予定しているらしい。アルベリクは冬の間もたびたび彼を訪問していたが、そうすると今回かその次が最後になりそうだ。

「それじゃあ行ってくるよ」

「行ってらっしゃい」

　アルベリクを送り出すため、ベルナールと共に店先に立つ。領主の馬車に乗り込んだのを見送って、俺はこれから店番だ。

アルベリクに告白してから一週間ほど経つ。彼は時折物言いたげに俺を見ていることがあったが、はっきりとした返事はまだない。俺の心情的には早く返事がほしいけれど、急かしたところで俺に都合のいい答えが出るとは限らない。彼もこれまでまともな恋愛経験がなかったと知っているので、俺としてはのんびり待っても構わないと考えている。

「随分とお客様が増えましたね」

「雪が解けて動きやすくなりましたから」

店番を始めてからすでに数十人ほどの客が来ている。ひと通り応対し終わって、客が途切れたところで少しばかりベルナールと雑談する。

「縄跳び、もう少し人気が出ると思ったんですけど」

棚の商品を並べ直しながらぼやく。先日から試しに売り始めているのだが、どう遊ぶか想像がつかないらしく、ほかの木工玩具に比べてあまり出ないのだ。

「フェリシアンとジスランに、店先で遊んで貰ってもいいかもしれませんな。もう少し雪が解けてからが良いでしょう」

ベルナールに言われて、それだ！　と俺は表情を明るくした。実演販売か、流石（さすが）は長年商売に携わっているだけある。店の中庭は皆で雪かきをしたので遊ぶのに適しているが、外の道はまだまだ雪が積もったままだし、往来のせいで踏み固められ、凍ってしまって少し危ない。ベルナールの言う通り、もう少し経てば実演販売も可能になるだろう。

そんな話をしながら外の道を眺めていると、ふと店の前に馬車がやってきた。見慣れた領主のものではなく、別の紋章が入っている。不思議に思って見ていると、従僕が馬車の扉を開いて、そこからリシャールが顔を出した。

「コウ！　ちょうど良かった、君と少し話したいと思ってたんだよ。乗って」

「えっ、リシャール様……」

貴族が俺になんの用事だろうか。それに、アルベリクはリシャールに会いに行ったのではなかったのか。その会いに行ったはずの相手が、何故こんなところにいるのだろう。困惑してベルナールを見ると、ベルナールもまた困った顔で首を傾げている。それでも相手は貴族なので従うべきと判断したのだろう、ベルナールが俺に向かってひとつ頷いた。

「……では、失礼いたします」

促されるまま、ステップを踏んで馬車に乗り込む。さすがにアルベリクのものより明らかに質がいい。名称はわからないが、座席は起毛の布地で覆われていて、触ると手の跡がつく。壁面も明らかに大きな一枚板から切り出したもので、内装も細かい仕事が見える。随分と金がかかっているのは、詳しくない俺にも見て取れた。

馬車の御者と共にいた従僕が素早く店内のベルナールに近づいて、何事か伝えている。ベルナールが頷くのが見えた。それから従僕が戻ってくると、馬車が走り出した。

「さて……久しぶりだね、コウ」

「お久しぶりです、リシャール様」

「店の前に停めていると邪魔になるから、少し走らせるよ。話が済んだら店まで送るから安心して」

「はい、承知いたしました。ありがとうございます」

俺は身分がかなり下なので、自分から声をかけることができない。リシャールが口を開き、改めて挨拶と前置きを交わしたところで、やっと少しホッとする。とりあえずいきなり無礼をはたらかずに会話ができている。安堵しかけたところに、彼が身を乗り出してきた。

「ねえコウ、君って格納の魔術が使えるんでしょう？　魔術師のセレスタンが言っていたよね」

「……はい。その通りです」

魔術の話に触れられて、内心で身構える。あの魔術は、魔術師になら習得自体は難しくない基本的なものであるはずだ。彼は公爵家の人間なのだから、本当に格納の魔術が必要なら、お抱えの魔術師に幾らでも依頼できるのではないだろうか。

俺の内心での考えを、リシャールは当たり前のように肯定した。

「うちの魔術師たちもみんな使えるからそれほど珍しくはないけど、それでも奴隷身分で使えるのは破格だと思う」

リシャールはにこにこと話している。馬車の振動でアルベリクに似た色彩の髪がさらさらと揺れて、中性的に整った顔にかかった。綺麗な少年だ。それに、見た目通りその人柄も明るくて優しいのは、アルベリクからも聞いてよく知っていた。アルベリクはあれで結構な従甥馬鹿なのだ。そして実際に、リシャールはアルベリクの語った通りだった。初対面の時もそうだったが、俺が奴隷身分だからって見下したりしない。いい子だとは俺も思う。

そのリシャールが、明るく微笑みながら小さく首を傾げて俺に訊いた。

「ねえ、コウ。君、うちに来ない？　君さえ良かったら、僕が君を買おうと思うんだ」

「え……」

俺は一瞬、言葉を失った。

確かに俺の価値は、初めの頃に比べて随分と高くなった。馬車馬一頭分くらいから始まって、いまでは王侯貴族でもないと買えない値段がついている。そして、いままさに俺と向かい合って微笑んでいるこの少年は、俺を買おうと思えばポンと購入することのできる高位の貴族だ。そう簡単には買われないだろうと思い込んでいたけれど、そんなものは俺の思い込みでしかなかったのだ。

「どうかな？　悪い話ではないと思うよ。君には主に我が領地の輸送を手伝って貰えれば、あとは好きに過ごしてくれて構わない。護衛もつけるし、待遇は保障するよ」

それが奴隷にしては破格の待遇であることは、ここでしばらく過ごす間に身につけた常識から判断できる。だけど、リシャールは俺にアルベリクを頼むと言ったのではなかったのだろうか。何故突然俺を連れ帰る気になったのか。

それに、シャレット公爵領はエフェメール商会のあるここからだいぶ離れている。もしも俺がリシャールに買い上げられたとしたら、俺はもはやアルベリクに会う機会すらなくしてしまうだろう。アルベリクだけではない。子どもたちにも、折角馴染んだ店の人たちにも、もう会えなくなるのだ。

「あの……、アルベリク様を頼むと、以前仰（おっしゃ）いましたよね」

この際、失礼になっても仕方ないと覚悟を決めて訊ねる。幸いリシャールは気を悪くすることもなく、ぱちりとひとつ瞬きをしてから、ああ、と頷いた。

「おじさんが商会のものとしてではなくて、自分個人の奴隷を所有するのは珍しいと思ったんだ。でも、僕はこの冬じゅう滞在していたのに、一度も連れて来ないから。それなら特別な関係ではないのかなって」

悪気がないのもわかるし、リシャールからしてみるとそういう風に見えるのも理解できる。だけど、無邪気に言われた言葉がちょっと胸に突き刺さった。俺はアルベリクの気持ちの整理がつくまで待っているつもりだったんだけど、そうだよな、そう見えるよな……。

初めてアルベリクに抱かれてから、俺たちの関係にはセックスが加わっている。なんとなくアルベリクからも俺に対してある一定以上の好意を感じなくもないし、俺自身は彼に惚れている。だけど、それは夜の間だけの話だ。表面上は相変わらず奴隷とその持ち主でしかないし、仮にも従甥のもとへ一度も同伴されていないのだから、特別な関係に見えないのも無理はないことだった。

「……アルベリク様は、リシャール様が私を買い求めようとしていることはご存知なのでしょうか」

「んー」

無駄かもしれないが抵抗を試みると、リシャールが腕組みをしてちょっと唇を尖(とが)らせた。おませな女の子のような可愛らしい仕草だ。昔のアルベリクもこんな美少女めいた姿をしていたんだろうなと思わせる可憐さである。アルベリクと違うのは、彼が公爵家の次男であり、不埒な輩(やから)に迫られることもないため、その天真爛漫さが失われずに済んでいるというところだろうか。

「一応、君の値段は聞いたんだ。我が公爵家としては問題ないよ。だけど、コウ本人の意向を確かめたいと思ってね。……ふふっ」

　そう言って、リシャールが笑い出した。悪戯っぽく笑って、ぱちんと片目を瞑って見せる。

「君に直接確認したかったから、おじさんが来る約束の時間に合わせて抜け出してきたんだ！」

　楽しそうに笑うリシャールを見ているうちに、なんだか肩の力が抜けてきた。彼自身が明言している通り、彼は俺を無理やりここから引き離すつもりがないのだ。俺の意見を聞いてくれているし、ひとりの人間として尊重してくれている。公爵家といえば王家に次ぐくらいの地位であるはずなのに、奴隷に対してそうやって配慮してくれているのは十分以上に誠実なのではないだろうか。

　にこにこ笑っているリシャールに向けて、俺もやっと笑顔を返した。

「リシャール様」

「うん。君はどうしたい？　教えて」

「私はアルベリク様の奴隷です。アルベリク様が俺を売りたいのだとしたら、アルベリク様のためにも従います。それがどんな相手でも。……でも」

　俺は基本的人権の保障された国からやって来た。いまでも奴隷身分には完全に納得したわけではないし、人を物のように売り買いすること自体に賛同しているわけでもない。だけど、ここの常識や法としてそれが許されているから、仕方ないとどうにか割り切っているのだ。俺だって、以前は社会人としてきちんと働いて納税して自活していた。世の中がなんでも望んだ通りになるものではないことも理解している。だから、アルベリクが本当にそれを望むなら、俺は奴隷としての義務を果たすことも吝かではない。

俺の向かいに座っているリシャールは、余計な言葉を挟まず、黙って俺の言葉を待ってくれている。

俺はひとつ息をついて、それから無礼を承知で言った。

「私は、アルベリク様の許にいたいです。これから先、ずっと。少なくとも、時々はアルベリク様に会うことができるところにいたい。ですから、破格の待遇をご提示いただいたことには感謝していますが、シャレット公爵領には行きたくありません。……それが私の気持ちです」

リシャールがただでさえぱっちりと大きな目をさらに丸くした。

「それって、……そう。そうなんだ」

かと思うと、顎に手を当ててなにか考え込んでいる。その表情が再び明るくなって、貴族の少年は嬉しそうに目を細めた。

「いいよ。シャレット公爵家は君を買わない」

「ありがとうございます」

ほっとして力が抜ける。失礼にならない程度に、馬車の背凭れに身体を預けて息を吐いた。

「さて、それじゃあ僕の用事はこれでお終い。そろそろおじさんを待たせっぱなしで悪いからね、戻ることにするよ。君はどの辺りで降ろしてほしい？」

「それは店で……」

言いかけて、はたと気がついた。店から連れてきたのだから、店で降ろしたらいいのはリシャールだってわかっているだろう。わざわざ訊いてきたのは、本来なら奴隷身分のため出歩くことが許されていない俺に、どさくさに紛れて行きたい先はないのかと確認してくれたのだ。リシャールによって勝手に連れ出された今なら、ちょうどいい機会だから。

俺が、アルベリクから遠くないところにしか売られたくないと言ったから。

俺は窓からサッと外を見た。街をゆっくり回っていた馬車は、ちょうど冒険者ギルドの近くを通ろうとしているところだった。ギルドの付近には幾つもの宿屋がある。冒険者たちが長期滞在するためのものだ。そうか、そこだ。

「ここで降ろしていただけますか」

リシャールが笑顔で頷いた。

「頑張ってね、コウ。ずっとおじさんの近くに居られるように、僕も願ってるからね」

馬車の窓から手を振ってくれるリシャールを見送って、俺も俺の目的のために歩き出した。

「うひゃっ」

リシャールの馬車が走り去り、それを見送って颯爽と歩き出そうとした俺は、途端にツルツルに凍った道で足を滑らせそうになって情けない悲鳴を上げた。こ、こんな時にまで締まらない……。

慌てて周囲を見回すと、たまたま道を歩いていた数人に目撃されていたらしく、サッと目を逸らされた。一応外に出るにあたって外套も羽織っているし、首にはスヌードも巻いているので、首から下げた奴隷の証は目立っていないのが幸いか。逃亡奴隷だと思われては困る。

「うう……」

がっくりと項垂れて、とにかく目的地である宿のひとつへ向かう。勿論転ばないように慎重に。雪の降らない地域で生まれ育った俺に、凍った道は難易度が高いのだ。周りの人々にどんどん追い越されるが、冬の間エフェメール商会の店から出て歩いたことのなかった俺にはこれが精一杯だ。

活動の長い冒険者は定宿をそうそう変えないはずなので、以前なにかの折に聞いた宿へ向かえばいいだろう。転ばないよう、何度も足下と周囲の建物を見るために視線を上下させながら、俺はゆっくりと進んだ。

「跳ね馬亭……ここか」

後ろ脚を蹴り上げた馬の絵が描かれた看板を見つけて、足を踏み入れる。宿屋は宿泊者向けの食事も提供するのが常なので、ここも例に漏れず一階の半分ほどはテーブルが並んだ食堂になっている。

　思っていたよりもずっと多くの人たちがテーブルをいっぱいに埋めていて、それが意外だった。まだ午後の早い時間なので、食事時はだいぶ先のはずだ。冒険者と思われる屈強な男たちがなにやらやんやと喝采していて、俺は席が足りなくて立ったままの人々の陰からひょいと奥を覗き込んだ。奥の方にあるテーブルに見慣れた姿を見つけて、俺は声をかけようと口を開いた。

「デジ……」

「おめでとさん！」

「長かったなぁ！　めでたいぞこの野郎！」

「うるせぇ！」

　冒険者たちに揉みくちゃにされているデジレが照れた顔で男たちを弾き飛ばす。よろけて転びかけた冒険者が口を開けて笑っている。デジレが腕の中に守っている人影が見えて、俺は目の前の冒険者をすり抜けて一歩前に出ると、それが誰なのか確かめた。可愛らしい女の子だ。

「おっ、早速コレットちゃんの騎士気取りか！」

「騎士じゃなくて旦那だろ。おいデジレ！　あんたたちいつ結婚するんだ！」

　囃し立てられて、デジレがいかつい顔を真っ赤にする。ド派手な金髪に赤い顔の組み合わせが本当に派手だ。

「おい、師匠にはもう許して貰ったのか？」

「お前らうるせぇんだよ！　放っとけ！」

「あっはっは」

デジレは腕の中に華奢で可愛らしい女の子を抱いて、ほかの男たちが近くに寄れないように威嚇している。きっと彼女がコレットだ。デジレの恩師の娘で、彼に惚れてずっと追いかけ回していたという子。噂の通り可憐で、デジレとの体格差がすごい。彼女は頬を染めて、きらきらとした眼差しで一心にデジレを見つめている。エマニュエルはデジレと同じテーブルについて、全身鎧の面頬だけを開けた口元をにやにやさせながらエールをあおっていた。

それでやっと、俺にも状況が呑み込めた。コレットがとうとうデジレを振り向かせることに成功したのだ。冒険者たちの間ではかなり話題になっていたので、皆でコレットの恋が成就したのを祝いに集まったのだろう。冒険者たちが次々にエールを掲げて乾杯している。

「あ……」

恥ずかしさのあまり、顔がカーッと熱くなった。

リシャールに購入を提案されて、俺はそこで初めて他領へ売られる可能性に気付かされた。アルベリクに二度と会えなくなる可能性があるなんて、それまで考えてもみなかったのは、俺の考えが足りなかったからだ。だから、どうせ売られるかもしれないなら、アルベリクのいるこの街で買ってほしいと思ってここへ来たのだ。性奴隷になりたくはないけれども、この際もう性奴隷でもいい。格納や鑑定の魔術が使えるから俺の有用性は結構高いし、デジレなら高位の冒険者なので俺を買うこともできるだろうと期待していた。そうしたらこの街から離れなくて済む。たまにはアルベリクに会うこともできるかもしれないと思った。

だけど、俺は自分のことばかりで、デジレ自身のことなんて実際はちっとも考えていなかったのだ。当たり前もいいところだった。確かに可愛いとか欲しいとか言われたけれど、こちらがその気もないのは明らかだったし、つれない態度を取っていた。そんな俺のために、いつまでも相手がその気のままで待ってくれている訳がない。

思い上がりも甚だしいことに気付いてしまい、俺は穴があったら入りたいような気持ちでいっぱいになった。良かった、まだなにも提案していなくて本当に良かった。下手したら彼とコレットの関係を引っ掻き回してしまったかもしれない。そういう意味では、俺の自分勝手な売り込みが間に合わなくて、本当に良かった。

ふう、とひとつ深呼吸をして、どうにか羞恥で火照った顔を落ち着かせる。内心では恥ずかしくてたまらないが、顔見知りであるデジレが彼を本気で想っている人と結ばれたのならそれを祝いたい気持ちもある。

よし、せっかくだからきちんとお祝いの言葉くらい贈ろう。そう決意して、俺は顔を上げた。

「すみません、ちょっと通してください……すみません！」

俺は人混みを掻き分けて、デジレの前までどうにか進んでいく。冒険者たちを掻き分けて奥の席へ向かうと、俺が声をかけるより先に彼が俺に気づいた。

「おいおい、コウじゃねえか。よくこんなとこまで来たなあ！」

「デジレ様！　おめでとうございます！」

最初は遠慮して声をかけていたが、騒いでいるうえに酒の入った冒険者たちに遠慮していては埒が明かない。立派な体格の冒険者たちの隙間を無理矢理こじ開けるようにして、俺はなんとか人混みを抜けた。

「ありがとよ！　それにしても、お前、俺の根城なんて知ってたのか」

「前にほかの冒険者方から聞いたんです。デジレ様の噂と一緒に」

照れ笑いするデジレは照れ臭そうでありつつも幸せなのがよく伝わってくる。彼の腕の中に守られていたコレットが、両手をデジレの太い腕にかけて、ぐっと身を乗り出してきた。

「ねえ、あなたコウさんっていうの？　初めまして！」

きらきらと青い目を輝かせているコレットは、間近で見るとますます可愛らしい。長く伸ばされた淡い金髪がくるくるしていて、それが彼女のふっくらとした頬にかかっているのが綺麗だ。肌の色は例に漏れず褐色だが、その色合いは周りの人々より少し明るい。肌色が明るいことが美しさでもあるこの辺りの基準で考えると、たいへんな美少女であった。

「初めまして、コウです」

「私はコレットというの！　まあ、なんて美しいんでしょう。竜の乙女みたいねえ！」

「はは……」

だから、そんな美少女に絶賛されて俺はちょっと複雑な気分になってしまった。もともとアルベリクの奴隷である俺はあまり外を出歩かなかったし、出る時は人のあまりいない森や、エフェメール商会の取引先が主だった。そのため、あまり容姿について触れてくる人は居なかったけれど、確かにこの基準なら俺は結構美しい……うーん、やっぱり納得いかない。俺は一応クール系そこそこイケメンのつもりだし。それにしても、竜の乙女ってかなり一般に浸透してる物語なんだな。

コレットはにこにこ微笑んでいるが、俺としては内心で結構罪悪感があった。事なきを得たとはいえ、つい先ほどまでデジレに買って貰うために自分を売り込もうと思っていたわけで、そんなことをしていたら、彼女はこんなに明るい笑顔を俺に向けてはくれなかっただろうから。

彼女からの褒め言葉を曖昧に笑って流すと、デジレが嬉しそうにコレットの頬を指先で撫でた。体格差がすごいこともあり、その手つきは壊れ物を扱うかのようだった。やはりデジレは俺に対しては彼の出会ってきたその他大勢のようにちょっといいなと思っていた程度であって、そこまで真剣ではなかったのだろう。それで本当に良かった。

「嬢ちゃん、コウが困ってるだろ」

「もうっ、デジレったら！　嬢ちゃんじゃないでしょ」

「すまんすまん、コレット」

元々の呼び方が抜けないのだろう、デジレが素直に頭を下げると、途端に周りの冒険者たちがドッと沸いた。

「早速尻に敷かれてるぞ、デジレ！」

「春には奥様だぞー！」

「うるせぇえ！」

顔を赤くしたデジレが吼える。それで冒険者たちは更に笑い出して、宿屋の食堂が更に賑やかになる。俺も一緒になって笑っていると、近くの冒険者が笑いながら声をかけてきた。

「あんた、いいところ見逃しちまったな。さっきコレットちゃんがデジレを引っ叩いたんだよ」

「そうそう。いつになったら私を奥さんにしてくれるの！　っつって、バチーンとな」

話を聞きつけた別の冒険者も一緒になって教えてくれる。かなり小柄で華奢なコレットはいかにもいいところのお嬢さんという感じなので意外だったが、冒険者の妻になろうという女性ならそのくらいの気の強さがあった方がいいらしい。

「コレットちゃんの武勇伝だな！」

「この街で語り継いでいってやるから安心しろよ！」

「だからお前らいい加減にしろよ！」

半分俺に聞かせてくれつつ、半分はデジレに向かって野次を飛ばしている。デジレがそれにいちいち反応するので、冒険者たちはますます沸き立った。

「ったくよぉ、こいつらときたら……。おい、コウ、春には結婚式をやるから、お前も来てくれよ」

ぶちぶちと文句を言いながらも、デジレだってなんだかんだ楽しげだ。

「はい。アルベリク様に許可を貰ってきます！」

笑顔で返すと、デジレと同じテーブルについて高みの見物をしていたエマニュエルが、ひょいとこちらに乗り出してきた。

「そういえば、コウくんが外にいるなんて珍しいですね。アルベリクさんはどちらに？」

「えっと……用事で近くに来たので立ち寄ってみたら、皆さんがお祝いをしていたので、一緒にお祝いしたいと思って」

どうにか言い繕ったが、一応嘘ではない。リシャールに付き合わされた用事があったし、近くに来ていたし、自分勝手な思いはあったものの、本心からお祝いをするために声をかけた。アルベリクについては濁したけれど、そこは許してほしい。知り合いではあるが、奴隷の逃亡と思われる行動を知られたらさすがに彼らだって俺を捕まえてアルベリクに突き出す必要がある。俺自身はこの後ちゃんと店へ戻るつもりがあるんだし、余計な波風は立てたくなかった。

「そうなんですね。ちょうど良かった、エフェメール商会にはこいつの結婚式のことで色々と頼みたいですし、アルベリクさんに一言伝えておいて貰えますか」

「はい、勿論です。後日で結構ですので、入り用になりそうなものを教えてくださいね」

幸い、エマニュエルはアルベリクが近辺にいると思ったらしい。冒険者ギルドがこの宿のすぐ近くなので、彼がそこで用事を済ませている間に俺が近隣にある跳ね馬亭へ遊びに来たという認識をされているのだろう。事実とは異なるが、いまだけはそのまま勘違いしていてほしい。

そう思いながら和やかに談笑していると、不意に建物の扉が勢いよく開かれた。ちょうど風が強まっていたのか、冷たい空気がどっと入ってきて、俺を含む皆の視線が扉の方へと向いた。

「……コウ！」

「あ……」

扉を開け放ったそこへ立っていたのは、アルベリクだった。

## 32

「コウ……！」

アルベリクは真っ青な顔で、息を切らせていた。よほど急いで来たのか、いつもなら外出時にはしっかり被っている外套のフードが脱げている。

彼はこの街ではほぼ知らない人のいないエフェメール商会の主で、ここにいるのはほとんどが冒険者たちだ。それほど頻繁に店頭に立たない俺はともかく、大半がアルベリクの顔を知っている。そのアルベリクが俺を真っ直ぐに見つめて名前を呼ぶものだから、冒険者たちはざわざわしながらも彼のために通り道を空けた。

そこをアルベリクが靴についた雪をこぼしながら勢いよく歩いてくるので、俺はちょっと腰が引けそうになった。なにしろ真っ青な上に物凄い真顔だ。彼ほどの美貌が無表情になっていると、それだけでかなり怖い。

「あ、あの、アルベリク」

「すまなかった！」

リシャールに連れ出されたとはいえ、勝手に歩き回ったのは俺だ。そのことを咎められるのかと思って肩を竦めた俺を、アルベリクがいきなり抱き締めた。

「へ……」

いきなり謝罪され、ちょっと訳がわからなくて呆然となる。俺がまともな反応を返せないうちに、アルベリクが更に俺を抱き締める力を強めた。ちょっと待て、それは苦しい。

アルベリクの突然の奇行に、冒険者一同がシンと静まり返るのがわかった。

「……コウ、君はリシャールを受け入れたのか？」

密着しているせいで、むしろお互いの顔が見えない。アルベリクの胸に顔面を押しつけられていては返事のしようもないのでもがくと、彼はますます締めつける力を強めてきた。いやほんとに無理だから！　上半身が仰け反るような姿勢になってるし、とにかく苦しいんだよ！

「ぐっ……、ち、違、」

「確かにリシャールからは君について話があったけど、俺は君を彼に譲るつもりで話したわけじゃないんだ。コウ、君はリシャールのものになるつもりなのか」

アルベリクが普段よりもだいぶ早口で言うのを聞きながら、俺はどうにか俺とアルベリクの間に腕を入れてグッと押した。やっとまともに呼吸できる余裕ができ、首を捻ってやや上を見上げる。

「ずっと迷ってばかりで、はっきりと言わない俺が悪かった。君の能力がわかったことで、まるでそのために君を手に入れたがっているみたいで……躊躇ってしまったんだ。それに君は待っていてくれるんじゃないかって甘えてた。でもそれじゃいけなかったんだ、コウ、俺は君が好きだ。ずっと傍にいてほしい。だからリシャールのところへは」

「っはあ、だからっ、違うんだって！」

「違う……？」

必死な声で捲し立てられるのを遮り、相変わらず上半身は仰け反ったままで話しづらいが、どうにか気合いで言い切る。すると、やっと見えたアルベリクはやや落ち着きを取り戻しつつあったものの、辺りを見回したかと思うと、その顔がますます曇った。

「まさかデジレ、」

「わああ！」

俺は慌ててアルベリクの口を手で塞いだ。

その頃には、混乱していた俺もアルベリクの勘違いに気づいていた。アルベリクははじめ、俺がリシャールに買われることに同意したのかと思ったのだろう。それを否定したから納得してくれたかと思ったら、今度は俺がデジレに自分を売りに来たのではないかと推測したのだ。さすがアルベリク、俺のことをよくわかっている。その読みは正しいけど、でも正解じゃない。

俺は口を塞ぐ手を離させようとするアルベリクに向かって、無理矢理満面の笑みを作って見せた。

「あのな、アルベリク。……様。デジレ様とコレット様のご結婚が決まったんですよ」

いかん、ここは外だった。口調には気をつけなければ。

アルベリクの考えた通り、俺は確かにデジレに買って貰おうと思ってここに来たけれど、もう状況は違う。俺は身勝手な期待をしたことを死ぬほど反省してるし、デジレとコレットの仲をぶち壊すつもりもない。だから、デジレに自分を売るつもりだったのかという質問を言葉にしないでほしい。頼むから！

「…………」

アルベリクはちょっと呆然とした顔のまま、やっと俺から視線を外してデジレとコレットを見た。

俺もようやくギリギリと絞め殺さんばかりに抱き締める腕が緩んだので、体勢を立て直してほっと息をつく。はあ、苦しかった。

「……デジレ、コレット嬢、おめでとうございます」

「お、おう。ありがとよ……」

「ありがとうございます！」

ようやく我に返ったような顔で、アルベリクがふたりにお祝いを言う。かなり説明が足りていない自覚はあったが、どうやら状況を察してくれたらしい。まだ戸惑ったままのデジレと幸せそうな笑顔のコレットが返事をしたことで、ふっとその場の空気が緩んだ。冒険者たちがざわめきだす。

「あの堅物のアルベリクが手玉に取られてるぜ……」

「コウだっけか？　やるな……」

「えっ」

周りの反応に、先ほどまでの会話を振り返ってみる。ここにいる冒険者たちの大半が、奴隷の証が服で隠れている俺を奴隷だと知らない。そこにアルベリクが縋ってきたものだから、まるで俺が二股だか三股だかをかけてでもいたかのような……。

カーッと顔が赤くなる。いや、違うんだって！

「修羅場か！」

「おいどうすんだよ！　結局誰のものになるんだ？」

「愛の告白されただろ、返事してやれー！」

俺が赤面したことで、猫更冒険者たちが勢いづいて野次を飛ばしてくる。そ、そうだった、アルベリクに好きだと言われたんだった。ますます恥ずかしくなって俯くと、アルベリクがそんな俺の前に膝をついた。

「ちょっ……アルベリク様」

俺の目の前で膝をついたアルベリクが、いつもは俺を見下ろすその美しい顔でこちらを見上げている。俺は慌てて自分も屈み込んで、なんとかアルベリクを立ち上がらせようと手を伸ばした。その手を握られて、腰を落としかけた姿勢のまま俺の動きが止まった。

「それだよ、コウ。俺は君にそういう呼ばれ方をしたくない。立場を気にさせたくない。君と本当の意味で対等になりたいんだ」

アルベリクはそのまま俺の腕を引いて、デジレたちのテーブルの傍にある椅子に俺を座らせた。視線の距離はだいぶ近くなったけれども、それでも彼は変わらず床に膝をついたままだ。

「あの、アルベリク、なにもこんなところで……」

アルベリクは先ほど俺に向かって好きだとはっきり言ったはずだ。俺だって少し前に彼が好きだと打ち明けたことがある。だったらそれでいいし、俺みたいな少しばかり周りと毛色が変わっている奴は、やっぱりアルベリクの所有物であると示されている方が、安全性も含めて色々と便利なはずだ。

たしかに元の世界の基準に照らせば、奴隷制度自体が人権の侵害だし、俺としても到底受け入れられなかっただろう。だけど、俺はもうこの世界に馴染んでいて、ここの風習や伝統にも一定の理解がある。だから、アルベリクさえ俺の気持ちを尊重してくれるのであれば、もう立場がなんだって構わないと思っていた。

それに、アルベリクはこれでもこのフェレール侯爵領でも有名な商会の主だ。しかも周りは冒険者だらけで、どんな噂をされるかわかったものではない。彼らに悪意はないだろうが、噂話が尾ひれまでつけてどこまでも広がるというのはどこの世界でも同じことなのだ。

彼の立場を心配して眉を寄せる俺の手を引き寄せて、アルベリクは掌に口づけを落とした。途端、冒険者たちがどよめく。

「ひぇ……」

「こんなところだから言っておきたい。これ以上迷ったりして君を失いたくないんだ。コウ、君を愛している。君はつよい人だから、俺といなくたってどこででも生きていけるだろうけど……それでも、俺を選んでくれないか。ずっと俺と一緒にいてほしいんだ」

アルベリクはこれ以上ないというほど真剣に俺を見つめた。その灰色の瞳は室内の明かりや色の反射を受けて、複雑な色合いできらきらと輝いている。ぐっと、彼にとられたままの手が強く握り締められた。

「君が有用だからじゃない、誰にも君を渡したくない。リシャールのところへも行ってほしくないし、それ以外の誰のもとにもやりたくない。コウ、君とやりたいことは幾らでもあるし、君と行きたいところだって沢山あるんだ。これからの俺の人生に、ずっと君がいてほしい」

だからその言い方！　俺のことを奴隷だと知らないやつらにますます誤解されるだろ！

そう言いたいのはやまやまだったが、俺ももう限界だった。恥ずかしくて堪らないし、顔はめちゃくちゃに熱いし、動悸がしすぎて息が苦しい。だけど少しでも俯くとますますアルベリクの真剣な顔を見つめる羽目になって、更にドキドキしてしまう。

気持ちを受け入れて貰えれば満足だと思っていた。好きだと返されたらきっとそれだけで、俺は十分に幸せな気持ちになれると思っていたのに。この恋愛方面にやたらポンコツな男は、こういう時にだけ謎に度胸があるし、勘が良くて困る。だって、そんなに真剣に向き合われて、俺が嬉しくならない訳がないじゃないか。

感情がいっぱいいっぱいになって小さく震えだしながら、涙目になった俺は辛うじてひとつ、こくんと頷いた。途端にパッとアルベリクの表情が明るくなるのを見て、なんだかもう訳がわからなくなった。嬉しい、恥ずかしい、でも嬉しい。

「……う、売れ残っちゃったな」

冗談めかして呟いた言葉は、誰が聞いてもわかるほど上擦って震えていた。

「君を離したりなんかしない。売るなんて、もってのほかだ」

言うなり、立ち上がったアルベリクが俺を引き寄せて抱き竦める。再び温かい腕に抱かれて、俺はもう言葉もなく彼の肩に額を押し当てて、うんうんと頷いた。ぽろっと少しだけ零（こぼ）れた涙は、俺がこの冬じゅう気にしないように無視していたものの、どこかで不安に思っていた気持ちの名残りだった。

「まああ、おめでとうございます！」

真っ先に声を上げたのは、先ほどから演劇でも観るかのように、両手を胸の前で組んで目をキラキラさせていたコレットだった。

「良かったな、コウ！」

「なんか知らんがめでたい！」

「今日はすげぇな、結婚がふたつも決まったじゃねえか」

「コウさん、おめでとうございます」

「やったな、アルベリク！」

堰を切ったように、デジレやエマニュエル、それに居合わせた冒険者たちが次々と声をかけてくる。

それが恥ずかしくて、今度は別の意味で顔が赤くなる。慌ててがばっとアルベリクの胸から振り向いて叫ぶ。

「け、結婚するとまでは言ってない！」

「こいつまでデジレと同じこと言うじゃねえか」

誰かの突っ込みが入って、ドッと冒険者たちが笑う。

「おいアルベリク、さっさと結婚の約束も取り付けるんだぞ！」

「どんな仲か知らんが、横から求婚されて掻っ攫われないようにな！」

やいのやいの言われて、アルベリクがまたしても真剣な顔で頷くので、俺はこれ以上は耐えられなくてアルベリクの顔を無理やりこちらへ向けさせた。

「コウ、」

「その話は後だ！　後！　いましたら絶対に断るからな！」

対等がいいって言うなら、俺の意見も尊重しろ！　なにもこんなところで更に恥ずかしい思いをさせないでほしい。そう思って力いっぱい睨んだはずなのに、アルベリクがふわりと相好を崩すから、俺はますます恥ずかしくなってぐいぐいと彼の胸を押した。

「もういいだろ、離してくれよ！」

本当のところは、まだ胸がいっぱいなので離してほしくない。恥ずかしくてもいいから、このままぎゅっとくっついていたかった。アルベリクはそんな俺の気持ちを察したのか、あるいはそうではないのか。彫像のように整った美貌を優しく綻(ほころ)ばせて、少しだけ眉を下げた。

「そんなこと言わないでくれ、コウ。君から離れたくないんだ」

「うっ……」

あんなに俺との関係を曖昧にしたがっていたくせに、開き直ったかと思うとこれだ。こいつ、俺がその顔に弱いことをよく知っている。

「……仕方ないな。傍にいろよ」

ワッとまた冒険者たちが盛り上がる。結局、その場はそのままデジレとコレット、それにアルベリクと俺の二組を肴(さかな)に宴会が始まってしまい、アルベリクと俺を探しにベルナールがやって来るまで宴は続いた。

33

「結婚とかはちょっとな……」

俺がそう言ったのは、帰って行くベルナールとオリヴィエを見送ってからだった。

ベルナールが探しに来てくれたのをきっかけに、俺とアルベリクは店へ戻った。アルベリクは侯爵家の馬を借りて出てきていたので、俺とベルナールが馬車、アルベリクが馬での帰宅だ。

本来なら仕事を終えて帰っているはずの時間までベルナールを付き合わせてしまったため、アルベリクが申し訳なさそうに謝る。俺も同じく心配をかけてしまったので、ベルナールと彼を迎えに来たオリヴィエに頭を下げた。それで、俺たちはそれぞれの経緯を説明することになった。

俺はベルナールも知っての通り、突然やって来たリシャールに連れ出されて意思を確認され、ついでにデジレたちの滞在する跳ね馬亭へ立ち寄った。

アルベリクはというと、リシャールを訪問する約束に従って侯爵家へ向かったものの、肝心のリシャールが出掛けたまま戻っていないと聞かされ、そこでしばらく待っていたそうだ。やがて帰ってきたリシャールから、俺を買おうと思って本人の意思確認をして、冒険者ギルドの近くで降ろしたと聞かされた彼は、慌てて侯爵家の馬を借りて飛び出してきたのだとか。ギルドや周辺を探しても見つからなかったが、俺の交友関係は狭い。そこで当たりをつけて何軒か宿屋や酒場を覗いた結果、跳ね馬亭に辿り着いたというわけだ。

突然馬を借りて飛び出しただなんて、リシャールや侯爵に迷惑じゃなかっただろうか。そこは心配だが、アルベリクは明日にでも馬を返しがてら謝罪するつもりだそうなので、許してもらえることを祈るしかない。

迷惑だったのはベルナールの方だろう。急に店の奴隷が貴族に連れ出された上に、アルベリクまでなかなか戻らない。侯爵家に確認したら馬を借りてどこかへ行ったと言われ、探し回る羽目になった。これは怒ってもおかしくない。アルベリク様はまだお若いですから、そう言って微笑むだけで済ませてくれたベルナールに、俺とアルベリクは揃ってぺこぺこと頭を下げた。

そうしてベルナールたちが去っていくのを見送って、やっとひと息ついたところで、俺はアルベリクに結婚はまだ考えていないことを告げたのだった。

「ベルナールさんたちも結婚してるし、男同士でも問題ないのはわかってるんだけど……」

正直なところ、俺はもとの世界でもまだ結婚とかそういうものを意識したことがなかった。

平日は会社員として働いて、休みの日はファンタジーものの小説を読み漁って、たまに映画を観に行ったりして、時々は実家に顔を出して。そんな気ままな独身生活で結構満足していた。子どもの頃は、大人になったら考え方もそれに合わせて成熟するものだと思っていたけれど、社会人になっても根本的なところはなにも変わらなくて、毎日がそこそこ楽しいからそれでいいと思っていた。

こんなに誰かを好きになったのは初めてだし、この先アルベリクよりも大切に思える人があらわれるとも思ってない。だけど、この世界の人たちの結婚がやたら早いことにはまだ馴染んでいないし、結婚と言われてもちょっと想像が難しかった。物語は大抵が結婚してめでたしめでたしで終わるって、俺も知っているけれども。

　言葉を濁した俺を、アルベリクがそっと引き寄せた。まだ店先に立ったままなので、春が近づいているとはいえ、夜風は冷える。店頭に吊るした灯りの光は強くはないけれど、アルベリクと俺の顔を照らすのには足りていた。

「いいんだよ、コウ。君が文化の違うところから来たことはよく知っているし、無理に合わせることもない。そこは俺が君に合わせるよ」

　優しく微笑んだアルベリクの手が俺の頬に触れて、そっと撫でた。温かい手だ。思えば、俺はずっと前からこの手が好きになっていた。気づいていなかっただけで。

「だから、いつか君が結婚してもいいかなと思ったら、その時に結婚しよう。……勿論、ずっと気が向かなくたって、結局結婚しなくたっていいんだ。だから気負わなくてもいいんだよ、コウ」

「……うん」

　ああ、こいつが好きだ。しみじみと実感してしまい、俺は頬を染めて頷いた。アルベリクもやや照れたのか、その美しい顔が上気している。なんだかキスしたい衝動がこみ上げてきて、俺はアルベリクの首を引き寄せるように腕を回した。

「アルベリク——」

「けっこん……結婚するの!?」

「！」

　慌てて身体を離して振り返ると、店の中からフェリシアンとジスランが顔だけを出して、目を丸くして俺たちを見ていた。ふたりはベルナールとオリヴィエが夕食を手配してくれたと聞いていたので、もうとっくにベッドで眠っているものかと思っていた。まさか子どもたちに会話を聞かれるとは思っておらず、かあっと赤くなる。

「結婚……」

「コウさんとアルベリク様が、結婚するの？」

「えっ、あの、あー」

焦ってしまって言葉が出ない。慌てていると、アルベリクが俺の肩を抱いたまま、子どもたちを促して室内へ入った。ふたりがキラキラとした目で俺たちを見つめてくる。言葉に詰まったままの俺の隣で、アルベリクが子どもたちの前に屈み込んだ。

「まだ結婚はしないよ。俺とコウはそのうち結婚する約束をしたところだから、……つまり、婚約ということだね」

「婚約……！」

「婚約だー！」

ジスランとフェリシアンが嬉しそうに手を取り合ってぴょんぴょん跳ねる。

「コウさん、おめでとうございますー！」

「おめでとう！」

「あはは……ありがとう……」

ふたりに飛びつかれ、どうにか笑顔を作って頷きながら、俺はこっそりアルベリクを睨みつけた。

彼はというと、してやったりとでも言いたげな悪い顔で微笑んでいる。

　こいつ、俺が子どもたちに甘いのを知っていてわざと言質を取らせやがった。なにが恋愛経験はほぼないだ、結局いつもの狸じゃないか。下手に出たと思ったら、転んでもただでは起きないあたり、やっぱり無駄に強かだ。

　まあ、そんなところも嫌いじゃないけど。

「ごめんごめん」

「まったく……」

　こっそり囁いてきたアルベリクに、俺は今度こそ降参して苦笑した。抱きついてくる子どもたちの頭を撫で回しながら、俺の身体を抱き寄せるアルベリクの肩に頭を乗せる。そのまま、子どもたちの視線がこちらに向いてない隙に、こっそりアルベリクの唇にくちづけた。

「！　コウ……」

「んっふふ」

　アルベリクの顔が赤くなるのを見て、俺は心の底から満足して含み笑った。

　いきなり異世界に転移してきて奴隷にされて、結局売れ残ったけど、こんな生活も悪くない。

　愛しているとはまだ照れくさくて言えないけど、愛する人が傍にいるなら、わりとどこでだって幸せに暮らしていけるはずだ。

# 恋は明日のものでなし

書き下ろし

家々の屋根で雪かきをする人の姿が減り、行き交う人々の足もとに地面が覗くようになった。まだ雪の降る日もあるが、春の訪れはすぐそこまで迫っており、大通りの雪は路肩や建物の間に追いやられ、往来する馬車や人の数がぐっと増えてきた。エフェメール商会の中庭もまた同じで、雪は壁沿いに積み上げられ、地面が露出している。近頃雪で籠もりがちだったのもあり、この日の俺は中庭で子どもたちと鬼ごっこをして遊んでいた。鬼ごっこって異世界にもあるんだよな。

遊び疲れて屋内に戻り、食堂へ向かっていたところで、ちょうどアルベリクがやってきた。

「楽しかったみたいだね。笑い声がこっちまで聞こえてきた」

「ああ、久しぶりに外に出た気がする……ちょ、ちょっと、アルベリク」

「誰も見てないよ、コウ」

笑顔で歩み寄ってきたアルベリクが、並んで歩きながら、ごくさり気なく俺の肩を抱き寄せる。首筋に浮いた汗を指先で拭われた途端になんだか恥ずかしくなり、俺は慌ててアルベリクを押し退けかけて、やっぱりやめた。照れて視線を落とすと、首からさがった南京錠が目に入る。

遊びに熱中していたから気づかなかったが、俺の奴隷の印は革紐でぶら下げている分だけ長さがあり、そのせいで遊んでいる間に胸にぶつけていたようだった。

うーん、ちょっと痣になってるな。服を持ち上げて覗き込むと、ふと視線を感じた。何かと思って見上げたが、ふいと逸らされる。そういえば最近、アルベリクの視線を度々胸元に感じていた。

俺は内心の疑問をまだ食事中のアルベリクにぶつけてみることにした。

「なあ、なんで最近よくこれを見てるんだ？」

先にあらかた食べ終えた俺はナイフを置いて、南京錠を指し示す。半分ほどは憶測だったが、どうやら図星だったようだ。アルベリクがグラスをテーブルにそっと戻しながら苦笑した。

「君の処遇についてどうするか考えていてね。……実は君は奴隷といっても、よそから買いつけてきたのでもないし、君自身、自分を売って対価を得たわけでもないだろう」

話を聞きながら、俺は以前説明された奴隷の仕組みを思い出していた。商人の扱う奴隷は大概、家族や自治体に売られるか、あるいは借金などで大金が必要になって自分自身を売ったものたちだ。フェリシアンとジスランが前者だし、後者としては成人済みの奴隷がよく取引されている。

「うん、そうだな。それがどうしたんだ？」

俺の場合はちょっと違う。どこの市民権も持たない俺のような余所者(よそもの)は、商人が捕まえて奴隷にしていいことになっているのだ。普通の人は身分証にあたるものを持っているし、紛失した場合でも手間と時間はかかるが照会が可能で、だからこそ市民権には高い価値がある。

「実のところ、君は俺の持ち物という扱いだから、必ずしも奴隷でいてもらう必要はないんだ」

「……ああ、確かに……」

言われてみればその通りだった。俺は異世界からふらっと現れた人間なので、エフェメール商会としては元手はタダ。奴隷ではあるけれど、別に売らなくても収支の上では損にはならない。まあ衣食住は世話してもらっているが、そのくらいは今までの幾つかの貢献で相殺してもらえばいい。

「でも、俺は奴隷身分がなかったら後ろ盾がなくなるよな？　市民権なんてもともと持ってないし」

そう、と頷(うなず)いた彼は優雅な手つきでカトラリを置くと、胡散臭(うさんくさ)い笑顔で俺を見つめてきた。

「だから代わりに、俺の籍に入るのはどうかなと思って」

籍に入る。一瞬ポカンとしてから、遅れて彼の言っている意味を理解した。つまり、結婚してくれという、これは遠回しで狡猾（こうかつ）なプロポーズだった。

「……あのなあ」

アルベリクらしいといえばらしいが、だからといって追い込み猟みたいなやり口は承服しかねる。外堀を埋められつつある俺が眉根を寄せるのと、子どもたちが瞳を輝かせるのはほとんど同時だった。

「じゃあ結婚するのか！　……ですか！」

真っ先に声をあげて喜んだのはジスランだ。フェリシアンも期待の眼差（まなざ）しを向けてくる。純粋な子どもたちの期待を裏切りたくない気持ちが胸を掠（かす）めて、すぐにそれもアルベリクの思う壺（つぼ）であることに思い至り、俺はさっさとナフキンで口を拭い、テーブルに置いて立ち上がった。

「それについてはアルベリクと話しあってみるよ。……アルベリク」

怒りが潜む声は思ったより低くその場に響く。まずい、と顔じゅうに書いてあるようなアルベリクが言い訳の言葉を発するより先に、俺は横を通り過ぎざま、なるべく静かに彼へ告げた。

「しばらく部屋には来ないでくれ」

アルベリクと俺には前から身体（からだ）の関係があった。それは彼と気持ちを確かめあってからも続いており、セックスするしないにかかわらず、今では俺のものになっている客室に彼が毎晩やってくるのが習慣になっている。その部屋に来ないでくれと言ったのは、かれこれ一週間ほど前のことだ。

最初は怒りが続いていたからまだよかった。だが、それから二日、三日と経過していくと、今度はだんだん寂しくなってくる。いつの間にか彼の体温に慣れきっていた事実を痛感させられながら、俺はベッドの中で丸まり、眠気が寂寞感に勝るまで待つ羽目になっていた。だからといって、やっぱり寂しいから許します、というのは筋が通らない気がして、俺はどうにか我慢を続けていた。

商会の従業員や子どもたちの手前、アルベリクも俺も何事もなかったかのように振る舞っていたが、どうやら古参のベルナールにはお見通しだったようで、少し前に「そろそろ許してあげてはどうでしょうか」と言われてしまった。アルベリクがこの件について話したとは思えないので、子どもたちから聞いたか、あるいは単に俺たちを見ていて察したのだろう。だが、俺は苦笑いを浮かべながらも、黙って首を横に振った。アルベリクの謝罪を聞くまでは絶対にダメ。俺はそう決めたの。

今夜も、俺はいつも通り部屋に戻ってきたが、誰もいない室内を見渡したところでほとほと嫌になってしまった。冬は終わりつつあるとはいえ、まだまだ夜は冷える。いつもならアルベリクが先回りして部屋の暖炉に火を入れておいてくれたものだが、あの日以来彼を拒絶している俺の部屋はひんやりと冷たいままだ。自分で暖炉に火を入れようとして、もはやそれすら嫌になってしまった。

「そもそも、なんで俺が我慢しなくちゃいけないいんだ」

寂しさが一周回って、なんだか妙な怒りのようなものがこみ上げつつあった。悪いのは待つと言っておきながら結婚に誘導しようとしたあいつであって、俺じゃない。まあ確かにいつまで怒っていればいいのかわからなくなってきているのもあるけれど、でも俺は寂しいの!

「よし」

そうと決めたからにはいつまでも我慢している必要はない。俺は勢いよく立ち上がり、薄暗い室内を横切って出ると、そのまままっすぐアルベリクの部屋を目指した。

アルベリクの寝室は客室と同じ二階にある。廊下を渡ればすぐなので、灯（あか）りも持たずに俺はすたすたと勝手知ったる屋内を歩いていく。小窓から差し込む月明かりに照らされた扉の前に立つと、俺はグッと腹に力を入れ、勢いよく扉を押し開けた。

「アルベリク！」

「うぐっ！」

ドッと重い手応えがあった次の瞬間、俺の視界にはよろめきながら背中を丸め、顔面を押さえて呻（うめ）くアルベリクが飛び込んできた。

「うわ、大丈夫か？」

怒りも忘れ、慌てて駆け寄る。どうやらアルベリクはちょうど扉の前にいたようで、顔面を扉に強打したらしかった。しばらく何か言おうとしていたが、よほど痛むのか声になっていない。俺はというと、あのとんでもなく美しい顔の鼻でも折っていないか心配になって慌てふためいてしまった。

就寝前だからか蠟燭（ろうそく）は消されていたものの、幸いなことに暖炉には火が入っていたので、俺はとにかく最も明るいそこに彼を引きずっていって怪我（けが）の程度を確かめた。

「わ、悪い、痛かったよな。怪我してないか？」

暖炉の傍（そば）に座らせ、顔から手を離させる。鼻先と額が赤くなっていたが、大きな怪我はないようで、ひとまずホッとする。いや、だってアルベリクの顔面が損なわれたら人類の損失だろうが。

「……だ、大丈夫、だと思う……」

アルベリクの綺麗な灰色の瞳に涙が浮かんでいる。それが湖面に映る月のようで目を奪われかけたが、そんな場合ではないので俺はとりあえず彼の背中をさすってやった。

「ごめん、俺が急に扉を開けたから」

「いや、……」

言いかけたまましばらくギュッと目を閉じて痛みを堪えていたアルベリクが、やっと痛みが引いてきたのか、ふーっと息を吐き出してから目を開けた。

「コウ」

アルベリクの大きな手が俺の手を掴む。まだ彼の目は涙で潤んでいて、それが俺の罪悪感をものすごく掻き立てた。

「君がいないのが寂しくて、……来るなと言われていたのに、君の部屋に行こうとしていたんだ」

扉をぶつけた俺を責めもせずにそんなことを言うアルベリクがいじらしく思えて、俺は息を呑んだ。

思えば彼は俺よりひとつ年下なのだった。年下には優しくして当然と思って暮らしてきた俺は、それを思い出した途端に今までの白分の態度が大人げないものに思えてきてしまった。

「君の意思を尊重できていなくてごめん。……許してくれる？」

か、可愛い……！　思わず声に出しそうになったが、どうにか堪える。アルベリクは先ほどから床に座り込んでいて、そこから目を潤ませたまま縋るように見上げてくるのだから、あまりの可愛さにときめいてしまった。今なら恋愛漫画の登場人物の気持ちがめちゃくちゃ理解できそうだ。いつも彫像のように整った顔で余裕の表情をしているから、ギャップがすごい。そんな彼は俺の反応を窺って、やや不安そうな表情でじっとこちらを見つめている。だから俺はそういうのに弱いんだって……。

「……あー、俺も、怒りすぎたかなと思ってさ」

本当は部屋に押し入り、怒りに任せて問答無用で押し倒してやるつもりだったが、先ほどの顔面強打で怒りはすっかり吹き飛んでしまっていた。罪悪感も手伝って、ついつい語調が弱くなる。俺は彼に手を貸して立ち上がらせながら言葉を続けた。

「それでお前の部屋に来たんだけど、その……悪かったよ」

言った途端、強く抱き寄せられる。身長差で半ば覆い被さるように抱き竦められた。

「悪かったのは俺の方だよ、コウ。君を大切に思っているのに、君の気持ちも考えずに押しつけてしまった。もうあんなことはしない。だから、傍にいてくれないか……」

吐息とともに囁くような彼の謝罪を聞いて、俺はやっとここ数日の悶々とした気分が晴れていくのを感じていた。俺からも腕を回してギュッと抱き返す。

「顔、ほんとに大丈夫か？　怪我させたかと思ってひやっとした」

「うん、怪我はないよ。それより、同時に扉の前に居合わせるなんて、俺たちふたりとも同じことを考えていたんだね」

「気が合いすぎたな」

ふふ、と笑いを交わして、それからお互いに少しだけ腕を緩めて顔を見合わせた。暖炉の火に照らされて顔がよく見える。アルベリクの瞳は炎を反射させて複雑に揺れながらきらめき、俺だけを見つめている。自然にふたりの顔が近づいて、唇がそっと重なった。それは徐々に深くなり、舌が絡みあい、呼吸が熱くなっていく。アルベリクの掌が後頭部に添えられて角度を誘導される。それに逆らわずにくちづけを続けていると、その手が更に下がってきて首筋を撫でる。もう片方の手で腰を抱かれて密着しているせいで、目を閉じたままでも相手が昂りつつあることはよくわかった。

「ん……」

惜しむようにゆっくりと唇が離れていく。目を開けると視線が絡み、そのまま彼の目がベッドを示した。俺は頷く必要さえなかった。今度は自分から彼の唇を奪い、先ほどより強く舌を吸うだけで、アルベリクはゆっくりと俺を誘導し、ベッドに横たわらせてくれた。寝衣を脱ぎ捨てて素肌に触れたシーツは少しだけひんやりしていたが、すぐに体温が移って気にならなくなる。

月明かりに彼の銀色の髪がきらきらと輝いている。夜闇の中のアルベリクは本当に綺麗だった。これまでに彼の素肌を見たものはいただろうけれど、これからは俺以外の誰にも見せないでほしいと、ふと思ってしまった。

しばらく間が空いたとはいえ、俺もアルベリクも身体を重ねることにはすっかり慣れている。キスは唇だけでなく首筋や胸元にも降り続け、欲望に潤んで濡れた視線を交わしあいながらお互いの身体に触れていく。いつもの俺の部屋じゃないせいでアルベリクが途中で潤滑油を取りに棚に行く羽目になったけれど、そんなちょっとした中断は俺たちの障害にはならなかった。前戯をゆっくり楽しんでいられるほどふたりとも余裕があるわけではなくて、俺たちはやや性急に身体を繋げた。

「ふ、あ、ぁ……っ」

アルベリクのものが入ってくる時、こんなこと絶対にアルベリクとしかできないと思う。身体の奥の柔らかい粘膜をペニスが押し拡げてきて、弱いところをすべて曝け出して、熱くなった体温をわけあい、抱き締めあって気持ちのいいところを擦りつけあう、こんなことは。

「コウ、君のいない夜は寒くて悲しかった……」

正面から俺を抱き締め、熱く昂ったものをすっかり俺の中に押し込んだアルベリクに寂しかったと訴えかけられ、愛しさとともに耐え難いほどの欲望がこみ上げてきた。彼が快楽を得ているところが見たい。この美しく整った顔が余裕を失い、けもののように夢中になって、いっそ噛みついてくるくらいにしてやりたい。腹の中をいっぱいにされる充足感に蕩けそうになるのを堪え、俺は意識して中をぎゅうっと締め上げてやった。

「ひうぅっ……！　は、ぁあ……」

アルベリクが切なげに眉を寄せたのが先だったか、あるいは俺が自分でやっておきながら背筋をびりびりと伝って駆け抜けていく快感で悲鳴のような嬌声をあげたのが先だったか、もうわからない。蕩けた笑みを浮かべる俺を見据えた瞳孔がすうっと音もなく拡張するのが見えたかと思うと、まだ入り足りないとでもいうように彼の腰が押しつけられ、中で硬いペニスがぐうっと更に深くを拓いた。

「はうっ、あ、ふ……っ」

深すぎて苦しいくらいなのに、もっとほしい。気づけば俺の両脚は彼の腰に絡みつき、より深く繋がろうと引き寄せている。アルベリクの手が腰から太腿をいやらしくなぞり、それからまた腰まで戻ってきて、ぐっと掴まれた。俺の中で彼のペニスは抜き挿しをしないまま、まるで形を思い出せとでもいうように、ぐにぐにと粘膜を押し拡げながら捏ね回してくる。そうやって執拗に刺激された襞がひくひく蠢いて中のものを食い締めるせいで、疼痛にも似た切なさでいっぱいになる。気持ちいいのにもどかしくて、俺の頭はおかしくなってしまいそうだった。

「あ、アルベリクっ……切ないっ、切ないからぁ……っ！」

懇願はほとんど悲鳴と変わらなかった。きゅうきゅうとより強い刺激を求めて中が締まり、腰が迎え入れようとして揺れてしまう。縋りついて顔を上げた途端に、噛みつかんばかりのキスをされた。

「んうっ、ん、ん……、ぁあぁーっ！」

キスに気を取られたところで急に突き上げられて、抑制がきかない声があがる。さっきまでぐちぐちと中を捏ね回すだけだったのに、突然思い切り抜き挿しされて、急激に与えられた刺激に一瞬目の前が白くなった。達した、のかもしれない。そうじゃないのかも。勢いよく襞を擦り上げられ、弱いところを突かれて、押し寄せる快感でいっぱいになって、頭の奥が痺れている。

「ぁ、や、あ、あるっ……ひぃっ、ん、んうっ、んああっ！」

どちゅっどちゅっとひどい音を立て、ほとんど上から叩きつけるようにペニスを捩じ込まれる。いつしか彼の手が俺の両脚の膝裏を押さえつけていて、繋がったところが丸出しのとんでもない姿勢を取らされていることにくらくらした。月明かりと少し離れた暖炉の火に照らされ、汗に濡れた褐色の身体が律動している。余裕なんかもうどこにもなくて、それが信じられないほど官能的だった。

「ぅ、っく、……ぅ……っ」

はーっ、はーっ、というアルベリクの荒い息遣いにぞくぞくする。俺はもはや声すら出せずに絶頂したが、それから彼がやっと俺の中に思い切り精液をぶち撒(ま)け、ねばつくその体液を痙攣(けいれん)する襞に塗り込め終わるまで、何度も何度も高みに押し上げられ続けた。

　理性を半ば失ったようなセックスは、終わってからも苦しいほどの快感が全身を浸しつづけ、俺は水面(みなも)に浮いた木の葉のように、余韻のさざなみに揺れていた。快楽はあるが、それだけではない充足感。アルベリクとのセックスはいつもこうだった。彼の腕にかき抱かれ彼の重みを感じることに、自分でも不思議になるくらい満足感がある。何度も挑まれると翌日起き上がれなくなるとわかっているのに、それでも欲しくなって求めてしまうことも多い。認めるのが恥ずかしくて彼のせいにしがちだが、好きな人と抱き合っていたい気持ちはアルベリクだけのものではないのだ。

　俺はどうかすると照れくささのあまり逃げ出したくなる気持ちを抑え、俺を抱き締めたままの彼の髪に指を絡めた。そう上質な洗髪剤があるわけでもないし、汗もかいたのに、銀色の髪はさらさらとなめらかに指の間をすべっていく。その感触にうっとりしながら、アルベリクの耳許(みみもと)に唇を寄せた。

「形式に拘(こだわ)らなくても、俺は最初からあんたのものだけど。……まだこれ以上が欲しいって？」

　アルベリクがベッドに肘をつき、掌で俺の頬を包み込んで正面を向かせた。灰色の瞳が近づいてきて、彼の額がこつんと押し当てられる。近すぎてぼやける視界の中で、びっくりするほど長い睫毛(まつげ)が祈るように伏せられ、それからごく小さく「……うん」という囁きが聞こえてきた。

「君のなにもかもが欲しい。同時に、俺のすべてが君のものであってほしい」

　そう、それでいいんだよ。性格上仕方ないのは重々承知だけど、回りくどいのは好きじゃない。俺は満腹になったけもののようなため息をひとつ吐いて、頬を包み込む温かな手を上から軽く握った。

「しょうがないな」

それから少し首を擡げてキスをひとつ。ぎこちない動きになったし鼻が軽くぶつかったけれど、なんでもスマートに決められるとは限らないのが恋とか愛とかいうやつなんだろう、多分。

そうやってひとしきり軽いキスを交わしあった後、俺たちは気だるい身体を起こし後片付けをして、それから一緒に眠った。触れあうのは気持ちがいいし満たされるから好きだけど、こうやって片付けが必要になるあたりがやっぱり現実って感じだよな。映画ならそのまま暗転して朝になるんだぜ、と話して笑いあうのもまた、幸せな時間であるのは間違いないけど。


「おはよう、コウ」

「ん……おはよ……」

アルベリクの優しい声で起こされる。多分だけど、一の鐘はもうとっくに鳴っているんだろう。彼とあいうことをして夜更かしした翌朝にはありがちなことで、俺はもうすっかり諦めがついていた。カーテンの引かれた室内は明るく、まだ少しだけ倦怠感の残る身体でもそもそと起き上がる。

「……朝食は？」

「これからだよ。さ、おいで」

閉じそうになる瞼を擦ろうとする手を止められ、やや熱い蒸しタオルが顔に当てられる。それを受け取って顔を拭くと、だいぶさっぱりした。ふたりで夜を過ごした翌朝の、彼のこうした甲斐甲斐しさを俺はちょっとすごいなと思っている。マメで気がつくところはこいつのいいところだよな。

「ありがと」

「じゃあ先に行ってるから」

俺はタオルと呼んでいるが、厳密には布巾のような布で顔を拭き終えると、アルベリクがサッとそれを受け取って持って行ってくれた。軽く礼を伝え、彼が俺の部屋から持ってきてくれた服に着替える。食事には子どもたちも同席するので、いつまでも寝衣のままでいるわけにもいかないのだ。

それにしても、と身支度を整えながら、部屋の窓から見えた日の高さに首を傾げる。いつもだったら朝食はもっと早い時間に済ませるものだが、今日は随分と遅いんだな。

「コウさん！」

「おはようございます！」

階段をおりて食堂に向かっていると、フェリシアンとジスランがギリギリ走っていないくらいの速度で飛びついてきた。なにかいいことでもあったのかな。

「おはよう。どうしたんだ、ふたりとも」

「今日はお店お休みなんですって！」

定休日でもないのに休みとは珍しい。創立記念日かなにかかな。考えながらそのまま食堂に入ったところで顔を上げて――俺はポカンとしてしまった。

「おはようございます、コウさん」

「お邪魔してます」

食卓には既にオリヴィエがついており、ベルナールがちょうど厨房から運んできた料理を並べているところだった。続いてアルベリクもまた大きな鍋を抱えて出てきて、にっこりと嬉しげに微笑みかけてきた。

「おはよう、コウ」

「……いや、えっと、おはようございます……？」

反射的に挨拶を返したが、豪勢な食卓や、普段はいないベルナールやオリヴィエがいることに目を白黒させてしまった。え、いったいなんなんだ？　今日ってなにかあったっけ。

「さ、座って。ジスラン、フェリシアン、君たちもだよ」

「はーい！」

いい子の返事とともにさっさと席についたフェリシアンとジスランが、きらきらと期待の眼差しを俺とアルベリクに交互に向けてくる。戸惑いながら俺も着席したところで、薄々察しがついてきた。

「……アルベリク？」

アルベリクは俺に微笑みだけを返すと、そのままにこにこと笑みを浮かべたまま鍋からポトフをよそって配っている。

牛肉と根菜のワイン煮込み、これもまた作るのにかなり時間がかかるはずの鴨のコンフィ、同じく鴨の胸肉はソテーにされている。つけ合わせには茹でた緑黄色野菜とマッシュポテトが並んで彩りも綺麗だ。誰がどう見ても完璧なお祝いのテーブルに更にポトフが配膳されるに至って、俺は自分の予想が間違いないことを確信していた。

あらかた配膳が終わり、グラスにワインやジュースを注いで回っていたベルナールが着席すると、アルベリクもサッと前掛けを外して俺の隣の席につく。ここの主人はアルベリクなので、皆が彼の方を向くと、彼はワイングラスを目の前に掲げ、晴れ晴れとした笑顔で告げた。

「皆、集まってくれてありがとう。今日はコウとの結婚式の前祝いだ！」

「おめでとう！」

「おめでとうございます！」

ワッと皆が歓声をあげ、口々に祝福してくれている。だが、俺はグラスを持ったまま言葉を失って唇をわなわなと震わせることしかできなかった。昨夜のことがまざまざと思い返される。顔面に扉をぶつけてしまったせいで失念していたが、あの時アルベリクは俺のところに来ようとしていたのではないか。この祝いの席の料理、事前に招待してあったはずのベルナールたち。店を休みにするとなると従業員たちにも前もって通達していないはずがない。

アルベリク、お前、俺に結婚を同意させることができるって算段で全部準備していたな……！

わいわいと皆が喜んで盛り上がっている中、水を差すようなことを言うわけにもいかず、俺はぎこちない笑顔でグラスを持ったまま硬直している。ひとくちワインを飲んだアルベリクは、グラスを静かにテーブルに置くと、そんな状態の俺に身体を寄せ、耳許に囁きかけてきた。ちょっとだけ申し訳なさそうな、だけど意志を曲げる気は微塵もないのがわかる、優しい声で。

「ごめんね。でも、これが俺のやり方なんだ。……逃げようなんて、思わないでね」

それは初対面の時、森の中で彷徨っていた俺を手に入れた彼が言った言葉だった。確かに、最初からこいつはこういう奴だった。常に先手を打って退路を断っておいて、それから余裕綽々の顔で望み通りにしてしまう。その余裕が崩れるところを、今のところ俺に関することでしか見たことがない。思い上がりかもしれないけど、俺だけなんじゃないかな、アルベリクが必死になるような存在って。

なんだか笑えてきてしまって、ふはっと軽く吹きだしてから、手に持ったままのグラスからワインをあおる。それからそのまま、唇をアルベリクに重ねた。

「……っ!」

ごくり、と彼の喉が動くのを確かめ、にんまり笑う。周囲の皆がびっくりしているのはわかっているが、それも気にならないほどに俺はアルベリクだけを見ている。目を丸くしたアルベリクは、それでも相変わらず信じられないほど美しくて、まあこの顔を一生眺めるのも悪くないと思えた。

「思慮深さは生きていく上では大切なことだし、な?」

「あはは……君にはかなわないなあ」

少年のように含羞んだアルベリクに改めて軽くグラスを掲げてみせてから、俺は今度こそ祝いの酒を口にする。ベルナールはやや呆れ気味の苦笑、オリヴィエは優しげな顔に似合わないにやにや笑いを浮かべ、子どもたちは顔を赤くしながらもぱちぱち拍手してくれている。

こんな狸に一生付き合ってやれるのなんて、俺くらいのものだろ。俺は現実的だし、こう見えて結構したたかだから、転んでもただでは起きない。いつだってお前を驚かせて翻弄する俺でいるつもりだから、この先ずーっと覚悟しておけよな、アルベリク。

あとがき

この度は本書をお手に取ってくださってありがとうございます。

もともとこのお話は「異世界にごく普通の会社員が突然転移したところで、現実的に考えると出来ることってかなり少ないんじゃない？」というところから書き始めたものです。主人公のコウは武芸の心得もなければ自給自足の経験や知識もないため、自分の価値をどのようにしてこの世界で作っていくかが主題となりました。彼の試行錯誤を楽しんでいただけていたら幸いです。

せっかくなので作中でコウの視点からは描けなかった裏話をしておくと、たとえば魔物が氾濫を起こした際、アルベリクは商会の護衛たちを率いて門の外で戦っていました。彼はもともと旅暮らしをしていたので結構戦闘経験が豊富です。細剣を振るって身軽に戦っていました。ベルナールもなかなか強いのですが、最盛期は過ぎているため、主に味方の補助に回っていました。オリヴィエは騎士団所属なので、騎士団と共に魔物の対処にあたっていましたが、戦闘になると昔の口汚さを取り戻してしまい、「舐めんじゃねぇぞオラーッ！」などと叫んで新人の騎士たちをドン引きさせていました。ほかの従業員たちは負傷者の手当てとか、飲食物を配って回ったりとか、主に手伝いですね。コウたちが作ったサンドイッチはかなり喜ばれたようです。

未来の話ですが、ジスランとフェリシアンは数年ほど商会で勉強したりお手伝いを覚えたりしつつ育ってから、それぞれ見習いとして都市内の工房などで働き始めます。実は彼らの負債は十年ほど真面目に勤めてそろそろひとり立ちできる頃には完済となるので、そこから先は故郷に戻るのも、引き続きこの街で働き続けるのも自由となります。少し緩めの丁稚奉公みたいなもので、現在は奴隷という身分ですが、未来は結構明るいです。そもそもアルベリクが彼らを預ける先として選ぶのも、ある程度信頼できると判断したところに限りますので、待遇もいいはずです。コウが親身になって教え、彼らが学んだ分だけ彼らの展望はより開けていくものとなります。

また、アルベリクの親戚であるリシャールがこの街を訪れた理由ですが、実はシャレット公爵の体調が思わしくないためでした。公爵は跡継ぎのリシャールがまだ若いことを懸念し、アルベリクの父親を呼んでリシャールの補佐にしたかったのですが、肝心の彼は妻とともにのんびり旅を楽しんでいるため不在だったということで、急遽アルベリクに来てもらえないか？　という交渉がありました。その件で彼は度々リシャールが滞在する領主館に出向いていたというわけです。しかし、自分が補佐につくと後継者の立場を狙っているように見られるのではという懸念から、彼は最終的にその話を断ったのでした。

コウとアルベリクが身体の関係を持ち始めてから彼が曖昧な態度をしていた理由には、コウ自身がもはや奴隷身分に甘んじる必要がなくなったことと、アルベリク自身も身の振り方を考える必要が発生していたからということがありました。ただ、立場上アルベリクは後者についてコウに相談するわけにもいかなかったため、何も話せない状態がしばらく続いていたというわけです。この辺りは作中で書きたい気持ちはややあったのですが、コウの視点からは到底知りようのない情報であるため触れませんでした。後日落ち着いてから、改めてその話が二人の間で交わされることでしょう。

このお話では一貫して、コウが知らないものは読んでいる皆さんも知らないままで書かせていただきましたので、実はこうした様々な背景があったのだなと思っていただけたら幸いです。

本書では書き下ろしとして、物語終了後のアルベリクによる再度のプロポーズを書かせていただいています。プロポーズという綺麗な言葉にまとめるにはちょっと彼らしすぎますが……。こちらはもともとは「小説家になろう」系列の『ムーンライトノベルズ』にて連載していたもので、そちらにも少し後日譚などが掲載されておりますので、興味をお持ちいただけましたら、是非そちらも見ていただけたらと思います。

末筆ではありますが、イラストをお引き受けくださった北野先生と、担当してくださった編集のIさんのお陰で素敵な本ができたこと、深く感謝しております。

それでは、あとがきはここまでとさせていただきます。感想のお便りなどいただけましたら嬉しいです。ありがとうございました。

朝葉 紫

Urenokori
isekai
dorei Life

【初出】

売れ残り異世界奴隷ライフ
…小説投稿サイト「ムーンライトノベルズ」にて発表の内容を加筆修正
※「ムーンライトノベルズ」は株式会社ヒナプロジェクトの登録商標です。

恋は明日のものでなし
…書き下ろし

## 売れ残り異世界奴隷ライフ

2024年4月30日　第1刷発行

著者　朝葉紫（あさはゆかり）

発行人　石原正康

発行元　株式会社　幻冬舎コミックス
〒151-0051　東京都渋谷区千駄ヶ谷4-9-7
電話　03（5411）6431（編集）

発売元　株式会社　幻冬舎
〒151-0051　東京都渋谷区千駄ヶ谷4-9-7
電話　03（5411）6222（営業）
振替　00120-8-767643

印刷・製本所　中央精版印刷株式会社

検印廃止



ISBN978-4-344-85409-3　C0093　Printed in Japan

幻冬舎コミックスホームページ　https://www.gentosha-comics.net